クランツ竜騎士家の
箱入り令嬢4
箱から出ると竜に花祭りで試されました

クランツ竜騎士家の箱入り令嬢４

箱から出ると竜に花祭りで試されました

紫　月　恵　里

E R I S H I D U K I

一迅社文庫アイリス

CONTENTS

ジークヴァルド
竜たちの長である強い力を持つ
銀竜で、エステルの主竜。
人型は怜悧な顔立ちの美青年。
近寄りがたい雰囲気の持ち主。
番候補であるエステルに対して
過保護気味。
エステル・クランツ
17歳。リンダール国の竜騎士の名門
である伯爵家の令嬢。最強の銀竜
ジークヴァルドの竜騎士であり、
彼の番(つがい)候補。竜騎士だが高所恐怖症で
現在克服中。絵を描くことが大好き。
クランツ竜騎士家の
箱入り令嬢4
箱から出ると竜に花祭りで試されました

ユリウス・クランツ

16歳。エステルの弟で、上位の竜であるセバスティアンと契約をした竜騎士。シスコン気味。

セバスティアン

ユリウスの主竜。竜の中でも上位の力を持つ若葉色の鱗の雄竜。食欲旺盛で食い意地が張っている。

エドガー・ニルソン

ウルリーカと契約した下級騎士出身の竜騎士。黙っていれば少し陰のある美形。竜好きの竜オタク。

ウルリーカ

エドガーの主竜でマティアスの番。金糸雀色の鱗の雌竜。沈着冷静であまり感情を表に出さない。

マティアス

ウルリーカの番。黒鋼色の鱗、背中に金色の筋が一本通っている雄竜。好奇心旺盛。

仔竜

マティアスとウルリーカの子供。名前はまだない。エステルになついている。

ミルカ・ブラント

17歳。上位の竜であるフレデリクと契約をした、カルム国の無口な女性竜騎士。可憐な容姿の怪力娘。

フレデリク

ミルカの主竜。勿忘草色の鱗に銀の翼を持つ雄竜。尾の先が二股に分かれている。竜の国の【奥庭】の元まとめ役。

アルベルティーナ

エステルの叔父レオンの主竜。紅玉石のような色の鱗の雌竜。エステルのことを気に入っている。

クリストフェル

ジークヴァルドの配下。黒い鱗、黒い大きな巻き角を持つ雄竜。おっとりとして知的。

イラストレーション◆椎名咲月

クランツ竜騎士家の箱入り令嬢4
箱から出ると竜に花祭りで試されました

A pet daughter of the Kranz Dragon Knights

プロローグ

春とはいえ底冷えがするような地面に座り込み、エステルは一心不乱に手を動かしていた。握った小枝の棘が子供特有の柔らかな手の平に刺さっても、夢中で目の前の地面に絵を描く。そうしていれば、恐ろしさのあまり泣きたくなる気持ちを忘れていられた。

(——アルベルティーナ様はもっと綺麗で。もっと力強くて、アルベルティーナ様は……)

ふいに背後で人の気配がしたかと思うと、遠慮なく肩を突き飛ばされる。

「——おい、描くのならこっちに描け」

不機嫌そうな男の声に、おそるおそる振り返ったエステルは、突きつけられた黄色味がかったざらざらとした質感の紙を見るなり、奪うように飛びついた。命綱のようにそれを胸に抱き込むと、紙を差し出していた男はエステルの前に数本の木炭を放り投げてくる。肩を大きく揺らし怯えた目で男を見上げると、大きな手がエステルの頭を鷲掴みにした。

「薄気味悪い子供だな。攫われたというのに、絵さえ描かせておけば泣きもしない。竜の愛し子とは、ここまで腹が据わっているものなのか？　つくづくクランツの血筋は癇に障る」

妬ましい、と呟く男の声は憎悪に満ちていて、恐怖にかたかたと奥歯が震えた。

(こわい、こわい、こわい。——わたしどこへ連れていかれるの？)

すがるように紅玉石にも似た鱗の竜の姿を思い浮かべ、渡された紙がくしゃくしゃになるのもかまわずに抱きしめる。

「――……たすけて、あるべるてぃーなさま」

「――エステル！　目を覚ませ。それは夢だ」

優しく肩を揺さぶられ、エステルははっと目を開けた。軽く眉を顰めてこちらを覗き込んでいたのは、冴え冴えとした怜悧な美貌を持つ、銀の髪の青年だ。

「……ジークヴァルド様……」

ぼんやりと竜騎士である自分の主竜の名を呟き、エステルはぱちぱちと目を瞬いた。

「大丈夫か？　酷くうなされていたが……」

ひやりとした手の平を額に乗せられて、その心地よさにエステルはほっと息をついた。

「……すごく怖い夢を見ていました。しばらく見ていなかったのに。あれは……」

怖かった、ということは覚えているが、どんな夢を見ていたのか話そうとするも、口にしようとした傍から、どう話したらいいものかよくわからなくなってしまう。

「無理に話そうとするな。顔色が悪い」

ジークヴァルドにゆっくりと引き起こされて包み込まれるように抱きしめられると、恐ろしかった夢の名残がたちまち消え失せた。強張ってしまっていた体から緊張が解ける。力強く抱えてくれるジークヴァルドの腕の中は、やはりどんなことがあったとしても、安心する。

（あれは……。多分、誘拐された時の夢、よね？　でも、あんなことがあった……？）

全く記憶にない。

力を抜いてジークヴァルドに身を預けてしまうと、安堵した分ふとそんな疑問が浮かんだが、それは宥めるように首筋を撫でてきたジークヴァルドによって、頭の片隅に追いやられた。

「しばらく悪夢を見ていなかったというのなら、こんな場所で野宿したせいかもしれないな」

ジークヴァルドが周囲を見回す。夜明け前らしく、うっすらと暗い。辺りは森に囲まれ、火が燻る焚火を取り囲むように横たわる若葉色の竜を枕にしたその竜騎士と、寄り添うように眠る背中に金の筋が入った黒と金糸雀色の番の竜二匹。そしてその間に挟まり、ぷうぷうと寝息をたてる金糸雀色に金粉をまぶしたかのような仔竜がいる。火の番をしていたはずのもう一人の竜騎士の青年は、焚火の傍でこっくりこっくりと舟をこいでいた。

「でも、野宿するのもあともう少しですよね。今日はシェルバに入る予定ですし、すぐに【長命の実】を回収して【庭】に戻れますよね？」

二日前、リンダールから【庭】への帰国途中、ジークヴァルドの側近であるクリストフェルが持ち込んできた件を思い出しつつ、白んできた空をそっと見上げる。するとジークヴァルドはエステルの頭に頬を寄せ、「そうだな」と静かに頷いてくれた。

第一章　竜と南奔南走します

「――っぴいいいいいっ、ぴゅ、ぴぴ、ぴゃあ！」

　晴れた空に、どこまでも響いていきそうな澄んだ仔竜の声が響き渡る。

　悠然と空を飛ぶ竜の姿のマティアスの背中に括り付けられている金色の鳥籠の中で、仔竜が今にも飛び出しそうにはしゃいでいた。

『ああ、そうだ。あそこに見える山の向こうが【庭】だ。あと少しだからな』

　楽しそうに相槌を打つマティアスと仔竜のやり取りを見ていたエステルは、羨ましさのあまり溜息をつきそうになって、慌てて唇を引き結んだ。

（わたしも話に交ざりたい……っ。でも、うっかり籠から出ちゃったりすると大変だし……）

　リンダールから【庭】に向けて出発する直前、マティアスから絶対に声をかけるなよ、と厳命された。孵ったばかりの仔竜は当然まだ飛べない。下手に声をかけると籠の外に出てしまう可能性が高いのだ。卵の時から前例があるほどやんちゃな性格のため、危惧するのも頷ける。

　エステルの目の前には、幼い頃から憧れてやまない銀に一滴の青を垂らしたような美しい鱗があった。薄氷のような翼が時折大きく羽ばたくが、体に感じる風はほとんどなく、リンダールに帰国した際に乗せてもらったアルベルティーナの時に感じた、今にも落ちそうな不安定さも全くない。主竜の――ジークヴァルドの背中に乗るのはこんなにも快適なものだったのかと、思い知らされた。

白い竜が災厄をもたらすとの噂があったため、ジークヴァルドは人の姿でエステルの母国リンダールを訪れたが、【庭】への帰路は正体を明かしてしまったこともあり、今更騒がれることもないだろうと、その背に乗って帰ることができている。

（マティアス様とウルリーカ様の卵の件も竜側から見れば無事に孵ったから【庭】に帰れる。お父様たちにも番になることを認めてもらえた。あとはできるだけ多くの竜に、わたしがジークヴァルド様の番になることを受け入れてもらいたいけれども……）

とはいえ、そう簡単に受け入れてもらえるようないい案が浮かぶわけでもなく、今は仔竜の動向を見守るのに夢中だった。

エステルが溜息を呑み込んだのに気づいたのか、ふいにジークヴァルドが笑うように小さく喉を鳴らした。

『【庭】に着いたら思う存分相手をしてやればいい。あの様子だと元気が有り余りそうだからな』

「でも……エドガーさんに勝てる気がしないです」

苦笑いをしながら、ジークヴァルドの少し後ろを飛ぶ金糸雀色の竜・ウルリーカに騎乗したその竜騎士の青年を振り返る。

「はあああっ、可愛らしい、はしゃいでる。おめめキラキラ……くっ」

『エドガー、気をしっかりもて。そう興奮するといくら竜騎士でも落ちるぞ』

あの位置から目が輝いていることなど見えるはずがないのに、気味が悪いほど上半身をくねらせて騒ぐエドガーに、案じる声をかけてやるウルリーカを尊敬してしまう。

卵を早産したものの、どうにか無事に孵った仔竜と共に【庭】に帰るというウルリーカは、竜騎士契約を切らずにエドガーを連れ帰ると決めた。すると竜騎士や竜から主竜馬鹿の変態の異名をとる彼は、自邸の片付け後に来るはずが、蒐集した竜に関する希少な資料や屋敷をそのままエステルの生家クランツ伯爵家に譲ります、と押し付けさっさとついてきてしまったのだ。

「それに……遊ぶよりも、竜騎士でさえもあまり教えてもらえない、竜の方々の風習や文化を勉強したいと思いますから」

自然の力をその身に宿し人智を超えた力を操る竜は、力を人間に分け与えて竜騎士にすることによって膨大な力を操りやすくする。一方で人間の国において竜は国防を担うのと同時に、その場にいるだけで気候が安定すると言われている。人は竜騎士になることにより竜を国に招き、その力の恩恵を受けて豊かさを得るのだ。

竜騎士を多く輩出する名門クランツ伯爵家の娘で、一般の人間よりは多く竜の知識を与えられているとはいえ、まだまだ知らないことは多い。

（わたしの番になる覚悟と気持ちが追い付くまで、ジークヴァルド様は待ってくれたから……。迷惑をかけないように、ちゃんと覚えないと）

そっとジークヴァルドの鱗があしらわれた耳飾りに片手で触れる。

普通ならば人間が竜の番になることは前例があるとはいえ、ほぼない。人間になど配慮せずすぐに番にしてしまえばいいのに、と基本的には人間を下位の存在と見ている竜たちに不思議がられる中、ジークヴァルドは強引にことを進めたりはしなかった。

耳飾りに触れていた指で今度は自分の唇を触る。途端にリンダールを出発する前夜に触れたジークヴァルドの唇の感触を思い出してしまい、つい頬を赤らめた。

(あの後、ジークヴァルド様は普通よね……。竜の愛情表現じゃないからなのかもしれないけれども)

首を甘噛みすることが人間でいうキスと同じことらしい。そうなるとジークヴァルドにとっては何でもないことなのかもしれないが。あまりにも普段通りなので本当のところはどう思っているのかわからず、もう少し気にしてくれてもいいのに、と拗ねた気持ちと羞恥心とがせめぎ合い、ジークヴァルドの背中についていた左手に力を込めてしまうと、銀竜が宥めるような声をかけてきた。

『そう意気込むな。徐々に知っていけばいい。わからないことがあれば、何でも聞いてくれてかまわない、と言っただろう』

「え……？　き、聞くんですか」

ジークヴァルドにキスをした後の気持ちを聞け、というのか。いくら何でも自分には難易度が高すぎる。あたふたとしてしまい、意味もなく周囲を見回してしまうと、ジークヴァルドは淡々と続けた。

『そうしてもらわないと、お前が竜の風習をどこまで知っているのか俺にはわからない』

「……………あっ、は、はい。そうですよね！」

先ほどの会話が続いていたのだと気づき、自分の勘違いに別の意味で赤面してしまう。

（何をおかしなことを考えているのよ！　ジークヴァルド様がそんなことを言うわけがないでしょ……っ）

穴があったら入りたい。いや、別の竜の背中に乗せてもらい、恐怖で頭を冷やしてくるのもいいかもしれない。

エステルが羞恥にかられていると、ふいにジークヴァルドが警戒するように小さく体を揺らした。思わず悲鳴を上げそうになって、声を抑える。

「――っ、な、何かありましたか？」

『クリスがいる』

「え、クリストフェル様ですか？」

庭で留守番をしているはずのジークヴァルドの配下のまとめ役である黒竜の姿を思い浮かべ、どこにいるのかと前方を見据える。しかし【庭】を守るように聳える山々が見えるだけで、クリストフェルの姿はどこにもない。だが、力を操るのもうまいというジークヴァルドがそう言うのだから、おそらく近くにいるのだろう。

『ジーク！　一旦降りるよねー？』

ふいに先頭を飛んでいたセバスティアンがこちらを振り返った。その拍子に若葉色の鱗が日の光に煌めき、宝石のようだと思っていると、ジークヴァルドが頷いた。

『ああ、竜騎士候補の待機場の辺りだな。何か問題があったのだろう』

竜は長の許可がないと、よほどのことがない限りは【庭】の外へ出られない。クリストフェルが【庭】の外にいるというのなら、何か問題が起こったことが容易に想像できた。

（次から次へと問題が起こるなんて……。ジークヴァルド様は大丈夫かしら）

エステルから見れば、夏の竜騎士選定での出来事から立て続けに大きな事件が起こっている。長を継いだばかりのジークヴァルドの体調を心配していると、少し飛ぶ速度を上げたのかいくらもたたないうちに世界の中心である竜の国――通称【庭】と人間の国を分ける山脈の手前にある森の中の広場が見えてきた。その中央に黒曜石のような艶々とした鱗の黒竜が佇んでいるのに気づく。見る間に近づき、ジークヴァルドが音もなく広場に舞い降りた。

『クリス、何があった』

久しぶりに顔を合わせたというのに帰国の言葉を口にすることなく、ジークヴァルドが竜の姿のまま問いかけた。

『それが……少々、困った事態になっておりまして。――ですが、まずはマティアス様、ウルリーカ殿、無事に卵……いえ、お子様が孵られましたことを、お喜び申し上げます』

ジークヴァルドに首を垂れた後、その背後に降りたマティアスたちに向けて慈しむように目を細めたクリストフェルが頭を小さく下げる。

『お前の口添えで、ジークヴァルドがリンダールに来られたんだって？　助かったよ』

仔竜が入った金の鳥籠を背負ったまま嬉しそうに喉を鳴らすマティアスの隣で、エドガーを降ろしたウルリーカが感謝の眼差しを向けて頭を下げる。

エステルもまたその穏やかなやりとりに微笑ましくなりながら地面に滑り降りると、ジークヴァルドは人間の青年へと姿を変えた。するとクリストフェルはそれを待っていたかのように、すぐに人間の姿になる彼にしては珍しく竜の姿のまま再びこちらに向き直った。

『では、本題に入らせていただきます。ジーク様がご不在の間、弔い場の実の返還のお役目を我ら配下の者で担ってまいりましたが……。十日前、その弔い場の木が枯れ始めました。ですが、未だに新芽が出てきておりません』

「――それは確かか？」

ジークヴァルドの声がわずかに驚きを帯びた。背後の竜たちがはっと息を呑む。呑気者のセバスティアンでさえも、ユリウスから出してもらった干し果物を頬張ろうとして一瞬だけ動きを止めた。

「あの……弔い場の木って、人間の言葉で言うと長命の実の生る木のことですよね？　その木が枯れて新芽が出てこないと、どうなるんですか？」

長命の実は亡くなった竜の力が凝縮したものだそうだ。ジークヴァルドの棲み処は本来は弔い場で、その傍の湖に沈められた竜の遺骸が長い年月をかけて腐り、溶け、残った力だけが水中に露出した長命の実の木の根に吸収されてやがて実をつける。それが地に落ちる前に壊し、力を自然へと還すことで全ての弔いを終えるのだ。ジークヴァルドはその最後の実を壊す役目を担っている。

緊張感が漂う空気にエステルがおそるおそる尋ねると、ジークヴァルドが難しい表情でこちらに視線を向けた。

「長の代替わりの際、弔いの場の木……いや長命の木も代替わりをする。通常ならば新芽が出てから古木が枯れ始めるが、それよりも先に枯れ始めてしまったそうだ」

ジークヴァルドの言葉を継いだクリストフェルが、さらに丁寧に説明を続けた。

『枯れてしまいますと、亡くなった竜の力を自然に返還することができません。そうなれば竜の力がうまく巡らずに滞り、土地に悪影響を与え、植物も水も枯れます。我ら竜だとて水がなければ生きてはいけません』

「新芽が出てこない原因としては……。考えられるのは一つだな」

ジークヴァルドの予測を察したクリストフェルが重々しく頷いた。

『はい。長命の木の代替わりに詳しい古老の話でも、おそらくシェルバで凍結している長命の実のせいだろう。実を回収し【庭】に戻さなければ、新芽が出ずに【庭】が荒廃してしまう可能性がある、とのことです』

　思わぬ事実に、エステルたち竜騎士は皆、黙り込んでしまった。

　先代の長が、ジークヴァルドを目の敵にする竜ルドヴィックの指示で殺されてしまったことから、力の均衡が狂い【庭】が崩壊しかける、という事件はこの秋の出来事だが、その時よりも緊迫した事態ではないのだろうか。

「シェルバ……。それ、十年前に【庭】から長命の実を盗んで食べた竜騎士候補の国ですよね？　長命の実の暴発の影響で土地が腐敗する前に、ジークヴァルド様が凍結させた……」

「ああ、そうだ。俺が溶かさない限りは、今でもそのままのはずだ。その凍結させた長命の実が【庭】にないせいで力が足りず、木が新しく芽を出す準備が整わないのだろうな」

　それは馬車の部品が足りないと走れない、ということと似ているのかもしれない。

「ええと、とにかく長命の実の木が枯れて新芽が出ないと【庭】に棲めなくなるので、新芽を出させるために長命の実を回収しないとならない、ってことで合っていますか？」

　エステルなりにそう理解すると、クリストフェルがゆるりと頷いた。

『ええ、そうです。本当に……ルドヴィック様のなさったことの影響がまだ出てくるとは思いもよりませんでした』

　ジークヴァルドが忌々しそうに眉根を寄せる。

「シェルバの竜騎士候補はルドヴィックに騙されたようなものだからな。あいつが俺の棲み処を竜騎士候補に教えることなどしなければ、実を盗むことも、国が凍ることもなかった」

さらにそれさえなければ、その息子がジークヴァルドを逆恨みし先代の長を殺すことも、自分が竜同士の諍いに巻き込まれて命を落とすこともなかったのだ。

ただ、シェルバの竜騎士候補が竜の尊厳ともいえる長命の実を盗んで食べる、という罪を犯しただけに、簡単に同情はできないような、後味が悪く後ろめたい気分にエステルがなっていると、ふいにエステルのすぐ傍までやってきたユリウスが気色ばんだ。

「ちょっと待ってください。クリストフェル様がここにいるということは、【庭】の中はその件で落ち着いて話ができないほど大騒ぎになっている、ということですか？　そんなところにエステルを行かせられません」

ただでさえあまり例がない人間の番だ。気が立っているところへ戻れば、確かに危ないかもしれない。

「そうなんですか？」

ぎょっとしてエステルがクリストフェルを見やると、黒竜は首を横に振った。

『いいえ、このことを知るのはまだ一部の者たちだけです。大事には至っておりません。それでもマティアス様方のお子などどうでもいい。早くジーク様を呼び戻せ、と騒ぎ立てる我慢ができないくそ爺……いえ、ご老体がおりましたので、どうにか宥めて落ち着かせました』

よほど腹に据えかねたのか、一瞬言葉が乱れたもののすぐに言い直したクリストフェルに、ジークヴァルドが静かに嘆息した。

「ともかく、長命の木が枯れ切るまでには一年ほどあったはずだ。その間に実を【庭】に戻し芽が出れば、何も問題はない。クリス、お前がここで待機していたのは俺が【庭】に一度戻ればそのご老体が再び騒ぐからだな」

眉を顰めたジークヴァルドの言葉に、クリストフェルが肯定するように小さく唸った。

長が【庭】の外に出ることはほぼないのだ。今回の卵の件でもかなり揉めたと聞く。【庭】が荒廃するかもしれないとはいえ、長が不在というのは特に年を経た竜にとってはあまり好ましい状況ではないのだろう。

「それじゃ、このまま【庭】に戻らないで、ジークヴァルド様がシェルバへ長命の実を回収しに行くんですね」

エステルは最終確認をするようにジークヴァルドとクリストフェルを交互に見た。

「ああ。問題がなければすぐに回収できるだろう」

そこへユリウスが置いていかれてなるものか、とでもいうように声を上げた。

「もちろん、俺もついていきますからね。セバスティアン様、いいですよね」

『いいよー。実の回収くらいだったら、そんなにかからないし』

もぐもぐと間食を再開しつつ、軽く頷くセバスティアンとユリウスのやりとりに、ジークヴァルドは半ば諦めているのか軽く目を閉じて息をついた。

「ついてくるな、と言ったとしてもついてくるだろうな、お前たちは。だが……。――マティアスにウルリーカ、お前たちはここで子と共に待っていろ。おそらくお前の子が俺と共にでないと【庭】に入れない」

「はぁ？　入れねえって……、どういうことだよ」

いつの間にか人間姿になっていたマティアスが、不可解そうに眉を顰めた。

「【庭】の外で孵った竜だからだ。それに、どうも孵ったばかりにしては強い力を持っている。俺の承認がないとおそらく【庭】から異物とみなされて弾き出されるだろう」

ジークヴァルドがちらりと仔竜に目を向けると、自分のことだ、と気づいたのか、こちらも人間の姿になったウルリーカの膝の上で何やらエドガーの話に夢中になっていた仔竜が「ぴ？」と小さく首を傾げた。

「そんなもん、ちょこっと一緒に【庭】に入って、すぐに出てくれば……。あー……無理か」

『無理ですね。古老相手に小細工はできません。ジーク様が戻ればすぐに気づかれて飛んで来ます。そうなると長命の木の件が【庭】中に知れ渡るでしょう。混乱を招く恐れがあります』

天を振り仰いだマティアスに同意したクリストフェルが、竜の姿でもわかるほど肩をすくめた。マティアスが納得したと思ったのか、ジークヴァルドが注意事項を口にする。

「待っている間も、なるべく境には近寄らないようにしろ。万が一子が境に触れれば、下手をすると肉片になる」

「肉片!?　近寄らないように、って……」

　マティアスの表情が焦りを帯びる。エステルもまた顔を強張らせた。

（あんなに【庭】に入るのを楽しみにしているのに、近寄らせないようにするのは……すごく大変よね？　そうすると、もしかしたら……）

　かなりやんちゃな子だ。そして好奇心も旺盛とくれば相当苦労するだろう。しかも、それほどかからない、とはいえジークヴァルドがいつ戻って来るのかわからないのだ。

　小さな翼をバタバタと羽ばたかせる仔竜を振り返ったマティアスは、困惑の表情を浮かべるウルリーカと顔を見合わせた。かと思うと、二匹がほとんど同時にジークヴァルドに真剣な目を向けてくる。

「ジークヴァルド」

「長」

「「一緒に連れていってほしい」」

　予想通りの言葉が二匹から飛び出てきた。

　了承しかねるのか、ジークヴァルドの眉間に深く皺が寄る。そうしてそのまま口を閉ざして黙り込んでしまった。

　ジークヴァルドを説得するのは難しいと踏んだのか、マティアスがエステルを半ば睨むように見据えてきた。

「おい、クランツの娘、お前も俺たちが一緒についていけるようにジークヴァルドに頼んでくれよ。番のお願いなら絶対に頷く。少なくとも俺はそうだ。魅了の力でも何でも使って、説得してくれ」

胸を張って堂々と言い放つマティアスに、エステルは苦笑いを浮かべた。恥ずかしげもなく言うその姿は妙に清々しい。

「いくら番でも無理ですよ。それに、ジークヴァルド様に魅了の力が効くわけがありません」

エステルの目には生き物全てを魅了してしまう力があるそうだが、力の強い竜には効かないのはわかっているはずだ。

ちらりと傍らに立つジークヴァルドを見上げる。一見すると怒っているようにも見えるが、黙考しているだけだろう。眉間の皺が浅い。

「ものは試しってあるだろ。ほら、俺の子も頼んでくれってさ」

「ぴっぴぴ、ぴゅああっ、ぴゅ?」

父竜の言葉に促されたのかそれとも本当に自分が望んでいるのか、金糸雀色に金粉をまぶしたかのような鱗の仔竜は小さく首を傾げた。庇護欲を誘ううるうるとした赤と緑の双眸を向けられ、エステルはつい頬を緩めそうになって慌てて引きしめた。

「お、お子様を使うなんて、卑怯じゃないですか！　ウルリーカ様もそう思いますよね？」

「いや、番殿。我が子のためだ。使える手なら、何でも使わなければ。だから番殿も頼んでみてくれないだろうか。私も大抵のことならマティアスの願いを聞く」

一切迷いのない深緑色の竜眼を向けてくるウルリーカに、エステルは唇の端を引きつらせた。

「ほらな、ウルリーカも同じ意見だろ。だから頼むよ」

「ぴう、ぴ？」

「番殿、頼んでみてくれないか」

三者に迫られ、エステルはたじたじになった。

（番の頼みで行動を決めるなんて、竜の間だと普通のことなの……？）

番の「お願い」の一言で決断してしまう長というのは、竜にとって受け入れられるものなのだろうか。人間の国でそんなことをしたら、国が荒れそうだ。

期待に満ちた三対の竜眼にエステルが根負けしそうになった時、傍らから呆れたような声が聞こえてきた。

「全く……、エステルを言いくるめようとするな」

ジークヴァルドがマティアスたちを睥睨すると、ウルリーカが委縮したように腕に抱いた仔竜と共にわずかに肩を揺らした。しかしマティアスは怯えることなく小さく唸り声を上げる。

「【庭】の境に触れたら肉片になる、とか言われりゃ、必死にもなるだろ」

マティアスの柘榴色の竜眼がジークヴァルドの背後に向けられた。それを追うようにしてジークヴァルドも【庭】の方角を見やる。

(マティアス様方の気持ちもわかるけれども、一緒に行くのも少し不安よね)

これから向かおうとしている場所は安全か、と言われると必ずしもそうだとは言い切れないのだから。

エステルが固唾を飲んで見守っていると、いくらもたたないうちにジークヴァルドはマティアスたちに視線を戻した。眉間の皺がわずかに緩む。

「――わかった。ついてきてもいい。だが、ついてくるのならばマティアス、お前も手伝え」

「ああ、もちろん何でも手伝うさ。――よかったな！　ついていけるぞ」

「ぴゅあああっ」

八重歯を見せて破顔するマティアスの隣でほっとした表情を浮かべたウルリーカの腕から、仔竜が歓声を上げてぴょん、と飛び出した。まだ飛べない仔竜の突然の跳躍に、エステルがとっさに腕を前に差し出すと、狙い通り、とでもいうようにすっぽりと収まる。

「っ、だ、大丈夫ですか!?」

「ぴぴぴう、ぴゅ、ぴゅぴぃ！」

相変わらずエステルには何を言っているのかさっぱりわからないが、大喜びをしていることだけは伝わってくる。仔竜の様子に笑みをこぼしてしまうと、ジークヴァルドが眉間の皺を解くことなく、小さく嘆息した。

だそうだ。――俺も甘くなったものだな。番のお前以外にも、同胞の子のことを気に掛けてやるなど』

「甘くなったというより、元々お優しいのだと思います」

ジークヴァルドは言葉が足りないがために恐れを覚えたこともあったが、初めて顔を合わせた時から、ずっと誠実で優しかった。その優しさに助けられてきたことは多い。

冴え冴えとした印象の銀の髪の青年姿をしたジークヴァルドは意外そうに片眉を上げたが、すぐにかすかに笑みを浮かべると、そっとエステルの耳飾りに触れてきた。

「そんなことを言うのはお前だけだ。俺はそれほど優しくはない」

少し離れた場所で黙々とおやつを食べていた竜の姿のセバスティアンが、若葉色の鱗に覆われた尾をゆっくりと揺らしながら、楽しげな声を上げる。

『でもさぁ、ジーク。本当はマティアスたちのおチビちゃんみたいにエステルに「お願い。一緒に連れていってあげて」って可愛く言ってもらいたかったんじゃないの？』

竜の姿でもにまにまとした笑みを浮かべているのがわかるセバスティアンに、ジークヴァルドが目を眇めた。それとほとんど同時に巻き起こった氷交じりの突風に、セバスティアンの目の前に置かれていた食べ物が空高く舞い上げられていく。

『僕のおやつぅっ！　ひどいよジーク！　ちょっとからかっただけなのに！』

半泣きになりつつ干した果物や干し肉等を追いかけていくセバスティアンの姿を、ユリウス

が苛立ち混じりの溜息をついて見送る。

「どうしてこう、俺の主竜様は怒るのがわかっているのに、口に出すんだ……」

「いやあ、色々な意味で一番の強者っすよね……」

妙に感心したような口ぶりで感想を述べたエドガーに、エステルもまた深く頷いてしまった。

そこへそれまで黙ってジークヴァルドの決定を待っていたクリストフェルがこほん、と小さく咳ばらいをした。

『それではジーク様、これからこちらの皆様方とシェルバへ向かわれる、ということで』

「ああ、セバスティアンとそれにマティアスもいるのならば、さほど実の回収には手間取らないだろう」

「そうそう、さっさと回収して、ちょっと人間の国見物でもしようぜ。俺、南の方は行ったことがないんだよな。俺の子にも別の国を見せたいしさ」

好奇心に満ちた表情を浮かべるマティアスに、ウルリーカがエステルが抱いていた仔竜を受け取り、抱き直しながら呆れたように嘆息した。

「……マティアス、物見遊山に行くのではないのだぞ。子と共に連れていってもらえるだけでも感謝しなければ」

番のやりとりにくすくすと笑ったクリストフェルが首を垂れる。

『では、無事にシェルバから長命の実を回収できることを祈ります。道中お気をつけて』

かくして、賑（にぎ）やかだが不安を覚える行程となりそうな気配をはらみつつ、エステルたちはシェルバへと向かった。

＊＊＊

「……本当にここが冬でも温暖な土地だったなんて、信じられません」

エステルは銀竜の姿のジークヴァルドの背の上で、吹きすさぶ寒風に身を震わせ、眼下に広がるシェルバの光景に呆然（ぼうぜん）と呟（つぶや）いた。

雪は降り積もっていないものの、所々地面が凍りつき、いくら冬とはいえ畑はもう何年も手入れをしていないかのように土が硬そうで、雑草さえもあまり生えていない。まばらに生えている木々も寒さにやられているのか、あまり大きくはなかった。

一般教養として、リンダールの二つ向こうにある南東の国シェルバは、本来なら広大な穀倉地帯と【庭】との国境沿いに鉱山を有している温暖な国だ、と教えられている。しかしながら、野宿や休憩を挟みながら二日かけて辿（たど）りついたシェルバは、まるで北の寒冷地のようにすさんでいた。

ジークヴァルドの竜騎士になったことで、その力に馴染んできたらしく寒さに強くなったとはいえ、それでもかなり気温が低いことはわかる。

『土地の腐敗は進まずとも、凍結の影響は免れないだろうからな』

ジークヴァルドが周囲を確認するようにぐるりと首を巡らせる。エステルは、ごくりと喉を鳴らした。

(竜の力って……、やっぱり使い方を間違うと、怖いわよね)

人は到底敵わない。穏便に済ませたいのなら、決して我を忘れるほど怒らせることはしてはならないのだと思い知らされる。

すぐ後ろからセバスティアンがついてきていたが、マティアスとウルリーカは少し離れてついてきている。長命の実がどのような状態かわかるまで傍に寄るな、とのジークヴァルドの指示に従っているのだ。

見たところ、農耕地帯なのだろう。傍に集落があるのかもしれないが、今いる場所からは人の姿も人家も見えない。ジークヴァルドは立ち枯れた木々の少し上をゆっくりと飛びながら何かを辿るようにじっと地面を眺めていたが、やがて低く呟いた。

『――あそこだな』

ジークヴァルドが降り立ったのは、丘を越えた先にあった沼の畔だった。

ちょうど竜が一匹分収まるほどだろうか。水が流れ込んでもおらず、ましてや湧き出ているようでもなさそうなのにもかかわらず、異様に澄んだ水が湛えられた沼だ。魚の影も見えず、水草も生えていない。

「どこに長命の実があるんですか？　凍らせたんですよね」

ジークヴァルドの背から降り、氷の塊を想像して沼の周辺を見回すも、それらしき物は見当たらない。ふとジークヴァルドが沼の中を覗き込んでいるのに気づく。

「この沼の中に長命の実が沈められているんですか？　何も見えませんけれども……。どんな色の実なんですか？」

『セバスティアンの鱗の色よりも濃い緑だ。それにこの沼は……おそらく長命の実を覆っていた氷が溶けてできたものだ。実が持つ力の残滓を感じる』

ジークヴァルドの傍らから沼を覗き込んだエステルは大きく目を見開いた。竜の姿のままのジークヴァルドが沼から目を離し、一つの方向を睨み据える。

『本来なら俺が溶かさない限り、溶けることはないはずだが……。それに、これは……何者かに持ち出されたな。実が見当たらない』

「持ち出された!?　え、どうやってですか？」

エステルは驚愕の声を上げた。ジークヴァルドが溶かさない限り溶けないというのなら、どうやって持ち出したのだろう。

『ジークの力でも、さすがに番がいないともたなくて溶けちゃったんじゃないのかな。だから盗めたんだよ。長命の実って、宝石みたいに綺麗だもん』

ぬっと横から首を出してきてエステルの疑問に答えたのは、後から追いかけてきていたセバスティアンだった。

何でもないことのようにさらりと口にされたその内容に、エステルは目を瞬いた。

「これもまたジークヴァルド様に番がいないことの弊害なんですか？」

長になった時点で普通はすでに番がいるそうだ。番がいないがために、ジークヴァルドは時折不便な思いをしていると知っている。これもまたそのうちの一つなのだろうか。

ジークヴァルドが小さく嘆息し、首を横に振った。

『――お前のせいではない』

「それはわかっています。ジークヴァルド様と出会う前のことですから。でも、こう色々と不都合が出るのならば、番の誓いの儀式を夏まで待たないで、実の回収が終わって【庭】に戻ったら、すぐに行った方がいいんじゃないでしょうか？」

その方がジークヴァルドはきちんと長の務めをこなせるのだ。そうなれば周囲の竜たちも番を認めてくれるのではないだろうか、という目論見がないこともない。

「もし、簡易でも儀式ができるのなら、わたしは今すぐにでも番になる覚悟はできています」

ジークヴァルドの藍色の竜眼を見据えて真摯に訴えると、彼は珍しいことにがくりと項垂れた。尾が力なくぱたんと地面を叩く。

『お前は……俺が触れると恥ずかしがるというのに、他の者の前でそれを言うということは、番になることが儀式だけではないとわかっていないな』

「わかっていますよ。儀式が終わったら、寿命が尽きるまでジークヴァルド様の傍で暮らす覚悟はできています。国に帰りたいなんて言いません」

『そういうことではないのだがな……。お前の気持ちは嬉しいが、すぐにというわけにはいかない。【庭】に戻ったら話し合おう。――それより、盗まれた長命の実のことだ』

　気を取り直すようにジークヴァルドは盛大に溜息をつき、すぐに沼の方へと視線を移した。エステルも慌てて居住まいを正す。

『直接実に触れるか、口にしない限りは竜騎士ではない人間でも持ち出せる。ただ、長く持っていると体調を崩す。周囲に悪影響を及ぼす可能性もあるからな。なるべく早く見つけ出さなければならないが……』

　ジークヴァルドは気がかりそうに先ほど見当たらない、と言った時と同じ方角へと再び目を向けた。そうしたかと思うと、ジークヴァルドは冷風を起こし沼を再び氷で覆った。

『こうしておけばこれ以上ここに何かをすることはできないだろう。――とりあえず、実の持っている力の残滓を辿る。あまりおかしなことに巻き込まれていなければいいのだがな』

　ジークヴァルドに促されてエステルがその背によじ登ると、銀竜はすぐに空に舞い上がった。

それからさらにゆっくりと南の方角へと飛び始める。

時折降り、力の残滓を確認しつつまた飛ぶ、というのを何度か繰り返していると、離れて後ろからついてきていたマティアスがふいに速度を上げて横に並んだ。

『なあ、俺の覚え間違いじゃなけりゃ、このまま行くとシェルバから出てカルムに入るよな？』

カルム、と聞いてエステルは目を大きく見開いた。

「カルムって、あのカルムですか⁉　花と芸術の国カルム！　王家が率先して芸術家を庇護しているので、世界に名高い芸術家が沢山集う国ですよね⁉」

絵に限らず、世界中のありとあらゆる分野の芸術品が集まると言われている国だ。芸能の分野も発達していて、歌劇や書籍なども創作物はカルムが流行を生み出している。エステルにとっては一生に一度は行ってみたい憧れの国だ。そういえばシェルバの隣国だったと思い出す。

エステルがうっとりと頬を上気させて胸を高鳴らせていると、ちらりと振り返ったジークヴァルドが頷きつつ小さく笑った。はっと我に返り「すみません」と興奮をおさめる。

エステルが落ち着いたのを見ると、ジークヴァルドは不審そうにマティアスを見据えた。

『確かに、この様子だとシェルバからカルムへ持ち出されたようだな。おそらくカルムの竜に協力を求めることになるが……。それがどうした』

『いや、カルムの竜って三匹だよな？　その筆頭って……』

「フレデリクだ」

『げっ……やっぱりフレデリクかよ！　三物騒竜の一匹じゃんか……。俺あいつ苦手なんだよな。にこにこ笑ってんのに、本当は怒っていたりするしさ』

ぼやき出すマティアスに、楽しい妄想の名残をようやく打ち切ったエステルは首を傾げた。

「三物騒竜……？　ちなみに他はどなたですか？」

『フレデリクだろ。それとルドヴィックに、あとは――セバスティアン』

『えぇ、僕そんなに怖くないよ。ジークの方が怖いと思う』

『お前は悪気なく暴れるから、質が悪いんだよ！』

不満げに口を挟んだセバスティアンがマティアスに怒鳴りつけられて、ひぃっと首をすくめる。その姿はとてもではないがマティアスよりも強い力を持つ竜だとは思えない。

少し考えるように間を置いたジークヴァルドが、やがて周囲を見回した後、口を開いた。

『お前が嫌ならば、ここで待機していてもかまわないが。【庭】の境にいるよりはましだろう』

『……いや、手伝うって言ったから行くよ』

そうは言っても警戒しているのか、金の筋が入った尾の先が小刻みに揺れている。

（ジークヴァルド様に対してもあまり怖がらないマティアス様なのに……。フレデリク様って、そんなに怖い竜なの？）

少し聞いただけではどんな性格の竜なのかわからないが、それでも竜騎士を選び、その国に出向いているというのならば、人間に対して友好的な竜のはずだ。なぜ我ら竜が人間に力を貸してやらなければならないのだ、という人間嫌いの竜ではないだろう。

エステルは期待と好奇心、そして少しの恐れを抱きつつ、花と芸術の国と言われているカルムの方角を見据えた。

＊＊＊

ぽん、と唐突に目の前に差し出された筒の中から現れた色とりどりの花に、エステルは驚愕に目を見開いて立ち止まってしまった。

「どうぞ、お嬢さん。ようこそカルムへ」

顔の上半分を覆う、差し出された花束のように鮮やかな花模様が描かれた仮面をつけた男が、開いた口元だけで微笑みかけてくる。

「えっ、あの、どうしてカルムの住人じゃないのがわかるんですか？」

つい花束を受け取りながら問いかけると、仮面の男はさらに笑みを深めた。

「外套（がいとう）を持っていますから。常春のカルムにはそんなに厚い上着は必要ありません。新年の花祭りを見物しに来た北の旅行者だと一目でわかります。今の時季は沢山の観光客でどこも混みますが、楽しい滞在になるといいですね。——では」

道化師のように派手に着飾った仮面の男は、やはり芝居がかった仕草で礼をすると、再び別の女性に向けてエステルにしたのと同じように花を差し出し始めた。

「なんだったの……？」

唐突な出来事に、唖然と立ち尽くしてしまう。

「近くの劇場の呼び込みじゃないの？　ほら、この花、あそこの劇場の名前入りのリボンがついてるし。押しつけがましく宣伝するわけじゃないのが、カルムらしいよね」

隣にいたユリウスがエステルが貰った花束をまとめていたリボンをつまみ、感心したようにまじまじと見つめた。

「リンダールの王都も騒がしかったが、ここはさらに騒がしいな」

銀の髪の青年姿のジークヴァルドが花束をさりげなくエステルの手から抜き取り、ユリウスに押し付けるように渡しながら、物珍しそうに周囲を見回した。

長命の実の力の痕跡を辿りシェルバからカルムに入ると、カルムの王都へと続いていることがわかった。やはりカルムの竜の中でも一番強い力を持つ竜・フレデリクに事情を話そう、とその竜がいるはずの王都までやって来たが、シェルバとのあまりの落差に驚きを隠せない。

後ろに続くやはりこちらも人間姿のマティアスやウルリーカも、人間の街に慣れているとはいえこれほどまでの人出と街の騒がしさが珍しいのか、どこか楽しそうだ。マティアスはまだ人間の姿になれない仔竜を入れた鳥籠に布をかけて背負っていたが、その布をめくりあげて外を見たがる仔竜と、「駄目っすよー」とへらへらとしまりなく笑いながら隠そうとするエドガーが攻防を繰り広げている。

　カルムには三匹の竜がいるが、さすがに四匹もの見慣れない竜が王都を訪れると騒ぎになるだろうと、竜たちは人の姿になることを選択したが、先ほどの仮面の男も言っていた通り、観光客が多く、多少のことでは目立たないというのがかなり助かっている。

「カルムの新年の花祭りは、どの国の王都の祭りよりも華やかで驚きに満ちている、と言われていてすごく有名ですから。本番前から準備で盛り上がっている話を聞きますし、なおさら賑やかなんだと思います」

【庭】は竜騎士選定の時期が過ぎると、穏やかな静けさに包まれていた。時々エステルの元に遊びにくる子竜たちの歓声が響いても、騒がしいというよりも賑やか、という感じだったのだ。強大な力を持つために、恐れられ、それほど他の竜が近寄らなかったジークヴァルドにとっては、この騒がしさはなおのこと慣れないかもしれない。

「でも、シェルバのすぐ隣の国だとは思えません。すごく暖かくて、生活も豊かそうで……」

　エステルは周囲の喧騒に眉を下げて、唇に浮かべた笑みを消した。

「カルムに入ったばかりの場所は荒れていたがな。おそらく長命の実の影響が出ているのはシェルバとの国境付近の穀倉地帯だけで、こちらにまで届いていないのだろう。カルムの王がどこまで隣国の状況を把握しているのかは、わからないがな」

嘆息したジークヴァルドが、王都の中心に位置する一際大きな建物を見やる。つられてそちらを見たエステルは、白亜の城に感嘆の溜息を洩らした。

「絵では何度も見たことがありますけれども、本物のカルムの王城を見られるなんて、思いませんでした。あの螺旋階段とか、百年前の建築家の渾身の作で、あっちの壁の色といかに喧嘩をさせずに融合させるか、壁の色を出すのが難しかったとか。でもそれをやってしまうのがすごいですよね。城の中も、当代一の織り手のリリアーナのタペストリーがあちこちに飾られていると聞いていますし、タイル職人の――」

「エステル、エステル、――姉さん！　待って、止まって。憧れの街に来られて嬉しいのはわかったから、少し黙ろう。ジークヴァルド様が引いてる」

目を輝かせて滔々と語っていたエステルは、呆れ返ったユリウスに肩を揺すられて我に返った。口を噤んでおそるおそるジークヴァルドを見ると、軽く目を剥いて唇を引き結んでいた。

「す、すみません」

「いや……お前は絵だけに傾倒しているわけではないのだな」

「一番好きなのは絵ですけれども、他の美術品や建物を見るのも好きです。色んなものを見ると、目が肥えますから、絵を描く参考になりますし」

箱入り令嬢と言われていたが、懇意にしていた画商から有名な画家がリンダールを訪れたと聞けば、渋る父を説き伏せて会いにいかせてもらったし、特別公開される美術工芸品があるという情報をユリウスが持ってきた時などは、人気が少なくなる頃なら、とこっそりと連れていってもらったりもした。

このカルムの都は城だけではなく、全てがあらゆる分野の芸術に溢れているのだ。どうしても目があちこちにいってしまう。

「長命の実の回収を終えたら、少し街を見て回ればいい。再び来られるとは限らないからな」

「大丈夫なんですか？　……見たいとは思いますけれども、早く実を【庭】に戻さないと、長命の木が枯れてしまいますよね」

自分の我が儘のせいでそんなことになってしまったら、気が咎めるどころの話ではない。するとジークヴァルドは宥めるようにエステルの首筋をするりと撫でた。

「マティアスも人間の国を見物したい、と言っていただろう。一日二日くらいは大して変わらない。一月もかかるというのなら、話は別だが」

目元を和らげるジークヴァルドに、エステルはぱあっと笑みを浮かべた。それを聞いてしまっては早く実を探し出さなければ、となおのこと意気込みが増してくる。

頬を紅潮させるエステルに、ユリウスがさらに大きく嘆息した。

「そんな様子だと、フレデリク様の竜騎士にも呆れられるからね。確かエステルと同い年だったと思ったけれども、すごく落ち着いている方だったよ」

「え？　知っているの？　どこで会ったのよ」

まさか会ったことがあるとは思わず、エステルはまじまじと弟を見つめてしまった。

「去年、【庭】で俺が竜騎士に選ばれた時。セバスティアン様がフレデリク様と妙に気が合うみたいで、竜騎士を見せびらかしにいく、って言われて連れていかれたんだよ。その時に傍に控えてた」

年子の弟はリンダール国史上、最年少の十五歳で竜騎士になったが、去年といえばエステルは十六歳だ。そのエステルと同い年で竜騎士になったというのは、ユリウスほどではないにしろかなり早い。多くが二十代で選ばれるのだから。

驚くエステルにジークヴァルドがそういえば、そうだったな、と頷いた。

「確かにフレデリクは竜騎士が代替わりをしたからと、先代の長の承認を貰いにカルムから竜騎士を連れて【庭】に戻って来ていたな」

「代替わり……。それって、竜騎士の血縁の人間が竜騎士位を継ぐことですよね。稀だって聞きましたけれども。優秀な方なんですね」

竜騎士は世襲することはほとんどない。竜は自分が選んだ人間の子供だから、血縁だからという理由だけで選ぶことはないと聞く。それでも竜騎士に選ばれたというのなら、かなり優秀な人物なのだろう。

　同い年だというのなら、なおのこと会って話がしてみたい。何かしら得るものがあるはずだ。

「選ぶ基準は竜によって違う。人間側から見て優秀なのかどうかはわからないが……。さすがに絵について少し騒ぐくらいでとやかく言うような者ではないとは思うがな」

　ジークヴァルドの擁護に、ユリウスが半眼になった。

「……ジークヴァルド様は少しエステルに甘すぎると思います。もう俺は番の儀式までとは言わずに国に帰りたくなってきました……。どうして姉の愛されぶりを観察して国に報告しないといけないんですかね。そう思いませんか？　セバスティアン様……あれ？」

　やはりエステルの動向の報告義務はあったらしい。渋い表情を浮かべて主竜に同意を求めたユリウスが、ふと周囲を見回してその姿が見えないことに気づくと、青筋を立てた。

「あの食い意地がはった主竜様は……っ。どこで食べ物に釣られたんだよ！　――ちょっと探してくるから、エステルたちは先にフレデリク様の竜騎士の屋敷に行っていて」

「えっ、ユリウス貴方、屋敷の場所がわかるの――ああ、行っちゃった……」

　エステルの呼び止める声にも立ち止まらず、ユリウスの姿はあっという間に人込みに紛れてしまった。

「竜騎士の屋敷はどこだ、ってそこら辺の店の奴に聞けばすぐにわかるだろ。それより早く行こうぜ。俺の子がさっきからずっと唸っているんだよな」

　マティアスが背中に背負った鳥籠を気がかりそうに見やる。

興味を惹かれる物が沢山あるというのに、外に出られない不満が溜まっているのだろう。先ほどとは違い、破るような勢いで激しく揺れる布をエドガーが必死の形相で押さえ、ウルリーカが宥めていても収まらない。

「――お前の子は幼いというのに、かなり力に対して敏いな」

「は？　どういうことだよ」

予想外のジークヴァルドの言葉に、マティアスがわけがわからない、といったように聞き返す。エステルもまた、不可解そうにジークヴァルドを見上げた。

「王都全体に薄くだが、不快な力の気配が漂っている。おそらくお前の子はそれに気づいて警戒しているのだろう」

ジークヴァルドが目を眇めて、辺りを見回した。どこもかしこも人と露店、華やかに飾られた店や見世物で活気に溢れており、人々の表情も明るい。エステルには危ぶまれるような気配は全く感じ取れなかった。

「それは……もしかして長命の実の――っ!?」

エステルが確認しようと口を開きかけた時だった。

わあっと少し離れた場所で歓声が上がる。何事か、と思った時には道を歩いていた人々が一斉に何かに向けて歩き出した。

「竜のお出ましだ！　めったに見られないぞ」

そんな声と共に人込みが動く。そちらに気を取られたエステルは、ふいに巻き込まれるように人波に押されて歩かされてしまった。

「……っ、エステル！」

はっとしたジークヴァルドが手を伸ばして引き寄せようとしたが、人が邪魔をして手を取れずにどんどんとその間が空いていく。ジークヴァルドが竜の強い腕力で立ちふさがる人間を押しのけでもしたのか、人々の合間から悪態や悲鳴じみた声が上がり、さらに騒ぎが大きくなる。

「ジークヴァルド様、わたしは大丈夫ですから！」

宥めるように声を張り上げている間に、焦りを帯びたジークヴァルドの顔が人々の向こうに隠され、やがてその姿が見えなくなってしまった。

「あのっ、すみません！　通してくださいっ」

どうにか人込みを縫ってジークヴァルドたちの元に戻ろうとしたが、興奮している人々の耳には届かず、つい先ほど花束を渡された劇場の前からも遠ざかってしまった。

「――あっ」

ふいにどん、と人込みから押し出される。よろめくように細い路地の入り口に辿りついたエステルは、ようやくほっと息をついた。

「竜のお出まし、って聞こえたけれども……」

竜の姿を見たいがために殺到するとは思わなかった。リンダールでは竜が飛翔したからといって、外に出て見上げることはあっても、ここまでの騒ぎになることはない。もしかしたら竜が少ない国の旅行者には希少な機会だからかもしれない。

乱れた髪を手櫛(てぐし)で整え、さあジークヴァルドたちの元へ戻ろうと辺りを見回したエステルは、ふいに路地で売られていた沢山の絵の中の一枚に目が吸い寄せられてしまった。

(なに、この色……。こんな青色、初めて見た)

空なのか、それともエステルが絵でしか目にしたことがない海なのか、一面の青に塗られた絵画だ。ただ、エステルが見たことのないほど深みがあり、それでいてどこまでも透明感があるような不思議な青い顔料を使って描かれている。

「お嬢さん、その絵が気に入ったのかね」

エステルが絵を凝視していると、道端に置いた椅子(いす)に腰かけて絵を売っていた初老の画商が声をかけてきた。痩(や)せているが、その見た目の年齢にしては髪が白い。元より白髪なのだろう。

「いえ、気に入ったといいますか……。珍しい青ですね」

綺麗な色だというのに、どこか寒気を感じる寂しい色だ。ただ、妙に目が惹かれてしまう。

「そういう言い方をするということは、お嬢さんはけっこう絵を見ているね。普通は綺麗な青だというものだが」

失礼ながら路地で絵を売っているにしては妙にこざっぱりとした身なりの初老の画商は、エステルを無遠慮に眺めたかと思うと、ある一点に目を留め、なぜか驚いた表情を浮かべた。かと思うと、にこやかな笑みを浮かべておもむろに椅子から立ち上がった。やけに姿勢がよく、若い頃は騎士でもやっていたのでは、と思うようなきびきびとした動きだった。

「私もかなり気に入っていたが、お嬢さんになら売って差し上げよう。お代は……その耳飾りというのはどうだろうか」

ずい、と画商に迫られ、エステルは思わず耳を押さえて後ずさった。

「これは駄目です！　わたしの大切な方から貰った物ですから。それに欲しいなんて一言も言っていません」

「お嬢さんの身なりなら、またその大切なお方から貰えるだろう。さあ、耳飾りを置いてこれを持っていくといい」

「いりません！　失礼します」

耳飾りのどこがそんなに気に入ってしまったのか、画商は譲らなかった。やけにぎらつく目で絵を差し出されたエステルは毅然と首を横に振り、そのまま立ち去ろうとしたが、すぐ隣で別の絵を売っていた男が協力するかのように、路地の入り口を塞いでしまった。

（珍しい色だからって、立ち止まるんじゃなかった！）

絵に関することならば、どうしても気になってしまう自分の性格が恨めしい。

カルムの治安が悪いという話は聞いたことはないが、様々な人間が出入りする都だ。中には強盗や恐喝まがいのことを行う者も紛れ込んでいるのかもしれない。

立ち塞がった男を睨みつけ、どうにかして抜け出せないかと考えを巡らせる。

(今すぐ命が危ないわけじゃないから、魅了の力は発揮されないし……)

ジークヴァルドにもきちんと操れるようになるには、おそらく何度も命の危機に陥る必要がある、と言われている。竜に襲われた時はすぐさま命の危機を感じるせいか、発揮されることが多かった。人間相手にはっきりとかかったのは、ルドヴィックの竜騎士に捕まった時だけだ。

この状況が怖い、というよりもさらに大変な事態を招くかもしれないと思うと、そちらの方に焦燥感が募ってくる。

(早くジークヴァルド様のところに戻らないと。不快な気配がする、って言っていたから、なおさら心配しているわよね)

先ほど人を押しのけていたあの様子を思うと、あまり長く離れていると、本来の竜の姿に戻って探し回るかもしれない。そうなると多くの人々が集まっているのだ。混乱し、怪我人どころの騒ぎではすまないだろう。はっきり言って死人が出る。

ふいに背後にいた画商が動く気配がした。エステルの肩を掴む勢いで伸ばされた手を寸でのところで躱す。そうして驚いた表情をした画商の横をどうにか駆け抜けた。

元の大通りに出られないのなら、逆方向に路地を抜けて人込みに紛れるしかない。

数歩行きかけた時、ふっと顔の横を何かが通り過ぎた。がらがらと石畳に当たって砕ける音に何が飛んできたのだろうかと、足を止めないまま振り返ったエステルは、額縁に収められた絵を振りかぶる画商の姿を見て仰天した。

「な、何をしているのよ！　画家が丹精込めて描いた作品を投げつけないで！　貴方それでも画商なの!?」

「画商だと名乗った覚えはない。こんな物、いくらでも調達できる」

にやりと口端を持ち上げる画商はさらに絵を投げつけてこようとした。

「こんな物、って……。なんてことを言うのよ!!　それ一枚描くのにどれだけの労力と気力と財力と命がかかっていると思って――」

叫びつつも再び避けようとしたエステルだったが、先に投げられ、破損した額縁のかけらでも踏んだのか、足元がぐらりと傾き転んでしまった。そのすぐ傍に重そうな音を立てて額縁が落ち、ぞっとする。

（ぶつかったら、さすがにかすり傷じゃすまない！）

慌てて立ち上がり逃げようとしたが、その間に追いついてきた画商に力任せに腕を掴まれた。そのまま耳飾りに手が伸びてくる。

「――やめて……っ」

エステルが手を振り払おうとした次の瞬間、ぎゃっという低い呻き声とともに画商の背後からやけに大きな何かが飛んでくる。宙を飛び、エステルたちの横にどさりと落ちたのは大通り側の路地を塞いでいた男だった。

（え？　飛んだ!?　ちょっと待って……）

比喩（ひゆ）ではなく、本当に軽々と宙を飛ばされてきたのだ。

唖然としていると、その耳にカシャンカシャンと石畳に反響する金属的な足音が届いた。

「――商業許可証、出して」

細い路地に、硬くはあるが確かに女性の声が響いた。逆光であまりよく見えなかったが、それでもすらりとした肢体を持つ女性だとわかる。まさかとは思うが、あの女性が男を蹴（け）るなり殴るなりして、宙に飛ばしたのだろうか。普通に考えてありえない。

エステルと同様に驚きに息を呑んでいた画商は小さく舌打ちをすると、あっさりと手を離した。そうして渋い顔で懐から銀の板を取り出すと、女性の方へ投げつけるようにして放る。

許可証らしき銀板を確認し、きびきびとした歩調で画商に歩み寄った女性は、銀板を返すと宙を飛ばされた男にも許可証を要求するかのように手を差し出した。苦しげに顔を歪（ゆが）めた男が女性に銀板を見せると、彼女は納得したように一つ頷き、次いでエステルの方に顔を向けた。

「怪我は？」

「……っありません。ありがとうございます！　助かりました」

呆然としていたエステルは問われて、慌てて頭を下げた。女性の背後で、画商と飛ばされた男が渋面を浮かべつつ、あっという間に店をたたんで去っていくのが、目の端に映ったが、もうどうでもよかった。

（女性の……多分騎士の方よね？　でも、この格好は……）

鎖で編んだ服——所謂、鎖帷子を着込み、足元は金属製の重そうなブーツを履いている。先ほどの金属的な足音の正体はこれだったらしい。唯一鎖帷子の下に着た白いブラウスと、サーコートのような上品な藤色の上着が女性的といえば女性的だ。腰に巻いた銀鎖の細いベルトには、装飾が一切ない短剣が下げられている。

だが、通りで見かけた警邏の騎士はこれほど重装備ではなかった。暖かな気候のせいだろう。リンダールの詰襟の上着の騎士服とは違い、チュニックの上に皮の鎧といった極めて軽装備だった。

まるでこれから戦場にでも向かうのか、とでもいうような出で立ちの女性は、体格がいいかといえばそうでもない。背はリンダールでは一般的な女性の背丈のエステルと大して変わらず、どちらかといえば細身だ。

鎖帷子も金属製のブーツも重たくはないのだろうか、と思っていたエステルは、カシャンカシャンと音をたててこちらに歩み寄って来た女性の顔をはっきりと見るなり、思わずポケットにしまい込んでいたスケッチブックを取り出そうとしてしまった。

（妖精！　妖精がいる……。去年手に入れた画集の中にいそう……！　美女、というよりは美少女？　でも、その間くらいかしら）

成熟した大人の女性というわけでもなく、だからといって子供っぽくもない。少女から大人の女性へと移り変わる、ちょうどその辺りだ。おそらく自分とそれほど変わらない年頃だろう。だが、表情というものがほとんど浮かんでいないせいか、どことなく無機質な印象を抱いてしまう。そして人の趣味を非難するわけではないが、見事に着ている物と顔が合っていない。

（細いし、顔が小さくて、睫毛が長い！　瞳は灰色？　ううん、これって多分銀色よね。……あれ？　髪が……。この方は、もしかして）

長い髪を後ろで一つに三つ編みにしているが、その色は明るい青——勿忘草色をしていた。普通の人間にはまず見られない色だ。

どこか浮世離れした雰囲気の女性は、エステルに怪我がないか確認をしていたのか特に感情を露にすることはなかったが、エステルと目が合うとなぜかかっと目を見開いた。

（まさか考えていることがそのまま口に出ていた？　すごく睨まれているというか、怒っているような……）

ひくひくと唇の端が痙攣し、ぐっと眉間に皺が寄る。せっかくの綺麗な顔立ちだというのに、身につけている武装のちぐはぐさもあいまってか、少し怖い。だが、聞きたいことを聞かなければ、と探るように口を開く。

「……あの、貴女は——もしかして竜騎士の……」

『ミルカ！　もう……突然降りて駆けだしたかと思ったら、何をしているんだよ』

エステルの問いかけと、頭上から問い質すような言葉が降り注いできたのはほぼ同時だった。

ぎょっとして建物の隙間から覗く空を見上げたエステルは、そこに勿忘草色の竜が滞空しているのに気づいて大きく目を見開いた。

「申し訳ございません、フレデリク様。こちらの方が質の悪い商人に絡まれているのが見えましたので」

『アナタまた、騒動に首を突っ込んだの……。謝るのはいいから、早くそこから出て。ワタシはそんな薄汚くて埃っぽいところに降りるのは嫌だからね』

ふいっと首を逸らし、勿忘草色の竜は銀色の翼と細い二本の角を煌めかせて建物の上空から離れた。

（え？　今、尻尾が二本じゃなかった？）

太い鞭のようにしなやかな尾の先端が二股に分かれていた気がする。とてつもなく気になるが、それを確かめるのは後だ。

ふっと息を吐いた女性騎士に、エステルは湧き起こった興奮のまま、がしりとその手を両手で握りしめた。

「あの、今の竜はフレデリク様、で間違っていませんよね？」

「……そうですが。あの、手を離さないと駄目です」

少しおかしな言い方で離せ、という割には身動き一つしない彼女を不審に思うこともなく、ぱっと手を離したエステルは、それでも先を続けた。

「あっ、急にすみません。——あの、貴女は若葉色の鱗の竜のセバスティアン様に会ったことはありませんか？」

「セバスティアン様……。リンダールのユリウス・クランツ殿とその主竜様なら【庭】でお会いしました」

「わたしはそのユリウスの姉で、エステルといいます。ええと……」

弟に会ったと口にした彼女に、いよいよ確信が持てたエステルは、満面の笑みを浮かべた。

「ミルカ・ブラント。先ほどの竜——フレデリク様の竜騎士です」

「ミルカさん、わたしたちは貴女の主竜様に会いに来たんです」

エステルの突然の言葉にもミルカはその形のいい眉一つ動かすことなく、ただ大きな目を瞬いただけだった。落ち着いた方、というユリウスの話は本当のことだったらしい。

(フレデリク様の竜騎士が女性だったなんて、聞いていなかったわ。それとも、聞き逃していただけだった？)

だが、同性の竜騎士は見かけたことはあっても、話したことがないので素直に嬉しい。嬉しさのあまりさらに言い募ろうとすると、ミルカが急に背後を振り返った。

「——エステル！」

間を置かずにそこに現れたのは、息を切らしたジークヴァルドの姿だった。

「あっ、ジークヴァルド様！　すごい偶然なんです、フレデリク様の——うぐっ」

　喜色を浮かべて駆け寄ろうとしたエステルだったが、それよりも早くやってきたジークヴァルドにきつく抱きしめられた。

「全くの偶然などではない。フレデリクが俺の力に気づいて、向こうからやってくるところだったのだからな」

「――本当にそうだよ。まさかアナタがジークヴァルドの番なんてね。途中でミルカがアナタに気づかなかったら、ジークヴァルドが王都を探し回って半壊させていたのがわかっている？　ワタシの竜騎士に感謝するんだね」

　つっけんどんな印象を受ける声がジークヴァルドの向こう側から聞こえてきた。路地には入らず壁に背を預けて腕を組み、こちらを横目で見据えていたのはジークヴァルドに対抗できるのでは、と思うほど整った容貌の青年だった。

「あの方は……」

　背を覆う緩やかな勿忘草色の髪に、少し垂れ気味の銀の竜眼。どこか気だるげな色香を纏う美青年が身につけているのは、涼しげな更紗のような布で作られた乳白色の貫頭衣だ。しめつけがあまりなく、着る者によってはだらしなく見えてしまうかもしれないが、彼が着ると妙に神々しさを感じる。ゆるりと腰に巻かれている銀鎖はおそらくミルカと同じ物だろう。そして何より目を引いたのが、細かな編み目が美しい服と同じ乳白色のレースの手袋だ。これまでに出会った竜の中では一度もつけているところを見たことがない。

「フレデリクだ。セバスティアンとほぼ同等の力を持つカルムの筆頭竜だ」

「それなら、ご挨拶をしないと。……あ、あのジークヴァルド様、ちょっと離してください」

ジークヴァルドの紹介に、エステルは彼の腕から抜け出そうと胸を押したがなかなか離してくれず、宥めるようにうっすらと鱗が浮いてしまっているその首に触れた。

「もう大丈夫ですから。少し離れましょう。このままだと挨拶ができません」

「このままでもできるだろう。俺はかまわない」

「わたしがかまうんです！　それにフレデリク様にも失礼です。わたしが失礼な娘だと思われてもいいんですか？」

両手で首を包み込み、そう言い募るとジークヴァルドは眉間に寄っていた皺をさらに深めたが、やがて渋々とではあるもののようやく離してくれた。

「初めてお目にかかります。フレデリク様。ジークヴァルド様の竜騎士のエステル・クランツと申します」

エステルの挨拶に、しかしフレデリクは何も答えなかった。こちらに顔を向けているが、エステルを通り越し、後ろの路地の方をわずかに驚いたように見ているのに気づく。

何を見ているのだろう、と振り返っても先ほどの画商が忘れていった椅子が倒れているだけで、誰もいない。

「あの……、どうかされたんですか？」

おそるおそる声をかけると、フレデリクは我に返ったように大きく嘆息をした。

「別に……なんでもないよ。それにしても――。……アナタが話に聞くジークヴァルドの番になる人間ねえ。ふうん……野暮ったくてあまり賢くはなさそう。ワタシだったらいくら命の期限が迫っていても、絶対に選ばないなぁ。こんななんにも考えていなさそうな、ぽやんとしたちんくしゃな小娘なんて」

壁から身を離したフレデリクはエステルに上から下まで無遠慮な視線を走らせると、言葉とは裏腹ににっこりと極上の笑みを浮かべた。

（……すごい貶されようだわ。でもミルカさんを竜騎士に選ぶくらいだから、そうなるわよね）

服装は少し個性的だが、絵画から抜け出てきたようなとんでもない美人だ。竜が人の姿になるとほぼ見目麗しい姿になる。彼女が実は竜なのだと言われても疑問さえ抱かないだろう。無駄口も叩かず、身のこなしも先ほど見た通りきびきびとしていて気持ちがいい。平凡な顔立ちに、普通の令嬢よりは動けるとはいえ、逃げることしか能のない自分とは大違いだ。

「フレデリク、口を慎め」

一度は離してくれたジークヴァルドが腰を引き寄せた。そのままフレデリクを睨みつける。

するとフレデリクは鼻白んだように肩をすくめた。

「おやおや、番にもなっていないうちから随分な入れ込みようだね。さっきだって血相変えて探していたしさ。――まあ、番になるというのならなればいいんじゃない。もし長が道を外すような目障りな行動をするなら、その娘を食い殺せばいいし」

実に楽しそうにちろりと舌なめずりをしたフレデリクに、エステルは怯えるよりも妙に納得してしまった。

(この方……、何となくセバスティアン様と仲がいいっていうのがわかる気がする)

のんびりとした口調の気弱な弟の主竜は、怖がりだというのに時々物騒な言葉をさらりと口にするほど好戦的だ。そのセバスティアンと同じく、普段はそうでなくとも本気で怒らせると理性が働かない類の竜かもしれない。

これは下手なことを言ったら、ジークヴァルドの目の前であってもその場で殺されそうだ。そして、ジークヴァルドに窘められてもこう言うということは、おそらく試されている。

「ご忠告、ありがとうございます。一度、食べられそうになったので、そうならないように行動には気をつけますね！」

やんわりとジークヴァルドの手を押しやりつつ怯みもせずに礼を言うと、フレデリクは笑顔を浮かべるエステルを見て、ぴくりと片眉を上げた。

「食べられそうになった？　誰に」

「ええと……」

これは教えてもいいのかと言いごもると、以前竜に噛みつかれたエステルの右腕をジークヴァルドが労わるように撫でてきた。

「【奥庭】の者に腕を食いちぎられかけた。人を食べると力が増すと入れ知恵をされてな」

「――あいつらは……。何をやっているんだよ。今度帰ったらきつく言っておかないとね」

低く呟いたフレデリクがすうっと冷えた笑みを浮かべる。その顔は今すぐにでもペンと紙が欲しくなるほど綺麗だが、同時に背筋が凍るほど怖い。マティアスが言っていたのはこういうことだろうか。

上位の竜であっても、なぜフレデリクが【奥庭】の竜に注意をしなければならないのだろうか、とも思ったが、それでも止めなければ大変なことになる、という半ば脅迫じみた恐れに突き動かされ、エステルは慌てて口を開いた。

「あのっ、傷跡もなくちゃんと治りましたし、ジークヴァルド様がすでに処罰を与えているので、それ以上はやめていただけませんでしょうか」

エステルの訴えに、フレデリクがどういうわけか薄気味悪そうな表情を浮かべた。

「ジークヴァルド……アナタの番、頭おかしいよ。普通の人間なら竜に食べられそうになった経験があるのなら、かばうなんてせずに怖がるものだよ。本当にコレでいいの？　どうも魅了の力があるみたいだけど、アナタも惑わされておかしくなっていない？」

「惑わされてはいない。頭がおかしいというより、無類の竜好きで、図太いだけだ。竜と絵が絡むと周りが見えなくなる」

褒めているのか貶しているのか、エステルの首を愛おしむように撫でてくるジークヴァルドに、むっとしたエステルはその手を掴んで引きはがした。

「――っ。それ、褒めていませんから！　図太い図太いって言いますけれども、そんなことはありません。わたしにだって怖いことぐらいあります。なんといっても高所恐怖症ですから」

堂々と言い放つと、ジークヴァルドが呆れたように嘆息した。

「胸を張ってそれを言えるのが、図太い以外のなんだというのだろうな」

「……は？　高所恐怖症？　番になるのに？　竜騎士なんだよね？　アナタ……もうわけがわからないよ」

困惑したように眉を寄せるフレデリクの傍で、ミルカは無表情ながらもぱちぱちと何度も瞬きを繰り返していた。

（……ええと、はい。確かにわけがわからないわよね）

改めて指摘されるとそうとしか言えない。

誤魔化すように笑ったエステルを中心に唖然とした空気が流れる中、気を取り直すようにフレデリクが肩をすくめた。

「はぁ、もうジークヴァルドがそれでいいならいいよ。とりあえず何となく察しはつくけれども、何をしにカルムに来たのかブラントの屋敷で詳しい事情を聞くよ。――ミルカ、案内してあげて。ワタシは先に帰るから」

フレデリクはそう言うなり、路地から出ていってしまった。すぐに大通りがわっと沸いたかと思うと、冬空に溶けてしまいそうな勿忘草色の竜の姿が上空に現れる。その全容を初めてよく見たエステルは、大きく目を見開いた。

「やっぱり、尻尾が二本あるわ……」

勿忘草色の竜の尾は、珍しいことに確かに先の方が二股に分かれていた。

エステルの驚愕の呟きを聞き取ったジークヴァルドが、ああ、と口を開く。

「そうか。言っていなかったか。フレデリクは【庭】にいた頃は【奥庭】の竜たちのまとめ役を務めていた。今でも【庭】に戻ってくると、必ず様子を見にいっている」

「【奥庭】の竜の方なんですか!? しかもまとめ役って……。それ、もっと早くに言ってほしかったです」

【奥庭】は竜騎士を持てないほど力が弱い竜や、怪我を負い飛べなくなった竜、そして一般的な竜とは違う特徴を持つ竜が集まって暮らしている場所だ。異形の竜たちは人間に珍しがられすぎて、人間に嫌気がさしていると聞いている。そうなると、フレデリクも今は違うようだが昔は人間嫌いだったのだろう。そんな竜に普通に話しかけていたのだ。

(尾が二本あるんですね！　とか騒がなくてよかった……)

エステルが冷や汗をかいていると、会話が切れたのを見計らってミルカが声をかけてきた。

「フレデリク様のお言いつけ通り、当屋敷にご案内します」

「ああ。――エステル」

鷹揚に頷いたジークヴァルドがこちらに手を差し出してくる。

「あの、マティアス様方はどうされたんですか？」

「お前を見つける前に、フレデリクが屋敷の場所を教えていた。あちらで合流できるだろう」

「それならよかった――って、何をしているんですか⁉」

つい躊躇なくジークヴァルドの手を取ってしまうと、あろうことか抱き上げられそうになったので、慌てて身を引く。

「手！　手をつなぎましょう！　さすがにここで抱っこは嫌です」

いくらエステルが人波に流されてしまったとはいえ、抱き上げられて移動するなど恥ずかしいというよりも、あまりにも情けなさすぎる。そして当然ミルカの視線も気になる。ちらりとミルカを窺うと、彼女は口を挟まずにじっと待っていてくれた。

（表情一つ変えないなんて……。いくら代替わりでも人間嫌いだった竜の竜騎士に選ばれるくらいだから、やっぱり優秀なのね。ここは是非ともお近づきになって、仲良くなりたい！）

エステルの拒否が不満だったのか、深く眉間に皺を寄せたままジークヴァルドが手を絡めとるように握りしめてくる。その過保護さにも動揺などひとかけらも見せずに静かに佇むミルカに、エステルは尊敬の目を向けた。

第二章　常春の国の竜はお怒りです

冬だというのに、庭から吹いてきた暖かな風が頬を柔らかく撫でていく。

風に乗って運ばれてくるほのかな甘い香りは、リンダールの真冬ではありえないライラックの花の香りだ。紫色の繊細な花はここからは見えないが、その代わりとでもいうように円柱の柱に囲まれたこのテラスの傍で、ミモザの鮮やかな黄色い花が目を楽しませていた。

ミルカの自宅だというブラント伯爵邸は、花と芸術の国カルムの名の通り、まるで絵画のように計算され尽くした美しさだった。今は日の光に照らされて華やかな様子だが、夜ともなれば夢幻の中にいるような庭園となるだろう。

「――ったく、長になれなかったからって、問題起こされちゃたまらないんだけど。本当にルドヴィックのお馬鹿さんが長にならなくてよかったよ」

「ぴぃ！」

かちゃり、と小さな音を立ててカップを皿に戻したフレデリクは、ジークヴァルドからカルムを訪れた事情を伝えられると、面倒そうに嘆息した。給仕をしていたミルカが置かれたカップにすぐさまお茶を注ぐ。

南国らしい籐の長椅子に半ば寝そべるように座るフレデリクの向かいに座るジークヴァルドの隣に腰かけていたエステルは、ミルカを見て自分もジークヴァルドのカップに注ごうと、ティーポットに手を伸ばした。だがミルカにひょいと取られてしまい、先ほど街で見たような唇の端を痙攣させ、ぎゅっと眉根を寄せた少し怖い顔で小さく首を横に振られてしまったので、ためらいつつも手を引っ込める。

（に、睨まれている……。確かにこれじゃ同じ竜騎士です、ってはっきり言えないわよね）

何しろ、この場で座っている竜騎士はエステルだけだ。座れ、と言って譲らなかったジークヴァルドが少しだけ恨めしくなってくる。

ユリウスとセバスティアンは未だに来ないが、エステルの斜め横の席には、エステルたちがここに着いたその直後に追いついてきたマティアス一行が同席していた。ちょこんとマティアスの膝の上に乗った仔竜が興味津々というように、ジークヴァルドとフレデリクを交互に見ている。その仕草を見て、主竜の席の後ろに控えているエドガーが鼻を押さえて悶える、というもはやお約束のような光景は、とりあえず見て見ぬふりをしておく。

「それでそのお馬鹿さんはぐーすかお眠り中、ってわけ？　だったらシェルバの民の前に放り出してやればよかったのに。そうすれば、わざわざこっちが手を下さないでもシェルバの民が処罰してくれたと思うけれどもね。自分たちが【庭】に出入りできなくなった諸悪の根源だし」

「ぴぃう」

長椅子の肘置きに頬杖をつき、いいことを思いついたとばかりににっこりと言葉を紡いだフレデリクに、ジークヴァルドが渋い表情を浮かべた。

「それをやれば、竜は深く眠ってさえいれば命を奪うことができる、と思われるだろう。竜騎士を得て【庭】の外に出ている竜が馬鹿なことを考えた人間に休息の邪魔をされ、落ち着いて休めなくなる。得策ではない」

「ぴっ」

「それもそうだけどさぁ……。――ところで、……ねえ、マティアス。さっきからアナタの子が変な相槌を打ってきて、萎えるんだけれども。その気持ち悪い竜騎士と一緒にちょっと外に出ていってくれない？」

「ぴぴぃ？」

笑みを浮かべつつ、しっしっ、とばかりに手を振るフレデリクに、マティアスが顔をしかめた。そのまま仔竜を抱えて渋々と立ち上がる。

「お前なぁ……。はいはい、わかったよ。俺に命令するのはジークヴァルド以外だとお前くらいだよな」

「アナタ、ワタシよりも力が弱いし。ワタシに勝てるならしないよ？　それとそこにお菓子のくずを捨てないで。あと、出ていく時にべたべたの手で柱に触らないで」

「――ほんっとうに、お前潔癖だよな。細々、ねちねちと……。それにそれさっき着ていた服と違うよな。石鹸臭えし」

マティアスが眉を顰めるフレデリクに胡乱げな視線を向ける。エステルはつい内心で苦笑してしまった。

（臭いって……。多分、湯あみをしたのよね。ちょっと待たされたし。潔癖というか、綺麗好きなんだと思うんだけれども）

屋敷に着いた時、ここに通されたまましばらくフレデリクは出てこなかったのだ。ようやくやって来たと思えば、先ほどとは違う薄水色の貫頭衣を身につけていた。しっとりと濡れていた艶やかな髪を、せっせとミルカが拭いていたことには少し驚いたが。そしてやはり目を引いたのは見事な竜の模様が編みこまれた黒のレースの手袋だ。

「あんな埃っぽいところに行ったんだから、我慢できるわけないよ。別にアナタに着替えろとか強要しているわけじゃないんだから、放っておいてくれないかな」

「……よくそれで【庭】にいられたよな。竜としてどうなんだよ。ジークヴァルドもそう思わねえ？」

「いや……本能的に竜は美しい物を好む。それならば、自分自身を身綺麗にするのは特におかしなこととは思わないが」

「……お前はお前で、ずれてるし……！　それとも俺がおかしいのか？」

「ぴゅぴ」

仔竜を抱いていない方の手でばりばりと頭をかいたマティアスを、仔竜が不思議そうに首を傾げて見上げる。

「マティアス、アナタ本当にうるさい。さっさと出ていって。――ああ、ウルリーカ、このお菓子持っていって。南の庭の花ならちびっこと一緒に摘んで遊んでやってもいいから。垣根が高くしてあるからあまり端に寄らない限りは外からは見えないし、安心していいよ」

睥睨（へいげい）するようにマティアスを見据えたフレデリクだったが、すぐウルリーカに向けて柔らかく微笑（ほほえ）み、テーブルの上に供されていた焼き菓子を指し示した。

「――っ威圧すんなよ。怖えだろ」

「お気遣い、ありがとうございます。フレデリク様」

「ぴうっ！」

恐縮するウルリーカと元気よく礼を言った仔竜を連れて、マティアスはテラスから庭へと続く階段を下りていった。その後をフレデリクにびくびくと怯（おび）えつつ、何枚かのクッキーをハンカチに包んだエドガーが慌てて追いかけていく。

（ちょっと変わっていて怖いけれども、意外と子供好き？）

出ていけ、と言う割には、その後の気遣いは優しい。【奥庭】の弱い竜たちのまとめ役を務めていたというのなら、自分よりもずっと下の存在には慈悲深いのかもしれない。

エステルが彼らを微笑ましげに見送るフレデリクをまじまじと眺めていると、フレデリクはマティアスたちの姿が庭木の向こうに見えなくなるなり、表情を改めた。

「――さて、話を戻すよ。長命の実を追ってシェルバから来たのなら、国境が荒れているのを見たよね。今年は穀物の出来も悪くてさ……。王都は賑やかだけど空元気だよね。みんな心の底では不安になってる」

弱ったとでもいうように髪をかき上げたフレデリクが、遠くに視線をやる。その物憂げな仕草は妙に彼に似合っていて、エステルはつい目を奪われ観察してしまった。

「確実に長命の実の影響が出てる。協力はするから、さっさと見つけ出してくれない？　これ以上影響が進むと、土地的にも王都の治安的にも、すごく迷惑」

「土地はわかるが……。王都の治安とはなんだ」

ジークヴァルドが不審げに問うと、フレデリクは片目を閉じてなぜかエステルを見やった。観察していたのがばれたのだろうかと、思わず肩を揺らす。

「すみません、じろじろと見すぎました。あまりにもフレデリク様がお綺麗でしたので……」

「綺麗なのは間違っていないけど、アナタ何を言っているの？　ある意味アナタの立場に似ているな、と思っただけだよ。ミルカ、説明して」

気を悪くしたのか、自分の竜騎士に説明を押し付けたフレデリクは、再びカップを手にした。こくりと頷いたミルカが、すぐに口を開く。

「現在王都では新年の祝賀の行事の準備と、それと同時に行う我がカルム王太子とシェルバの王女殿下の婚儀の準備に追われています。それに反対する者たちがいるのです」

カルムとシェルバの王族同士の婚姻と聞いて、エステルは大きく目を見開いた。

シェルバは周辺諸国から見れば竜の怒りを買い、見放された国だ。さらなる竜の怒りを恐れて、付き合いをやめる国は多く、滅びへと向かっていると噂されている。そんな国の王女の輿入れだ。反対する者が出てくるのは当たり前だろう。

「竜に呪われた国の姫なんか受け入れられない、ってさ。当然だよ。でも、カルムはシェルバに大きな恩があるからね」

嘆息混じりに続けたフレデリクに、エステルは何年か前に学んだ知識をどうにかこうにか記憶の底から引っ張り出した。

「恩、というと……。カルムがまだ豊かではなかった頃にシェルバがカルムの支援をしていた、というあの話ですか？」

今でこそカルムは、豊かな土地と芸術に特化した産業を持つ繁栄国だと言われているが、数代前の王の時代に竜を招く前は主だった産業もなく、痩せた土地を持つ国だったそうだ。その時、継続的に支援を行っていたのが当時は周辺諸国の食糧庫とまで言われ、かなりの豊かさを誇っていたというシェルバだ。

「そう、それ。義理堅いことにカルムの大多数の国民は、その時の恩を忘れていないんだよ。それに苦しい思いをしていた分、カルムの人々は祝い事や祭りが殊の外好きなんだ。だから、どんな事情でも慶事は慶事として受け入れる」

「それは……かなり大らかですね」

　カルムの人々は細かいことを気にしない気質だとは聞いていたが、それにしたとしても人がいいというか、大らかすぎやしないだろうか。下手をすると国が二つに割れる可能性もある。

「元々流れ者が多い国だからね。外から来る者には割合と寛容なんだよ。それに上が受け入れれば下の者も受け入れやすい。……まあ、シェルバがあんなことになる前からの婚約で、幼い頃からの許嫁だから、なおさら見捨てることができないんだろうね」

　それでも諸手を挙げて賛成されているわけではないのが、確かにフレデリクの言う通り一部の竜たちに番になることをあまり歓迎されていないエステルの立場に少し似ている。

（ううん、似ているどころじゃないわ。わたしよりも辛いわよね……）

　エステルは膝の上で重ね合わせた手に力を込めた。

　シェルバの王女は自国の貧困をどうすることもできずに、自分だけが豊かなカルムに嫁ぐのだ。その胸の内は計り知れない。

　フレデリクの説明を黙って聞いていたジークヴァルドが、エステルの手を宥めるように軽く撫でた後、険しい表情をさらにしかめた。

「確かに、ただでさえ婚姻を壊そうとする者を警戒しなければならない上に、長命の実が暴発でもしたら、たまったものではないな」

「そうだよ。そういった事情でなおのこと人の出入りが激しいし、シェルバからの出稼ぎや難民も増えた。その分、問題も山積みってわけ。長命の実に煩わされるのはごめんなんだよ」

肩をすくめたフレデリクが、腰に巻いた銀鎖の先をくるくると指先に絡めて大きく溜息をついた。

「お前のことだ。この街に漂う不快な気配には気づいていただろう」

「それは、まあ……。ワタシの他にも竜が二匹いるから、時々力の軋轢でそういうことがあるし、あまり気にしていなかったんだよね。まさか長命の実が持ち込まれたかもしれないなんて、そこまではわからなかったよ」

「いつ頃気づいた」

ジークヴァルドが目を眇めると、フレデリクは考えるように首の後ろを片手で押さえた。

「……確か、ここ一週間とちょっとの間かな。ああ、そうそう、この手袋を新調した日だったから、十二日前だよ」

嵌めていた黒のレースの手袋を大切そうに撫でたフレデリクの後ろで、なぜかミルカががたがたと震え出す。彼女が履いている金属のブーツがカシャカシャと床にぶつかって音を立てた。寒くもないのに身を震わせているミルカは、やはり仮面のように無表情だ。

（もしかして怯えているの？　今の言葉のどこに……手袋、十二日前――）

不可思議なミルカの様子に首を傾げたエステルだったが、ふとその日数が頭に引っかかった。

「十二日前……。それは、もしかして……」

思い当たる日にちに、エステルがジークヴァルドを窺うと、彼は重々しく頷いた。

「おそらく長命の木が枯れ始めた頃だな」

　十日前に長命の木が枯れた、との話を聞いたのは二日前。確かにその頃だ。

「長命の実の力の痕跡(こんせき)を辿(たど)ってきたが、この王都でなおさら強く気配を感じた。凍結が溶けかけていたのを運び、王都で完全に溶け切ったのだろう。実が氷から姿を現したことに木が反応し、枯れ始めたのかもしれない」

「じゃあ、本格的に悪影響が出てくるのは、これから、ってとこか。うわぁ……面倒」

　フレデリクが両手で顔を覆って、小さく唸(うな)り声を上げる。

「土地に悪影響が及ぶのは、俺が力を定期的に注げば遅らせることはできるが……。もしも長命の実が婚姻を反対する者の手に渡り、土地や人に影響を及ぼす物だと気づかれたとすれば、さらにやっかいなことになるな。確実に利用されるだろう」

「――ルドヴィック、殺す。ワタシの竜騎士の国を混乱させるんだから、今度【庭】に帰ったら、死なない程度に沈めていい？」

　顔から手を離したフレデリクが、うっすらと危ない笑みを浮かべた。

（沈めるって、何!?　水？　まさか地面とかじゃないわよね……？）

　ぞわっと背筋が寒くなったエステルだったが、ミルカは慣れているのか先ほどとは違い、一切震えることなくそっとお茶のおかわりをカップに注いでいた。

「元々長候補だったからな。【庭】の力の均衡に多少は組み込まれている可能性がある。それで何か起こっても、俺は後始末をしない。自分でやれ。それでもいいなら好きにしろ」

淡々と言い返すジークヴァルドに、フレデリクは不満げに唇を曲げたが、「やらないよ、そんなもっと面倒くさくなりそうなこと」とそっぽを向いた。

フレデリクの凶行を止めたジークヴァルドが、嘆息して先を続ける。

「薄くともこう王都全体に不快な力が漂っているとなると、場所を特定するのは困難だ。だが、見た目には林檎に似た美しい鉱石だ。何も知らずに持ち込まれたのなら、鉱石を扱うその周辺を探ればすぐに見つかるだろう。加工の過程で割ろうなどとすれば死にかねない」

ジークヴァルドが簡単なことのように言うのは、おそらくリンダールで行方不明になってしまった卵の殻を捜索する際に似たようなことがあったからだろう。

(確かに長命の実が鉱石に似ているなら、同じような流通経路を辿ればいいわよね。ん？　でもそうだとしたら、どうしてフレデリク様は面倒だって怒ったの？)

これは早々に解決するのでは、と胸を撫で下ろそうとしたエステルだったが、ふとそんな疑問が浮かんだ。するとフレデリクが難しい表情を浮かべてさらに面倒くさそうに答えた。

「いや……どうかな。あれ、一定期間傍にあった物を似たような力と色に染めるよね。ここのところ、シェルバ救済のために貴重な鉱石をカルムが国を挙げて買っているんだ。かなりの量があるから、あっちこっちの工房に加工を任せていて散らばっているんだよ。そこから見つけ出すのはちょっと時間がかかるかもしれない」

「――えぇ、そうなんだ。だったら、ジークの力で王都を全部氷漬けにしちゃえばいいんじゃないかなあ。長命の実があればジークなら違和感がわかるだろうし、すぐに見つかるよ」

唐突に物騒な言葉が割り込んできた。ぎょっとしてテラスの外――庭を見たエステルは、そこにふわふわとした若葉色の髪をした青年姿のセバスティアンを見つけ、この竜なら言い出しかねない、と唇の端を引きつらせた。隣でジークヴァルドが眉を顰める。

「やっと来たのか。どこで道草を食っていた」

「だって、美味しい物が沢山あるんだもん。ジークも食べる？　美味しいよ。あ、フレディさん、久しぶりー」

セバスティアンは蜜をかけた林檎を串刺しにした物をジークヴァルドに差し出しながら、フレデリクに大きく手を振った。

「相変わらずだね、セバスティアンの素敵な胃袋は」

「……お前の底なしの胃袋に収めておけ」

フレデリクは面白そうにひらひらと手を振り返したが、ジークヴァルドは嫌そうに顔をしかめた。

「そんなものより……。ユリウス、街の様子を見ただろう。報告をしろ」

セバスティアンの背後で、疲れ切った表情で佇んでいたユリウスにジークヴァルドが話しかけると、主竜に付き合わされて否応なく街を回る羽目になっただろう弟は、溜息を一つついて口を開いた。

「今のところは何も騒ぎは起こって――。わっ……っいてっ」

「ぴぃっ、ぴぴっ！」

ふいに報告をしかけたユリウスの頭の上に、嬉しげな鳴き声と共に金糸雀色の塊が落ちてきた。仔竜だと気づいたユリウスが、はっとしたように腕を伸ばして地面に墜落しかけた小さな体を受け止める。釣られるように席を立って手すりに駆け寄ったエステルは、ユリウスの腕を踏み台にしてテラスの手すりに飛び乗った仔竜が再びそこから落ちそうになったので、慌てて支えた。その際、何か白っぽい物がひらりと仔竜の足元で翻る。

「――っ、ど、どこから落ちて来たんですか!?　お父様とお母様は……」

「ぴぅっ、ぴぴぴ」

仔竜が何かを訴えながら、後ろ脚で握りしめていた白っぽい何かを、エステルの目の前に自慢げに掲げてくる。それは触れたらすぐに溶けてしまう淡雪のような、繊細なレース編みだった。リボンというには幅が広く、どちらかというとストールに近い。

「これ、どうしたんですか？　お母様の物じゃないですよね」

ウルリーカはレースの装飾など持っていなかった。どちらかといえばシンプルな装いで、小さな宝石の方が好みらしく、一つ二つほどがローブに縫い付けてあったのを目にしている。

「すごく花模様が細かくて、丁寧ですね。うわぁ……、この竜の翼なんて、え、どうやって編むの、これ……」

「ぴぴぴ、ぴっぴう、ぴぁあ！」

まじまじと見つめていると、ふと背後からカシャカシャと音が聞こえてきた。つい先ほども聞いた覚えのある音に振り返ると、やはり表情も変えずにティーポットを握りしめたまま金属のブーツの底を鳴らして激しく震えるミルカを、フレデリクが宥めているところだった。

「ミルカ、ミルカ落ち着いて。大丈夫だから」

「あの……」

「今、この子に話しかけないで」

フレデリクに低く制され、エステルが肩をすくめて口を閉ざした次の瞬間、ガシャンと音を立ててミルカの持っていたティーポットが砕け散った。中に入っていたお茶がミルカの服を濡らし、床に茶色い染みを作る。ごとん、と取っ手だった物が床に転がった。

「――っ⁉」

「ミルカ、大丈夫⁉」

フレデリクが慌てて手袋を脱ぎ、ミルカの手を取る。あれだけ汚れるのを嫌がるというのに、手袋のままどころか手がお茶で濡れるのもおかまいなしだ。

「火傷（やけど）はしていないね。よかった……」

「ミルカさん、これ、使ってください」

ほっと胸を撫で下ろすフレデリクの言葉に怪我がなくてよかった、と安堵したエステルはハンカチを差し出しながらも、今目の前で起こったことがあまりにも衝撃的すぎて、自分の目が信じられなかった。

(今の……ミルカさんがティーポットを握り潰したように見えたけれども……。わたしの見間違い？　——うん、きっと少しひびが入っていたのよね)

立ち尽くしたまま受け取ってもらえないので、エステルがそっとミルカの手を取って拭いてやりながら無理やり納得させていると、ふと足音もさせずにフレデリクがゆっくりとその横を通り過ぎた。何気なくその姿を目で追ったエステルは、背中から醸し出される怒りの気配に大きく目を見開いた。

「ちびっこ。それ返して。『エステル持ってた綺麗なやつ！』じゃないの。汚したり、破ったりしていたら、ただじゃ済まさないから」

「ぴう……」

しゅんと肩を落とした仔竜が大人しくフレデリクにストールを渡す。大切そうにそれを受け取り検分したフレデリクだったが、何か不具合を見つけたのか、わなわなと肩を震わせ始めた。

「ほつれてる……。ちびっこ、ワタシは庭で遊んでいなさい、って言ったよね。どこから持ち出してきたの」

「ぴぴぅぴぃぴ……」

「庭で拾った？　嘘をついているわけじゃないよね。これ、そうそう落ちているわけがないんだよ。……――マティアス、ウルリーカ！　アナタたちは自分の子をちゃんと見ていなよ！」

　腹の底から出したような大音声で、フレデリクが庭木の間から焦りつつ姿を現したマティアスとウルリーカを叱りつけた。

「……っ、悪かったよ！　急に姿が見えなくなったんだよ。ここの庭、迷路みてえだし。レース一枚くらいでそんなに怒んなよ」

「ワタシの竜騎士の物はワタシの物も同然。それを勝手に持ち出されて破られたら、怒るのは当たり前。それの何がおかしいの」

「……っオカシクナイデス」

　自分よりも上位の竜の怒りに気圧されたのか、マティアスが片言になる。だがそれでも返事をできるだけましなのか、ウルリーカなどは見た目にもわかるほど青ざめて小刻みに震えてしまっていた。竜の姿だとしたら、二匹とも尾が丸まってしまっているだろう。さすがの仔竜も怯えたのか、いつの間にか両親の間に挟まるようにしてこちらを窺っている。

（こ、こわい……。でも、ワタシの竜騎士の物って……ミルカさんの物？）

　エステルが思わず息を呑んでいると、くるりとこちらを振り返ったフレデリクが、今度はぴくりとも動かなくなってしまったミルカにレースのストールを差し出した。

「ミルカ、ごめんね。端がほつれたみたいだけれども、直せる？」

フレデリクが怒りをころりと忘れたかのように優しい声で問いかけるのに、ミルカはさっと奪うようにストールを受け取ると懐にしまい込みながら、激しく首を横に振った。

「そう。もう直せないんだ。わかったよ」

ゆらりとフレデリクの周りが蜃気楼のように歪む。表情をなくしたフレデリクに、しかしミルカはなおのこと強く首を横に振りその腕にすがりついた。

「あ、編みかけを、窓の傍に置いたままで……」

今にも消え入りそうな声を発し、真っ直ぐにフレデリクを見上げたミルカに、フレデリクは気まずそうに顔をしかめて額を押さえた。ふっと周囲の歪みが消える。

「……あー、もう……。もしかしたら風で飛ばされて落ちた、ということか。——ワタシの早とちり、ってわけ。……そういうことなら、わかったよ。ちびっこ、疑ったりして悪かったね」

「ぴぴっ！」

謝罪を受けた仔竜が、いいよ、とでもいうように返事する。マティアスとウルリーカも脱力したように肩を落とした。やんちゃな子だ。やらかしかねないと思っていたのだろう。

話の決着がついたところで、エステルはどうしても黙っていることができなくなり、満面の笑みを浮かべて口を開いた。

「あの……そのストール、ミルカさんが編んだんですか？　すごいですね。あの竜の図案、一枚一枚の鱗の表現とか、翼の辺りなんて花模様だけじゃなくて色々な果物も編み込んでいましたよね。どうやって編んでいるんですか⁉」

「…………」

「ミルカさん？」

エステルの勢いに押されたのか、真顔のままこちらを見据えてくるミルカの肩を、フレデリクがかばうように引き寄せた。

「ちょっと、図太い小娘、すみません。ミルカが困っているからやめて」

「困らせていたら、すみません。私も絵を描くのが好きなので、あの柄をミルカさんが描いたのでしたら……」

フレデリクに睨まれても興奮のまま言い募ろうとすると、ぐいと背後から腰を引かれた。そうかと思うとするりと首を撫でられ、驚きに肩を揺らした拍子に何かが軽く首筋に当たる。視界の端に映った銀の髪に、ジークヴァルドに後ろから首を甘噛みされたのだと気づいて心臓が跳ねた。

「――っ⁉」

「落ち着いたか？」

「…………べ、別の意味で落ち着きません」

首筋を押さえ、背後からエステルの顔を覗き込んでくるジークヴァルドに真っ赤な顔で答える。

（みんなの見ている前で、どういう落ち着かせ方をしてくるんですか⁉　ミルカさんだって呆

れて……いないわね）

ジークヴァルドの行動に唖然としたフレデリクに肩を引き寄せられたままのミルカは、やはり表情も顔色も変わらない。代替わりで、なおかつ竜騎士になって一年も経っているのなら、竜が首を甘噛みするのはキスと同じことだと知っているだろう。いくら優秀だとしても、さすがに顔色一つ変えないのは少しおかしい。

エステルがようやくミルカの表情が何があっても全く変わらないことに疑問を持ち始めていると、ジークヴァルドが小さく笑い、頬をエステルの頭に擂り寄せてすぐに身を起こした。

「許せ、フレデリク。この通り、絵が絡むとこんな風になる。すぐに絵が描きたくなるのは困りものだ」

困ったと言いつつもエステルの首を愛でるように撫でるジークヴァルドに、フレデリクが唇を引きつらせた。

「……アナタのそんなに柔らかい笑顔なんて見たことがないよ。力も表情も氷の竜そのもの、心まで凍り付いているんじゃないかとか怖がられていたのに。――アナタ、変わりすぎ。それでまだ番になっていないなんて、そこまでその小娘に……いや、何でもない。色々と突っ込んだら、砂糖を吐きそう」

恐々と呟いたフレデリクの後ろでうんうんと頷く他の竜と竜騎士たちを尻目に、エステルは未だに腰を捕えたまま離してくれないジークヴァルドの腕から抜け出そうと軽く叩いた。

「ジークヴァルド様、離してください。落ち着きましたから、席に戻ってください。ここを片付けますから」

ぐいぐいと胸を押しやると、ジークヴァルドはあっさりと腕を解いてくれたが、頭を一つ撫でてからようやく席に戻った。

「フレデリク様、ミルカさん、大騒ぎをして困らせてしまってすみません」

身を縮めて謝罪を口にしてから片付けを始めようとすると、それまで微動だにしなかったミルカがぱっと身を翻した。

「拭く物を持ってきます」

「あっ、ミルカさんわたしが行きます。服を着替えてきた方が――っ」

エステルが慌ててその肩に手をかけると、驚いたように大きく肩を揺らしたミルカが振り返った。その拍子に勢いよく飛ばされる。

（え……っ!?）

よろめく、どころではない。強く突き飛ばされたように体が浮き、そのままテラスの手すりに激突しそうになる。

「姉さんっ!?」

庭にいたユリウスの驚いた声が上がり手すりにぶつかる寸前、ふわりと氷交じりの冷たい風が体を受け止めてくれた。何が起こったのかよくわからず、床に座り込んだまま戸惑ったようにミルカを見上げる。すると彼女はやはり何の表情も浮かべず数歩後ずさったかと思うと、ぺこりと頭を一つだけ下げて慌ただしく部屋の中へと駆け込んで行ってしまった。カシャカシャと彼女の履くブーツの音があっという間に遠ざかっていく。呆然とその後ろ姿を眺めていると、ジークヴァルドが傍に膝をついてエステルの背中を支えた。

「大丈夫か？」

「はい。大丈夫です。でも、今のは……」

　いくらなんでも振り返っただけで人一人を弾き飛ばしてしまうなど、力が強すぎる。線の細いミルカならばなおさらだ。エステルの言葉に一つ頷いたジークヴァルドが、やってしまったというように額を押さえるフレデリクを鋭く見据えた。

「フレデリク、あの娘は少し力が強いどころではないな。先ほども茶器を壊していた」

　やはりミルカがティーポットを握り潰していたように見えたのは、見間違いではなかったらしい。エステルが驚いていると、フレデリクが小さく嘆息した。

「悪かったよ。危ない目に遭わせたね。……そうだよ。あの子はどういうわけか、生まれつき……すごく力が強いんだ」

　フレデリクが気がかりそうに、ミルカの去っていった方に目をやる。

「今はあの子綺麗になったけれども、小さい頃はそれはもうすごく可愛くてさ。砂糖菓子みたいな感じだったんだよね。そうすると周囲が放っておかないっていうか、寄ってくるわけ。でも、あの力だから」

「もしかして、どなたかに怪我でもさせましたか？」

予想できる範囲でエステルがそう尋ねると、フレデリクは苦々しそうに頷いた。

「当たり。まあ、大したことはなかったんだけれどもね。それで怖くなったみたいで、鉄の腕輪が欲しいとか言い出したんだよ。どうも、重石代わりにつけていれば力が抑えられるかも、とか思ったらしくてさ……」

「逆効果ではないのか？」

片眉を上げたジークヴァルドの指摘に、フレデリクがふふ、と疲れた笑みを浮かべた。

「そうだよね……。だからなおのこと周囲から遠巻きにされてさ。どんどん装備が増えていって、今じゃあの有り様。同じくらいの年ごろの子も怖がって付き合ってくれないから感情表現も下手になっちゃって、表情もほとんど変わらない。たまに笑顔を浮かべても怖いとか言われる始末で……。ついたあだ名が【ブラント伯爵家の鉄面皮令嬢】だよ？　……ワタシの可愛い可愛いミルカが！　来年は甲冑でも被り出したらどうしようかと思うと心配で眠れないよ！」

怒っているのか嘆いているのかよくわからない表情で顔を覆ったフレデリクに、エステルはジークヴァルドと顔を見合わせた。

（……わたしの【クランツ家の箱入り令嬢】なんて、比べちゃいけないくらいだわ）

高所恐怖症ではあるものの、魅了の力のことを知らずに幼少期を過ごせた自分は、恵まれた環境だったと思いつつ、エステルがミルカの出ていった方を見ていると、ジークヴァルドが嘆息した。

「生まれつき、とお前は言ったが、おそらく生まれた時には人間の常識の範囲で少し力が強い程度だったのだろう。お前、あの娘に何かしなかったか？」

「何もしていないよ。ただ……赤子の頃、あやしている最中にワタシの操っていた水を飲んじゃったかもしれないんだよねえ。そのせいかな？」

窺うようなフレデリクの声音に、呆れたようにジークヴァルドが目を眇めた。

「……しているではないか。人間が竜の力に影響を受けて身体的に強化されるのは、契約した竜騎士だけだ。普通ならありえない。だが、あの娘の怪力は竜の力強さに似ている。お前が可愛がって傍に置いたせいで、なおのこと飲んだ水の影響が強く出ているのではないか」

顔を覆っていたフレデリクが低く呻（うめ）いた。

「ずっと傍にはいなかったんだよ！　前の竜騎士……ミルカの父親がワタシの力の影響を受けているのかもしれない、って、しばらくミルカをワタシから遠ざけていたから。でもそっか……、やっぱりあれのせいか。ワタシがもっと気をつけていれば……。ごめんね、ミルカ」

しばらくぶつぶつと呟きつつ自己嫌悪に陥っていたフレデリクだったが、一通り落ち込み終えるとふいにエステルに据わった目を向けてきた。

「――というわけで、図太くて頑丈そうな小娘。ミルカと今の立場は同じ竜騎士なんだからどうにかして。力が強いのは悪いことじゃないし、悪い虫が寄ってこないからむしろ大歓迎なんだけど、本人はすごく気にしてる。でも、ワタシはあの子が楽しそうに笑う顔を見たいの。このジークヴァルドを笑わせることができるんだから、できるよね？」

「っそれはお友達になってもいいってことですか⁉」

意気込んで立ち上がり、フレデリクに詰め寄ろうとすると、ジークヴァルドに肩を押さえられたので、興奮をおさめるように息を吐く。

「アナタ魅了の力があっても結構能天気に過ごしていそうだし、アナタが絵に傾倒しているみたいに、ミルカも放っておくとレース編みに没頭する癖があるから似た者同士かもしれないしね。――まあ、ミルカに比べたら、アナタの絵は素人のお遊びかもしれないけれども」

先ほどの落ち込みようはどこにいったのか、過ぎたことは仕方がないとばかりに小馬鹿にしたように笑われ、エステルは苦笑いをした。

（確かにミルカさんのレース編みは職人顔負けよね。でも、さっきストールをものすごい勢いで隠していたけれども……。あれって、どうも見られたくないような……え？）

ミルカがストールを隠す理由を考え始めていたエステルは、肩を押さえていたジークヴァルドが手を離し、フレデリクを睨み据えたことにはっとした。

「お前はエステルの絵を見てからそれを言え。そこまで言われる筋合いはない」

「見なくたって、さっきのアナタの様子を見ていれば番の欲目だってわかるよ」

「お前も自分の竜騎士だからこその欲目だろう。幼い頃から見てきた娘だ。思い入れは強いだろう」

「へえ……ミルカのレース編みを見たっていうのに、そう言うんだ。アナタの審美眼を疑うよ。このワタシが選んだ可愛い子が作った物を、趣味で描いた絵と一緒にしないでくれないかな」

すうっとどこからともなく水の帯が現れ、フレデリクの周囲に渦を作る。それに対抗するように、ふわりとジークヴァルドの周りに現れた氷交じりの冷風がばたばたと扉を動かした。

(待って、ちょっと待って……！　どうしてそうなるの⁉)

ジークヴァルドもジークヴァルドだが、フレデリクもフレデリクだ。先ほどからミルカが絡むとどうも沸点が低い。あの感じはエステルを幼い頃から可愛がってくれているアルベルティーナに似ている。

大人げない諍いを始めようとする高位の竜たちにエステルは青ざめた。このままでは、ブラントの屋敷が跡形もなくなりそうだ。

「マティアス様、止めてください！」

エステルはこちらの諍いなど我関せず、といったように仔竜の前にしゃがみ込んで何かを言い聞かせていたマティアスに助けを求めた。

「なんで俺なんだよ。俺よりセバスティアンに頼めよ。俺より力が上だぞ、あいつは」

「セバスティアン様は参戦をしたそうですから、無理です！」

「うん、僕も竜騎士自慢したい。ユリウスのご飯とか、おやつとか、夜食とかー」

うずうずとどこから口出ししようかと楽しそうに見ているセバスティアンの傍らで、ユリウスが半眼になる。

「俺は食事しか取り柄がないようなので、今日限りで竜騎士をやめさせて……」

「うわぁああ、ごめん、ごめんってば、ユリウス！　僕を見捨てないで！」

恋人に捨てられそうになっている場面か、とでも言いたくなるような台詞を叫びつつユリウスの腕にすがりつくセバスティアンにエステルは頭を抱えた。

「なんなの、これ……。竜がこれだけ集まるとこんな風になるの？」

今、切実に腹黒くはあるが混乱した状況をおさめるのがうまいジークヴァルドの側近、クリストフェルが欲しい。もしくは竜騎士歴が長い叔父のレオンだ。

氷の風と水の帯が渦を巻き、みしみしとテラスを揺らす。状況は確実に悪い方へ向かっている。怪我を覚悟であの間に飛び込むべきか、と迷っていると、ふといいことを思いついたとばかりに、マティアスがぽんと手の平と拳を打った。

「ああ、お前あれやれ。フレデリクの竜騎士も戻ってきたし、二人でやれば止められるぞ」

「あれ？」

きょとんと首を傾げると、エステルはちょうど雑巾らしき布を持って戻ってきたミルカと顔を見合わせた。状況を把握したのか、ミルカがかちんと固まる。

そうか、と仔竜を抱き上げたウルリーカが思い至ったのか、至極真面目な表情で口を開いた。

「お願い、だ。こう、肩を叩くか服の端を引っ張って、首でも傾げてお願い、とでも言えばおそらく諍いは止まるだろう。エドガーが私とマティアスが諍いをした時によくやる」

「エドガーさんやるんですか……」

「嫌だなぁ、エステル殿。尊敬の目で見ないでくれないっすか」

なぜか褒められたと感じたのか、照れたように頬をかくエドガーに、エステルは少しだけ身を引いた。

やってはいけない、とは言わないが、いくら黙っていれば陰のある美形の部類に入るとはいえ、少なくとも二十代後半の男性がやる仕草ではない。そしてそれを見て怒りをおさめるウルリーカもやっぱりエドガーの主竜だ。少し変わっている。

(何日か前にもセバスティアン様がそんなようなことを言って、ジークヴァルド様をからかっていたけれども……。竜の間で「お願い」が流行しているの?)

そんなわけがないだろうと考えつつも、エステルは覚悟を決めたように表情を引きしめた。

「ミルカさんやりましょう。このままだとお屋敷破壊どころの話じゃ済まなくなります」

がしりとエステルがミルカの手を雑巾ごと握りしめると、ミルカはわけがわからないというようにぱちぱちと目を瞬いた。

(そういえば街で手を握った時、離さないと駄目、とか言っていたのって、もしかしてわたしをさっきみたいに弾き飛ばすかもしれないから？）

そう思うと、なおのこと一緒に何かをすれば、心を開いてくれるのではないかと思う。

「よしやれ。いいか『私のために争わないで、お願い』だ」

マティアスが楽しくなってきたのか、芝居がかった真剣な表情でエステルとミルカをそう唆す。その時だった。互いに睨み合っていたジークヴァルドとフレデリクがほとんど同時にこちらを振り返ったのだ。巻き起こっていた氷の風と水の渦がぴたりと停止する。

「――マティアス、俺の番に」

「ワタシの竜騎士に」

「「おかしなことを吹き込むな」」

蔑むような怒りを浮かべる二対の竜眼に睨まれたマティアスが一瞬にして震え上がる。瞬く間に人間の滑らかな肌だったものが竜の鱗へと変化した。

「竜って他の竜の行動を見て学習しないんですかね」

泣きべそをかくセバスティアンの腕を引きはがしたユリウスが、大分失礼なことを口にする。

「……お願い、ってやっぱり有効なんっすねえ」

しみじみとそう評するエドガーにエステルはうっかりと頷きかけて、誤魔化すように笑った。

＊＊＊

「……うわぁ……、すごくよく見えますね！」

扉を開けるなり、開け放たれた窓の向こうにはっきりと見えたカルムの王城に、エステルは歓声を上げた。

高台にあるというブラント家の屋敷は、どこの貴族の屋敷よりも高い場所にあるらしく、カルムの王都が一望できる。日が落ちるにはまだ少し時間があるが、それでもうっすらと茜色の太陽が照らす光が、白で統一された街並みによく映えた。

二階にある客室に通されたエステルは、案内をしてきてくれたミルカを振り返って満面の笑みを浮かべた。

「見晴らしのいいお部屋ですね。竜が好みそうです」

今はまだ窓辺には近寄れないが、もう少し時間が経って慣れてくれれば、バルコニーに出るくらいならば【庭】に行った当初よりも震えずに立てるだろう。

傍から見ればくだらない竜たちの諍いがおさまった後、気を取り直して話し合った末にブラント邸を拠点に長命の実を捜索することになった。

部屋を用意してくれたというので、案内をしてもらったのだが、まるで絵画のような眺望に、さすがフレデリクの――いや、竜騎士の屋敷だと感嘆してしまう。

（ただ、ジークヴァルド様と一緒の部屋なのよね……）

ちらりとエステルの隣に立って、同じように景色を眺めているジークヴァルドの涼しい顔を見上げる。

今いる居間に入ってきた扉とは別の扉があることから、そちらが寝室になっているのだろうが、意識してしまうとどうしても落ち着かなくなる。【庭】ではジークヴァルドの棲み処で寝起きしていたとはいえ、ちゃんと自室を貰っていたのだから。

ユリウスやエドガーは主竜とは別にそれぞれの部屋を案内されたというのに、エステルだけはジークヴァルドと使え、とフレデリクの指示だそうだ。そのせいか、エステルの生家であるクランツ家に滞在した際、ユリウスは未婚の娘が男の部屋へ行くな、と怒ったというのに今回は何も言わなかった。

（ジークヴァルド様が心配、というよりわたしを一人で放置したら何かをやらかしそう、とか思われていたりして……）

憧れの国にいるという事実に浮かれている自覚はあるので、否定できないのが悲しい。

「――……では、竜の長、エステル様、私はこれで失礼させていただきます」

ひとしきりあちこちを見ていたエステルの背に、ふとそんな声がかけられた。振り返ると、エミルカがぐっと眉を寄せ、唇の端をひくつかせた表情でこちらを睨みつけているのを見て、エステルはああ、と思い至った。

(これ……多分笑っているのよね？　フレデリク様が笑顔が怖い、って言っていたし……)

ミルカの事情を聞いた後だと、強張ってしまった顔を必死に動かしているように見える。礼をして立ち去りかけるミルカを、エステルは慌てて呼び止めて近づいた。

「あの、同じ竜騎士ですし、『様』はつけずに『エステル』だけで大丈夫です。遠慮なく呼び捨ててください」

立ち止まって振り返ったミルカが、近づいたエステルからすすっと距離を取る。

「――貴女は竜の長の番です。私とは立場が違います」

端的にそれだけ言ったミルカは、もう一度礼をしてすぐさま部屋を出ていってしまった。カシャンカシャンという金属的な足音が聞こえなくなると、ジークヴァルドが嘆息した。

「あの娘と仲を深めるのは難しくないか」

人付き合いが苦手な娘にいきなり呼び捨ててほしい、はさすがに難易度が高かったと後悔していたエステルは、その言葉に苦笑しつつ振り返った。

「わたしが少し性急すぎただけです。わたしは夢中になると、突っ走ることがあるので」

「一応自覚はあったのだな。確かに竜が相手でも物怖じしない娘だからな、お前は。おかげで俺は常日頃から気が休まらない。今回のフレデリクの身勝手な頼み事を引き受けたのにも、人が良すぎるとは思ったが」

「……す、すみません。でも、竜のお悩みを解決するのも、竜の長の番の務めだと思いますし……」

気まずげに赤面したエステルだったが、ふとミルカの言い残したことが頭の片隅に浮かび上がった。

――貴女は竜の長の番です。私とは立場が違います。

（わたしは……やっぱりどっちつかずの立場なのね）

番だと判明した時、自国の竜騎士候補からもミルカと同じような態度を取られたが、人間側から見れば竜と同等で、竜側から見れば長の番だとしても人間以外の何者でもない。エステルと同じ立場の存在はこの世界に誰一人としていないのだ。

竜の中でたった一人老いていく恐ろしさをわかっていない、と父が口にしていたことをようやく理解し、ふと胸を寂しい思いがよぎる。

「どうした」

ぼんやりとミルカが出ていった扉を見つめていたエステルは、ジークヴァルドの案じる声に振り返った。

「わたしと同じ人間の番はいないと思ったら、ちょっと寂しくなっただけです。――あっ、でも番になるのが嫌になったとか、そういうことじゃないですからね」

部屋の中央にあったカウチに腰かけたジークヴァルドの傍へ行くと、差し出されたジークヴァルドの手の上に自分の手を重ねた。

「わかっている。だが、いくら俺がずっと傍にいると言っても、お前が感じているその寂しさは生涯変わらないだろう。それでも俺は――お前が帰りたいと言わない限り手放したくはない」

重ねた手を握られて、軽く引かれる。誘われるままにジークヴァルドの膝の上に向き合うように乗ってしまったエステルは、倒れ込まないようにと慌てて彼の肩と胸にそれぞれ手をついた。その腰を支えるようにジークヴァルドの腕が回される。

(な、何だかこの体勢、すっごく恥ずかしくありませんか!?)

ジークヴァルドにしては珍しく窺うような視線に、エステルは少し頬を赤らめながら拗ねたように軽く睨み返した。

「す、好きな方から手放したくない、と言われたのに、帰りたい、なんて思いませんよ。それに……――好きなだけじゃ駄目だ、とかたまに聞きますけれども、駄目ではないと思います。だって、人や物に限らず好きな気持ちがあれば、どんなに苦しくても生きる気力が湧いてくるんです。それってけっこうすごいことですよね」

幼い頃の引きこもりから抜け出せたのは、憧れの銀竜を大好きな絵で表現したかったからだ。それは今でも変わらない。毎日ジークヴァルドの姿を見て過ごせることに幸せを感じる。

「ですから……わたしの好きなジークヴァルド様の傍にいられるのなら、ちょっとの寂しさなんてそのうち気にならなくなると思います」

笑みを浮かべてジークヴァルドを見上げると、彼は険しかった表情を和らげた。

「気力が湧いてくる、か。確かにそうだな。他に任せる者がいないからと仕方なく長を引き受けるより、お前を守るために長となった、と思った方がよほど気の持ちようが違う」

戯（たわむ）れるようにジークヴァルドが片手でエステルの耳飾りに触れてくる。

（わたしを守るため、って……。嬉しいけど、なんというか……っ。耳をそんな風にいじらないで――。ん？　耳？）

くすぐったくなり、ついその手を押さえた拍子に、あることを思い出した。

「そういえば……。さっき、画商の方にこの耳飾りと絵を交換しろ、って迫られたんですよね」

「それはおかしなことなのか？　高価な物に見えただけではないのか」

「おかしいというか、やけにこの耳飾りを欲しがっていたんです。これって、竜の鱗だって一般の方にはわかりませんよね」

竜を頻繁に間近で見ていない限りは、ただの銀細工の耳飾りだと思うだろう。普通の銀よりも青みがかっていて少し珍しいかもしれないが、エステルを捕えて奪おうとするほどの物とは思えない。だが、あの執着的なぎらついた目つきは少し異常だった。

「ああ。稀（まれ）に鱗が人間の国に流れることはあるが、ほとんどが国の宝にされると聞いている。道端の画商程度が見知っているとは思えない。だが……」

ジークヴァルドが考え込むように口を閉ざした。少しの間エステルの耳飾りの縁をなぞっていたかと思うと、何を思ったのかそれを外してしまった。

「念のため、外しておいた方がいいな。鱗だとはわからずとも、この辺りの地域では珍しい意匠なのかもしれない。目を引いたというのなら、対処しておくに越したことはない」

「そうですね。ジークヴァルド様の番なのが一目でわからなくなって、ちょっと寂しいですけれども……」

杞憂だとしても何か騒動に巻き込まれる前に、できることはやっておいた方がいい。だが、ずっと感じていた重みがなくなるのは、何となく心もとなくなる。

「俺も外させるのは面白くはないが、一般の者には鱗だとはわからないと、先ほどお前も言っただろう。俺だけが番だとわかっているだけでは駄目なのか？」

「いいえ、そんなことはありません」

「それなら外しておけ。寂しいのならば、紐に通して首から下げておけばいい。服に隠されれば見えないだろう」

「あ、そうします。アルベルティーナ様から貰った首飾りの代わりにすればいいですよね」

リンダールを出てきた時にお守り代わりにと貰ったアルベルティーナの鱗の首飾りは、しまっておけばいい。

ジークヴァルドに耳飾りを渡されたエステルは、それを握りしめながらふとそうか、と気づいた。

「寂しいといえば……。さっきの話に戻りますけれども、人間の番はわたしだけなのが寂しいと思うよりも、ジークヴァルド様の番はわたししかいない、と思った方がお得ですよね」

「不運の間違いではないのか」

「いいえ、得ですよ。ジークヴァルド様の膝に座ってこんな風にお喋りできるのは、他の方にはできない番の特権です。もちろん竜の姿の時に背中に乗せてもらえるのも、見惚れるくらい綺麗な鱗の触り心地を堪能できるのも、わたしだけの特権だと思います」

人の姿の時には恥ずかしさは未だに感じるが、それでも他の竜さえもあまり寄せ付けないジークヴァルドのこれほど近くにいられることは、得だと思う。

茶化すように言うと、ジークヴァルドはくすりと笑った。

「それなら、俺にも特権をくれるか。……――先ほど触れただけでは足りない」

耳飾りがなくなった耳元でそう囁かれ、軽く目を見開いたエステルはこくりと喉を鳴らしてしまった。その喉元にジークヴァルドの指先が触れる。そうされると、追いつめられた獲物のような気持ちと、この先に起こることへの期待で、頭がこんがらがってきた。

（くれるか、って……あげればいいの？　何を？　足りない、ってわたし？）

日頃からジークヴァルドから気遣ってもらうばかりで、自分からは何もできていない、と思っていたのだ。特権が欲しいと言うのなら、いくらでも望みを叶えてあげたい。

（う、うん、そうよね。貰っているんだから、言葉だけじゃなくて行動でもちゃんと返さない

と。恥ずかしい、なんて言って逃げていたら駄目よね）

　湧き起こる羞恥心を押さえつけ、首に絡むジークヴァルドの指をやんわりと外す。そうして手にしたままだった耳飾りをポケットにしまうと、その肩に両手を置いた。

　心臓が激しく脈打ち、おそらく顔も赤い。緊張からか、若干震えてしまっているのが、挙動不審に思えるが、どうしようもできない。

　エステルが何をしようとしているのかわからなかったのか、ジークヴァルドが藍色の竜眼を不思議そうに瞬かせた。

「エステル？　――っ」

　窓から吹き込んできた暖かな南国の風に背中を押されるように、エステルはジークヴァルドの今は鱗もなく滑らかな首筋にそっと噛みついた。鼻先をくすぐるジークヴァルドの冬の夜の空気にも似た澄んだ香りを感じながら、すぐに口を離してそっぽを向く。

（こ、こんな感じでいいの？　駄目だった？　それとも違う？　ああもう、何とか言ってください！）

　妙にジークヴァルドが静かだったので、赤面したままちらりとそちらを見たエステルは、驚きのあまり座っていた膝から落ちかけた。

「ジークヴァルド様、あの……」

「見るな」

たった一言だけそう口にしたジークヴァルドは、そのままエステルの頭を自分の胸に押し付けるようにして、その視界を遮ってしまった。

(真っ赤ですよね⁉　……自分が噛みつく時には、全然照れないのに)

少しだけ頬を染める、というどころではない。ちらりとしか見えなかったが、確かに耳や首まで見事に赤く染まっていた。こんなジークヴァルドは一度も見たことがない。押し付けさせられた胸から聞こえてくる心臓の音も、いつもより若干速い気がするのは気のせいだろうか。

「……お前は、本当に突拍子もないことをするな」

いつも動じないジークヴァルドがこう動揺してしまうのを見ると、こちらは逆に落ち着いてきてしまう。それればかりか、少しの悪戯心がむくむくと湧き上がった。

「特権が欲しいと言われましたし、いつも噛みつかれるのでお返しです。嫌ならもうしません」

「……嫌ではない」

不貞腐れたような声ながらも、否定の言葉でないことに、エステルはくすくすと笑った。

この先も色々なジークヴァルドの顔を見られるのかと思うと、楽しみでならない。

そのためにも長命の実を早く見つけて、【庭】が荒廃を始めるのを止めなければ。

頭と腰に回されたジークヴァルドの腕がしっかりと抱えてくれるのを感じながら、エステルは美しい緑色をしているという林檎にも似た長命の実の姿を思い浮かべた。

第三章　竜への願いは竜騎士まで

賑やかな喧騒と、音楽、歌声にと、カルムの王都は人で溢れていた。その騒がしさは正午を知らせる鐘の音が所々かき消されてしまうほどだ。

前を行く人の姿のフレデリク曰く、これでもまだまだ、もっと多くなるから、とのことだが、それでもぶつからずに歩くのは困難を極めた。

すれ違う女性と肩が触れそうになって、慌てて身を引いたエステルは、ほっと息をついて傍らを歩いているジークヴァルドを見上げた。

「やっぱり、ウルリーカ様とお子様には、お留守番をお願いしてよかったですね」

一夜明けて長命の実の捜索に街へと出たが、あまり大人数では動きにくいからと、二手に分かれることにし、セバスティアンとユリウス、そしてマティアスとは別行動だ。エドガーは連絡役にと、外に出すと騒ぎになりかねない仔竜やウルリーカと共に残っている。

長命の実の気配を探りながら鉱石を加工している工房に向かっているところだが、進みは悪い。

「ああ、そうだな」

頷いたジークヴァルドがふいに顔をしかめてこめかみを押さえた。

「人込みに酔いましたか？」

「いや……、大丈夫だ」

案じるようにジークヴァルドの腕に触れると、彼はそっとその手を下ろさせた。そうして握るわけでもなく触れるか触れないかという距離で歩みを進める。

その仕草に、エステルは内心で肩を落とした。

（昨日……、やっぱりちょっとはしたなかった？）

初めてエステルから首を甘噛みするということをしてから、どうもジークヴァルドが妙に距離を取る。あの時には嫌ではない、と言ってくれたが、冷静になってみると少しはしたなかったかもしれない。眠る時にも、自分は居間を使うからエステルは寝室を使え、と言ってさっさとカウチに横たわり、目を閉じてしまった。

そっと胸元を押さえると、手の平に硬い感触が当たる。昨日のジークヴァルドの提案通り、耳飾りに紐を通して服の下に隠すように首から下げたのだ。

（……落ち込んでいる場合じゃないわ。それより、長命の実の行方よ）

どうにか気持ちを切り替えると、エステルは前を歩くフレデリクとその半歩後ろに付き従うミルカの背を見据えた。

セバスティアンとユリウスは騒がれるのを避けるため、目立つ若葉色の髪は帽子を被り隠していたが、フレデリクは自国のせいか隠す気はさらさらないらしい。頭から薄衣を被っていたが、うっすらと勿忘草色の髪が透けて見える。どうも埃避けのようだ。

そのせいで、すぐに竜が人間になった姿だとわかるのだろう。観光客や街の人間が驚愕し、興味津々といった視線を送り、時には追いかけるような素振りも見せてきたが、フレデリクのうっとうしそうな表情に慌てて逃げ出していく、という様子の繰り返しだ。

そしてミルカの方はというと、カシャンカシャンと音を立てて歩くミルカとすれ違う人々は初め妖精のように美しい顔に見惚れ、それから服装を見て驚くのと同時に、物珍しげに目で追っているのがよくわかる。ミルカに気を取られて、後ろについていくエステルにぶつかりそうになることも一度や二度ではない。

（でも、街中だとそこまで目立たないわね。花祭りの時期だから？）

新年の花祭りに向けて沸いているせいか、あちらこちらに奇抜な衣装を身に纏った人々を見かける。昨日、エステルに花を差し出してきた呼び込みの男のような仮面を被った者もいるのだ。意外にもミルカの姿はそこまで際立って目立たなかった。

「やっぱりこっちの道は混んでるね……。作業中だとは思うけど、広場を通り抜けようか。工房への近道になるし」

うんざりしたようなフレデリクの提案にこくりと頷いたミルカの後についてしばらく行くと、急に開けた場所に出た。ようやく息ができた気がしてほっと息をついたエステルは、その目に飛び込んできた色とりどりの花籠を抱えて立ち働く人々の姿に、首を傾げた。

建物で囲まれてはいるものの、広さはかなりある。花籠から取り出した花びらや、鉢植えを使い、どうも何かの模様を描いているようだ。

作業をしている者たちの責任者らしき男性がフレデリクに気づいて慌ただしく近寄ってきたので、ミルカが通らせてほしいと頼むと、どうぞお通りくださいと恐縮しつつ頷いてくれた。

（ここ……王宮前の広場よね？　すぐ向こうに城があるし。……ということは）

エステルはぱっと頭に思い浮かんだ情景に胸を高鳴らせ、広場の端を歩き始めたミルカにそっと声をかけた。

「ミルカさん、もしかしてここ……カルムの新年の祝賀の式典のために作られる、フラワーカーペットの会場ですか？」

カルムでは新年の祝賀の行事の一つとして、王宮前広場や主だった貴族の屋敷の庭園に花で絨毯を作り、それを身分問わず披露するというのが有名だ。様々な凝った意匠を競うコンテストまであるという、いかにも花と芸術の国カルムらしい華やかな催しだ。

「はい、そうです。あと少しで完成だと思います」

「やっぱりそうなんですね。絵は見たことがありますけれども、実際に目にすると圧巻ですね」

竜が数匹降りたとしてもまだ余裕がありそうな広さのほぼ全てが花で埋め尽くされているのだ。止まってしまいそうな足をどうにか動かしていたが、ついそちらに見惚れかけそうになる。

「ブラントのお屋敷にも作られているんですか？」

昨日は散策する前に日が落ちてしまい、今日出かける前も二手に分かれる組分けに時間を取られてばたばたと騒がしかったので、庭を見る暇などはなかったのだ。

「はい、フレデリク様のお部屋の前に作っていただいています」

「帰ったら、見せていただいても……。あっ、場所を案内してもらってもいいですか？」

窺うように尋ねると、ミルカは前を向いたまま、こくりと頷いてくれた。少しでも近くにいれば、話す機会も増えるだろう。

王宮前のフラワーカーペットのように迫力があるわけではないだろうが、あの繊細なレース編みをするミルカが頼んだものだ。どうしても期待してしまう。

「すごく綺麗なんでしょうね……」

うっとりと想像していると、フレデリクが肩越しに振り返って鼻で笑った。

「当然だよ。ワタシのために作られたフラワーカーペットが貧相なわけがないから。アナタの感性で理解できるのかどうかわからないけれどもね」

「そうですよね！　あっ、フラワーカーペットって、必ず竜の絵柄を入れないといけないんですよね。フレデリク様のお姿も入っているんですか？」

「……そうだけれども、何か文句でもある？」

「いいえ！　でも、それならすごく華やかで優美なんでしょうね。うわぁ……。見るのが楽しみです」

うきうきと弾んだ声で返すと、フレデリクは薄気味悪そうに眉を顰めた。

「ワタシ今貶したよね？　アナタやっぱり、ちょっとおか……。いや、ジークヴァルドが懐柔されるんだから、そうでないと無理か」

　フレデリクが諦めにも似た表情を浮かべたが、様々な意匠のフラワーカーペットを絶賛妄想中のエステルの目には映ってはいなかった。

「王宮前広場のフラワーカーペットを題材にした絵は、沢山の画家の方が描かれていますよね。わたしあれ毎年発表されるのが楽しみなんです。新年の式典の最後に竜がフラワーカーペットを吹き散らして終えますよね。あの場面がすごく好きで……。他のお屋敷の庭の絵はあまり見かけませんけれども、描き残してはいけない決まりでもあるんですか？　もしなければ、ブラント邸のフラワーカーペットを描かせてもらいたいんですけれども、駄目でしょうか」

「………ねえ、ジークヴァルド、もう一度聞くけど本当にこの娘で大丈夫？　口を挟む隙がないんだけれども」

　真顔になったフレデリクが、すすっとジークヴァルドの傍まで下がり、内緒話をするように口元を片手で覆いながらそう訴える。

「絵を描く姿は好ましいと思うが、出会った頃からこんな感じだ。もう治らない。諦めろ」

「……すみません。もう黙ります」

　同じような無表情でジークヴァルドにまでそう言われ、ようやく我に返ったエステルは口を押さえた。フレデリクが肩を小さく落として嘆息する。

「諦めないで、もう少し頑張ってみようよ……。このままだとこの娘、あっという間に死ぬよ？　――まあ、好きなことをはっきりと好きだと言えるのは、けっこうな勇気がいるものだけど」

身を翻して歩き出したフレデリクがぼそりと呟く。同時に被っていた薄衣を整えながら、少し先で立ち止まったミルカに視線を向けたことに気づき、エステルは目を瞬いた。

（それって……もしかしてミルカさんのレース編みのこと？　確かに隠したがっているように見えたけれども……。でも、フレデリク様なら隠すな、とか率直に言いそうな感じよね）

あれだけの物をなぜ隠したがるのかわからないが、フレデリクにとってもどうも悩みの種らしい。

「さあ、さっさと通り抜けるよ。せっかく近道できるんだから」

ミルカの背中を優しく叩き、先を促すフレデリクもまた何やら色々と事情があるようだ、と考えながらその背を追いかけ、あと少しで広場から路地へと入ろうとした時だった。

「ふざけんな！　俺は今そこへ置いただろう」

突然広場の端の方で男の怒鳴り声が響いた。建物に囲まれているせいか、思いの外その声はよく響き、エステルは大きく肩を揺らしてしまった。

「お、驚いた……。何が……。――えっ、ミルカさん!?」

唐突にミルカがカシャカシャと足音をたてて騒ぎの中心へと走っていく。つられて続こうとしたエステルは、その腕をジークヴァルドに掴まれてたたらを踏んだ。

「よせ。あまり首を突っ込むな」

すぐに手を離されたが、険しい表情にはっとする。

「……ああ、また揉めごとに首を突っ込んで。——ちょっと待ってて」

仕方がないな、と肩をすくめて後を追うフレデリクの前方でふいに男たちのぎゃあ、という野太い叫び声が上がった。

「嘘……持ち上げられているわ……」

エステルは唖然として目を見開いた。

ミルカがその細腕で自分よりもずっと体格のいい男二人の襟首を掴んで引き離すように持ち上げていたのだ。周囲に集まっていた人々も、動揺したように輪を広げる。

「アナタたち、ぼけっと見ている暇なんかないよね？　さっさと散って」

フレデリクの声が響くと、その容姿を認めた人々が竜が来たとわかったのか、そそくさと作業に戻っていく。

ミルカもまたフレデリクに何か言われたのか、男二人を地面に下ろすと、責任者に事情を聞き始めたフレデリクの傍に静かに控えた。

「ミルカさん、怪力を怖がっているとか聞きましたけれども、けっこううまく使っていますよね」

「あれはうまく使っているというのか？」

「でも、一応、おさまりましたよ。わたしも昨日助かりましたし。どうしても見過ごせない性格なのかもしれません」

また揉めごとに首を突っ込む、ということはおそらくあれが日常茶飯事なのだろう。

エステルがジークヴァルドとそんなことを話しながら遠目に見ていると、フレデリクが怯える責任者とともに諍いをしていた双方の話を聞いているのがわかる。ちらちらと恐ろしげにミルカの方を見ているが、ミルカはどう思っているのかやはり表情が動かないのでわからない。

いくらも経たないうちにおさまったのか、フレデリクがミルカと共にこちらへ戻ってきた。

「待たせたね。ちょっと作業工程で行き違いがあっただけみたいだよ。でも――」

工房へと再び歩き出したフレデリクが、不審げに広場で作業する人々を見やる。

「ここ何日かさっきみたいな些細な諍いや、無断欠勤が増えたそうなんだ」

ジークヴァルドが目を眇めた。

「あまりの忙しさに嫌気がさし、仕事を放棄した、というわけではないのか？」

「違うね。この時期はどこの屋敷でもフラワーカーペットを作るから、庭師不足なんだよ。だからお給料ものすごく高いわけ。特に王宮前広場は高いから人気だし。一番の稼ぎ時を逃す馬鹿はいないと思うんだ。でも、体調不良でもないのに、家から出てこないらしい。いくら忙しくても、そんなことはワタシがカルムに来てから一度も聞いたことがないよ」

肩をすくめてそう語るフレデリクは、ミルカの前の竜騎士の頃からカルムにいるせいか、妙に人間の事情に明るい。

エステルはそっと出てきたばかりの広場を見やり、すぐにジークヴァルドに目を向けた。

「まさか、長命の実の影響とかではないですよね？」

今までこんなことはなかった、というのなら原因は外的要因の可能性が高い。

「その可能性はあるな。あれはすでに呪いの塊だ。体調もそうだが、精神に異常をきたしてもおかしくはない。人々の様子に気をつけておいた方がいいのかもしれないな」

ジークヴァルドがざっと周囲を見回し、眉を顰めて小さく嘆息した。

エステルもまた、再び混み始めた路地を笑いさざめきながら歩く通行人の様子を注意深く眺める。

この中にも長命の実の影響を受けた人物がいるかもしれないのだ。どんな些細なことでも見逃したら大変なことになる気がする。

「じゃ、さっさと工房へ行こう。長命の実があれば、工房の外からでも強く力を感じるだろうし。――まあ、ジークヴァルドなら問題ないよね。……セバスティアンはちょっと頼りないかもしれないけど」

苦笑いをしたフレデリクに、ジークヴァルドが渋い顔をしてこめかみを揉んだ。

「あれは力を感じ取るのは苦手でも、危険を察知する能力は高い。何となく嫌な感じがする、という程度でもかまわないが……」

初めはジークヴァルドと同様に力を感じ取る能力の高いフレデリクと、そうでもないマティアスが共に行け、とジークヴァルドが指示をしたのだが、二匹同時に首を横に振ったのだ。

「――嫌だよ。こんな生意気でがさつな奴とは」

「俺も細々と文句つけてきそうな奴とは嫌だね。まだセバスティアンの方がましだ」

「えぇ……、僕マティアスと行きたくないんだけど。すぐ怒るし」

と、三者三様の子供じみた言い分に、ジークヴァルドが怒ったのは言うまでもない。氷交じりの風どころではなく吹雪になりそうな怒りの風に、恐れをなしたセバスティアンがマティアスとユリウスの首根っこを掴んで逃げるように街へと出ていった。

（帰ったら厨房を借りてジークヴァルド様の食事を作る予定だし、セバスティアン様のもついでにわたしが作って、ユリウスには休んでもらわないと）

ただでさえセバスティアンとマティアスのお供は気力も体力も使いそうだ。

竜は光と水で生きられる生き物だが、竜騎士が作る食事は体力や怪我の回復によく効くという。ジークヴァルドは今夜、長命の実の悪影響が進むのを遅らせるために土地に力を送る予定だ。竜の力に満ちていない【庭】の外にいるのだから、ジークヴァルドには少しでも竜騎士の作った物を食べて、体力の維持に努めてもらいたかった。それはユリウスも同じだろう。

（ミルカさんも誘ったら、一緒に作ってくれるかしら……）

主竜のためなら誘いに乗ってくれるかもしれない、とエステルはそんな算段をしながらミルカの背中を追いかけて足を進めた。

＊＊＊

馥郁とした春の香りが漂う夜空を竜の姿となって飛びながら、ジークヴァルドは細かな氷の粒が交じる霧を起こした。眼下に見えるのは煌々と祭りの灯りに照らされたカルムの王都だ。その都にふわりと被さった霧は、瞬く間に溶け込み、すぐに見えなくなる。

（こんなものか……）

長命の実の影響が進むのを遅らせるため、フレデリクに告げた通り土地に力を注ぐことにしたが、実の在り処が掴めないだけに王都全体に力を行き渡らせなければならず、そのためには空から注ぐのが最善の方法だった。

この国には竜が三匹いる。そのうちの一匹は灰色だ。夜ともなれば銀の鱗を持つジークヴァルドが飛んでいたとしても、見分けはつかないだろう。

（エステルを連れてこられなかったのは、残念だったな）

ふと首を巡らし、誰も乗っていない背中を見やる。

ジークヴァルドの背中ならば、エステルは落ちる心配などせずに乗っていられる。星屑のように煌めく夜のカルムの王都を見せてやりたかった。だが。

（俺が感情のまま振る舞えば、エステルを困らせるだけだ）

ここは人間の国だ。竜の常識を持ち込んではいけない。それはリンダールの滞在で知った。

ただ、置いていくと言った時の、エステルのやけに動揺した様子が少し気になっている。竜騎士として務めを果たせないと落胆したのかもしれないが、理由を話せば、おそらくさらに動揺するのだろうと思うと、黙っていた方がいい。

（それにしても……。気のせいか……？　妙に力を感じ取りにくい）

昨日はそんなことはなかったが、今日はやけにそう感じる。

王都中に薄めた泥水のような不快な気配が漂っているのだ。ずっと正常な力が満ちる【庭】で過ごしていた自分には、少し慣れないのかもしれない。

（しばらく経てば慣れるだろう）

そう結論づけて、ジークヴァルドはエステルの待つブラントの屋敷へと舞い戻った。

＊＊＊

ポケットから取り出した手の平に乗るほどの大きさのスケッチブックを睨みつつ、エステルは溜息をついた。

「見つかりませんね」

一度落としたことがあるスケッチブックには、紐を括り付けたので落とす心配はなくなったが、いつも絵で埋まっているそれには、今はずらりと鉱石を加工する工房の名前が並んでいる。たった今出てきたばかりのキャラメル色の扉の工房を背に、エステルはその名前に上から木炭で線を引いた。

「シェルバから入荷してくる鉱石がこれほど多いとはな。それにフレデリクの言う通り、さらに人が増えた」

エステルの傍らに立ったジークヴァルドが苦々しげに眉間の皺を深めた。

長命の実の捜索を始めてから二日。思ったよりも多い工房の数に、ただでさえ回るのが大変だというのに、初日と同様にあちらこちらで人込みに足止めされているせいか、なかなか思うようにいかない。そして長命の実も気配は感じるそうだが、やはり見つからなかった。

「ワタシも緑の鉱石がこんなにあるなんて思わなかったよ。――セバスティアンじゃないけど、王都を凍らせたくなるよね」

　ふわりと巻き起こった乾いた風に、フレデリクが顔をしかめながら被っていた薄衣で口元を押さえた。その傍らにいたミルカが、翻った薄衣をそっと押さえる。

　その様子は舞台の一幕のように見栄えがいい。すれ違いかけた男性がつい見惚れた、というように立ち止まったかと思うと、慌てて懐から手帳のようなものを取り出して何かを書きつけだした。

（あっ、スケッチ。そうよね。描きたくなるわよね！）

　間近にいると、勝手に描くな、と怒られるかもしれないので、エステルは描く勇気はないが、さすが芸術の国だ。気づけばちらほらとこちらを見つつ絵やら文字やらを描いている人々が見える。それでも竜たちは追いかけてくるなり、行く手を阻むなり、そういった邪魔さえしなければどうでもいいとばかりに、周囲を気にすることはない。そして話していることは物騒だ。

「それでもかまわないのなら、凍らせるが」

「……冗談だよ。それをしたら、さすがのワタシでも、苦情がくるだろうし」

　冗談など一切感じられない真面目（まじめ）な顔で言い切るジークヴァルドに、フレデリクが疲れたように溜息をつく。

（ジークヴァルド様が珍しく過激なことを言っているけれども……。やっぱり疲れているのかも。慣れない人込みの中で長命の実の力の痕跡（こんせき）を探るんだから、神経を使うわよね）

そういえば、昨日食事を作るついでに焼いたクッキーを包んで持ってきていた、と思い出したエステルは、それを取り出そうとしてすれ違いかけた男と肩が軽くぶつかった。

「すみませんっ。……って、ミルカさん!? 追いかけなくていいですよ！」

謝りもせずに去っていく男をすぐさま追いかけようとしたミルカに、エステルは慌ててその腕を掴んだ。ミルカはゆく先々で小競り合いを止めに行こうとするので、油断がならない。

エステルに掴まれ、ミルカはぴたりと足を止めた。そのまくるりと振り返ってじっとこちらを見てきたので、安心させるように笑いかける。

「ほら、怪我はしていませんから、大丈夫ですよ」

ミルカの腕を離し、大きく両手を広げて見せると彼女は納得したように頷いてくれた。

その間にぶつかった男は遠ざかっていく。さらなる騒ぎにならなくてよかったとその後ろ姿を見ていると、男の襟元でひらりと舞った青く染められたスカーフに目を瞬いた。

（あ、またあの青。よく見かけるけど……。流行りの色なのかしら）

工房を回りながら街の様子にもおかしなことはないか観察をしているのだが、カルムの王都に来たばかりの時に押し付けられそうになった青い絵と同じ色を使った装飾品や、絵画、または青く染められた造花まで、所々で見かける。

「本当に怪我はしていないのか？」

エステルがぼうっとしていることに気づいたのか、ジークヴァルドが問いかけてきたので、はっと我に返り、首を横に振る。

「はい、していません。大丈夫です」

エステルが笑みを浮かべると、ジークヴァルドはそうか、とそれだけ言ってすぐに前に顔を向けてしまった。

自惚(うぬぼ)れているつもりはないが、いつもならばミルカよりも先に手を差し出してくれたと思うジークヴァルドは、やはりここのところあまり触れてこない。エステルから触れるのも、なるべく避けようとしている節がある。

（一昨日の夜も、長命の実の力を抑えるために街に力を注ぎに行くのに連れていってもらえなかったし……。わたしからの甘噛みがそんなに気に障ったのかしら……。それとも別の理由？　でも、会話は普通にしてくれるのよね）

だが、さすがにどうして触らなくなったのか、などと聞けるわけがない。ウルリーカに相談してみようかと考えていると、ふいにフレデリクが大きく伸びをした。

「ああもう、少し休憩しようか。さっき正午の鐘が鳴ったし。ミルカもお腹(なか)が空いたよね」

フレデリクがぽんぽんとミルカの頭を叩く、エステルは少しだけ羨(うらや)ましくなりながらも、ぴんと背筋を伸ばした。竜には食事は不要だが、フレデリクはここ二日、食事は絶対に取らないと駄目、と言い張っている。おそらくミルカのためだろう。そしてこれはある意味ミルカと話せる好機だ。主竜の食事作りの誘いも、失礼に当たるので、と断られてしまったのだから。

「あっ、じゃあ、わたしそこのパン屋さんで何か買ってきます。ミルカさんも行きませんか？」

ここぞとばかりにお誘いをかけると、ミルカはかすかに首を傾げて主竜を見上げた。

「一緒に行って買ってきて。ワタシとジークヴァルドはここで待っているから」

「――はい」

少し間を置いてこくりと頷いてくれたミルカに、両手を上げて喜びたい気持ちになったエステルだったが、そこをぐっと我慢して満面の笑みを浮かべるだけに留めておいた。

「カルムのパンはリンダールと少し違いますよね。わたし朝どんなのが出てくるのか楽しみで――」

できれば横に並んでお喋りをしたかったが、後ろに着いてきてくれるだけでも嬉しくなり、ミルカに話しかけながら浮き立つ思いで光沢のある茶色の扉を開ける。ドアベルの軽やかな音が耳を打ち、同時にふわりと香ばしい麦の香りが鼻先をくすぐった。扉を閉め、さあ、どんな種類があるのか、と見回した時だった。

白く塗られた壁に飾られた一枚の青い絵に目が吸い寄せられる。

（あれって……）

路地で押し付けられそうになったあの絵だ。つい先ほども思い浮かべたばかりだが、どこか寂しさを感じる珍しい青一色の絵は、おそらく間違っていない。

驚きに目を見開いていると、カウンターの向こうに立っていた店主らしき男性が声をかけてきた。

「いらっしゃいませ！　お嬢さん、その絵がどうかなさいましたか？」

「あの、この絵は……」

「綺麗でしょう。昨日、露天商から買ったばかりなんです。ここのところ、王都で貧富を問わず手広く商売をしているあのメルネス商会の関係者だそうなんで、ちょいとばかり値は張りましたけれどもねえ。いやあ、気に入ってしまったもんで」

満足げに笑う店主に、エステルは複雑な思いを抱きつつも笑みを浮かべた。

（押し付けられたんじゃなければ、それはそれでいいんだけれども……）

だが、王都で名の知られている商会の関係者だというのなら、あの時、エステルに押し売りまがいのことをしてきたのは何だったのだろう。少しだけ腑に落ちなかったが、じっと絵を見つめていると、店主がさらに話しかけてきた。

「ところで――お嬢さん、この国のご出身ですか？」

「え？　いいえ、違います。リンダールです」

思わぬ問いかけに反射的にそう答えると、唐突にがらがらと鐘が鳴り響いた。

「おめでとうございまぁす！　貴女が明日の【花灯の守り人】に決定しました！」

野太いながらも明るい声でそう告げられながら、さらにがらがらと鐘を鳴らされ、ぎょっとして立ち尽くしていたエステルはぽかんと口を開けた。

「それ……なんですか？」

「おや、宿泊先で説明がありませんでしたか？　新年になる前の十日間、日替わりで毎夜あちらの鐘楼の上にある燭台に火を灯し、その火が消えるまでの見届け人のことです。燭台が花の形をしているので【花灯の守り人】と呼ばれているんですよ」

得意げに説明をしてくれる店主だが、鐘楼の上、と聞いてエステルは大きく取られた窓の外を見た。そこには堂々と建つ白い鐘楼がある。遠目に見ても、外壁に施された彫り物や、各所に配置された彫像などでなんとも華やかだ。

「鐘楼って、あれのことですよね？」

「はい、そうです。最終日のみ初代の竜騎士の末裔である王族の方が務めますので、限定九名。貴重な体験ですよ。何しろ、一年で一番美しい王都が一望できるんですから！　運が良ければ竜の飛翔も拝める、一番の特等席です」

いかにも美味しそうなパンを焼いてくれそうな、ふくよかなパン屋の店主におそるおそる確認したエステルは、返ってきた言葉に青ざめた。

（一番の特等席は、もう知っています……。それにあんなに高い所で作業するのは、さすがに無理です！）

ジークヴァルドの背中より最良の特等席はないだろう。そして高所恐怖症が緩和されるのは、銀竜の背中限定だ。二階のバルコニーならまだしも、周囲の建物を見下ろすほど高い鐘楼の上など、足がすくみ手も震えてうっかり蝋燭を倒しそうだ。

エステルが大惨事を想像して黙り込んでしまうと、店主は不思議そうに首を傾げたが、エステルの背後に目を向けてすぐに驚きの声を上げた。

「――あっ、ブラント家の鉄面……。い、いえ、フレデリク様の竜騎士様、これはどうも……」

店主は大きな体をすくめ、一瞬だけまいったな、というような表情をしたが、すぐににこやかな笑みを浮かべた。その表情の移り変わりから察するに、怖がるというよりもミルカの怪力でうっかり店の物を壊されやしないか、という心配だろう。仕方がないとはいえ、こういう反応を行く先々でされれば表情も強張ってしまうのかもしれない。

「竜騎士様とご縁がある方が、花灯の守り人を務めていただけるのでしたら――」

「ええと、あのそれなんですけれども、辞退することは……」

エステルが滔々と先を続けようとした店主の言葉を言いにくそうに遮ると、店主はあんぐりと口を開けた。

「え？　辞退されるんですか？　もったいない、すぅごくもったいないですよ、お嬢さん！　ねえ、みなさん、そう思いますよね？」

妙な圧力で迫られ、店内にいた数人の客が頷き、店主の妻なのか隣に立つ女性が困ったように頰に手を当てた。

（これ……引き受けないとかなり責められそう。王族の方が関係している行事だし……）

追いつめられたような気分になるエステルに、店主の妻が丁寧に説明をしてくれた。

「花灯の守り人は、昔は死人が出たほど皆が率先して就任したがる役目なんです。毎年鐘楼の管理人が守り人を決めるのですが、賄賂も横行しましたので、どうせならば観光の宣伝に使おう、ということになりました」

宣伝、とはどういう決め方なのだろう。何となく雲行きが怪しくなってきた話の先を、エステルは大人しく待った。

「方法は割愛しますが、鐘楼の管理人が衆人環視の中で無作為に店を九軒選びます。そして指名された店を訪れたカルムの国民ではない他国の観光客の方に、守り人をお任せすることにしました。決め方は店舗ごとに違います」

その役目の由来がどういったものなのかわからないが、自国の国民でなくともかまわないというところに、カルムの細かいことは気にしない大らかな気質を見た気がしたが、さらなる店主の言葉にエステルは唖然とした。

「明日の守り人はうちの店が担当なんですが、うちでは今日開店してから二十人目の女性と決めたんですよ。え、理由？　いやぁ、結婚二十周年なんで」

「お、おめでとうございます……」

照れたように頭をかく店主の隣でぽっと頬を染めた妻を見たエステルは、脱力してしまった。

（死人が出たほどのお役目の割には、軽い決め方というか、なんというか……。でも上って火をつけるだけならなんとかできそう？　……よ、よし、ミルカさんのためよ！）

ミルカの立場もあるだろうし、これ以上ごねているのは時間がもったいない。ちらりとミルカを窺うと、ぱちりと瞬きをされた。唇が何かを言いたげにわなわなと震え、かすかに首を横に振られた気がしたが、言葉を発することはなかった。

覚悟を決めたエステルが表情を引きしめて頷こうとした時、ふと背後でドアベルの音がした。

「それは必ず一人で行わなければならないのか？」

振り返るまでもなく聞こえてきた抑揚のない声に、エステルはほっと安堵の息をついて振り返った。扉一枚隔てていたとはいえ、聴覚が優れている竜には今の会話が聞こえていたのだろう。探るような目をしたジークヴァルドがそこに佇んでいた。

「これはこれは……もしや旦那様ですか？　いやぁ、いいですね。新婚旅行ですか。北の方のお方なら、カルムは暖かくて過ごしやすいでしょう」

エステルの母国リンダールは確かに北の方だ。ここほど暖かくはないので北の国だと言われても不思議には思わなかったが、それよりもその前の単語に思わず頬を赤らめた。

（新婚旅行じゃないです！　と言いたいけれども、それならどう言いわけをすればいいの？　仕事で来たので上司と部下です、だとちょっと苦しいし、婚約者だと婚前旅行になるし、兄妹とかなら信じてもらえるかしら……）

婚前旅行は貴賤問わずあまりいい顔をされない。だからこその言葉なのだろうが、新婚旅行などと指摘されてしまうと、どうにも落ち着かなくなってくる。

エステルがどう返答したらいいのかとあたふたしながら頭を巡らせていると、ジークヴァルドがそれよりも先に口を開いてしまった。

「そうだな。妻はカルムの王都がいたく気に入ったらしい。ただ、少し高い所が苦手だ。俺とともにその花灯の守り人とやらを引き受けてもかまわないだろうか」

「ええ、もちろんですとも。お連れ様でしたら、何人でもかまいません。新婚さんでしたら、なおさらいい思い出になると思いますよ」

何のためらいもなく「妻」と口にしたジークヴァルドに、エステルはなおのこと赤くなりそうな顔を隠すように口元を押さえた。

前にそう呼ばれた時にはただ恥ずかしいだけだったが、今日は何ともいえない嬉しさがこみ上げてきて自然と笑みがこぼれてしまいそうになる。

（にやけたら駄目よ、わたし！　ちょっとジークヴァルド様が触れてこなかったからって、これだけで嬉しくなってどうするのよ……）

ジークヴァルドに触れられるのが恥ずかしいと思っていたというのに、いざそれがぴたりとなくなってしまうとこれほど寂しく感じてしまうものなのか、と悩むとは思わなかったのだ。

「それでは奥様、こちらにご署名をお願いします。お役目が終わりましたら、こちらは記念の品となりますので、ご返却致しますよ」

ジークヴァルドの言葉でエステルが引き受けてくれると思ったのか、店主がにこにこと笑いながら一枚の羊皮紙とペンを差し出してきた。古めかしいそれは、仰々しい飾り文字で説明が書かれている。おそらくここから観光客を楽しませる演出なのだろう。

そしてさりげなく呼び方が「お嬢さん」から「奥様」に変わっているのが面はゆい。

エステルがためらいがちにジークヴァルドを見上げると、彼は耳元に口を寄せてきた。

「フレデリクが言うに、毎年花灯はその年に採れた一番美しい鉱石で飾られるらしい。王族が関係しているというのなら、婚姻反対派が害を与える物だとわかっていた場合、行事を壊そうと長命の実を使わせる可能性もある。引き受けるのは無理を言わずに確認ができて都合がいい」

小声で告げられた内容に目を瞬いていると、ふとエステルとジークヴァルドの間を割るようにぬっと出てきた腕が紙とペンを奪い取った。

「――っ!?」

「運よく当たったんだから、息抜きも兼ねて行ってくれれば。上に行って火をつけて消えたら下りてくるだけなんだからさ。――まあ、高所恐怖症のアナタが街を見下ろすことができるかどうかは、知ったことじゃないけどね」

驚いて振り返ると、羊皮紙を奪い取ったフレデリクがさらさらとエステルの名前を書きながらそう言い、にやりと意地悪く笑った。

(優しいのか、挑発されているのかわからないけれども、とりあえず文字がすごく綺麗ですね……)

こちらに向けられた羊皮紙に書かれた自分の名前が、まるで自分のものではないように美麗だった。竜は文字を書いて残すという文化はないが、フレデリクの筆跡はそのまま飾っておきたくなるほど、先に書かれていた飾り文字と違和感なく調和している。

ともかく、自分は参加することになったらしい。ジークヴァルドと一緒でいいのなら、なんとかこなせるだろう。それだけは安堵した。

「これでいいかな。あ、付き添いの名前もいるね。ジークヴァルド、と」

ジークヴァルドの名前も追加で書き記したフレデリクが、突然の竜の登場に驚きのあまり互いの手を取り合って硬直している店主夫妻に向けて紙を差し出す。

「は、はい、確かに。それでは明日の夕方、鐘が五つ鳴った後、王宮前広場にお越しください。そちらで花灯に灯す火を王族の方から受け取り、鐘楼まで運ぶ流れになっておりますので」

先ほどの勢いはどこへいったのか、緊張に震える声で説明を述べた店主に、エステルは申し訳なさそうに苦笑いをしながら頷いた。

＊＊＊

「――花灯の守り人、ってあれっすよね。竜がそれを目指して飛んできた、という言い伝えの鐘楼の灯りのことっすよね。参加できるなんて、ものすごく貴重っすよ！　エステル殿」

鼻息も荒く、詰め寄ってくるエドガーに、パン屋での出来事を話したエステルは少しのけぞりながらも、首を傾げた。

「それは有名な話なんですか？」

あちらこちらに竜の言い伝えはあるが、その話は聞いたことがない。

花灯の守り人を引き受けた後、何軒かの工房を空振りし、日も傾き始めたことからブラント邸に戻って来た。

ちょうど夕食の準備をする時間となっていたので、まだ戻ってきていないユリウスを待たずに厨房を借りて作り始めたのだが、そこへお手伝いと称してやってきたエドガーに花灯の守り人を引き受けることになった話をすると、彼は大興奮して話し始めたのだ。ミルカは別の仕事を片付けてきます、とここにはいないが、いたとしたら女性が苦手だというエドガーはこれほど喋（しゃべ）ってくれなかったかもしれない。

「有名かどうかはわからないっす。オレはどんなに些細なことでも竜が関わっている話は根こそぎ集めているんで。ちょうど今日、仔竜様に何か話してくれとせがまれて、その話をしたばかりなんすよ」

「うわぁ……楽しそうですね。その様子を見ていたかったです。どんな話なんですか？」

エステルはシチューの具材を炒めながら、パン屋で購入したパンを切り分けているエドガーに尋ねた。屋敷から気軽に出られない分、エドガーは仔竜が退屈しないように奮闘しているらしい。やんちゃな仔竜の相手は大変だろうが、それでも楽しそうだ。

「カルムがまだ一度も竜を迎えたことがなく貧しかった頃に、竜騎士になった王族の青年が竜と共にカルムの鐘楼の灯りを目指して飛んできて、豊かさをもたらした、っていう話っす。祝いの宴が十日間続いたことにちなんで、十日間火を灯すらしいっすよ」

十日間の宴、というのはいかにも祭り好きのカルムらしい。いや、カルムでなくとも初めての竜を迎えるのは、それほど歓喜に満ちたものなのだろう。

「確かに、王族の方々は竜騎士の末裔だって聞きました。それならなおさら大切な行事ですよね。そんなことも知らないなんて、わたしはまだまだ勉強不足だとつくづく思います」

カルムに限らず、その国に初めて赴いた最初の竜がどのような豊かさをもたらしたのか、ということは竜騎士教育で学んだが、そういった伝承じみた話はよほど有名な話でなければ知らない。

エステルが知っているのは、カルムの痩せた土地を蘇らせた最初の竜が、華やかな絵画のような織物を好んだため、芸術方面の人々が集まり芸術大国として発展した、という話だけだ。

「エステル殿は竜にまつわる話が好き、というよりも、竜という存在自体が好きなんすね。それはクランツ伯爵家ならではの感覚かもしれないっす」

「そうかもしれません。叔父の主竜を見て育ちましたから」

リンダールを出発する直前になっても、やっぱり冬が終わるまでいてほしい、とごねまくっていたアルベルティーナの姿を思い出し、別れてから一月も経っていないというのに懐かしさを覚えていると、ふと背後から視線を感じた。

誰だろう、と振り返ってみたが、厨房の戸口には誰もいない。

(気のせい？)

首を傾げつつ再び鍋に向かうと、いくらも経たないうちにやはり視線を感じた。確認をしたいが、振り返ると隠れてしまうらしい。どうしたものかと頭を悩ませていると、そっと隣に立ったエドガーが、唇の端を引きつらせながらエステルにこそっと教えてくれた。

「エステル殿……、ブラント嬢と何かあったんすか？　すごく睨んでいるっすよ」

「ミルカさんが？　特に何もなかったと思いますけれども……」

さすがに昼間、パン屋に無理やり連れ込まれた、と怒るわけがないだろう。

「あ、何か荷物を持っているっす。こっちに来そう……いや、引っ込んだ。ちらちらと覗いて一歩踏み出し……来ないっすね。――オレのお仲間かもしれないんで、ちょっと隅っこに行っておいた方がいいっすかね」

お仲間、とはおそらく自分が女性が苦手なのと同様に、ミルカも男性が苦手なのかもしれない、と思ったのだろう。ミルカの場合は人間全般が怖いのかもしれないが。

親切にも実況をしてくれるエドガーに笑い出しそうになりながら、エステルは小さく頷いた。

エドガーがそそくさと厨房の隅に行き、壁と同化するようにぴたりとくっついてしまうと、しばらく経ってからカシャンカシャンと特徴的な金属の靴音が近づいてきた。頃合いを見計らって、エステルができるだけゆっくりと振り返ると、エドガーの言う通り布の塊を抱えたミルカがそこに立っていた。その表情はいつものぐっと眉が寄せられ、唇の端が痙攣(けいれん)した、頑張って浮かべているあの笑顔だ。

「どうかしましたか？　ミルカさん」

「あの……ご」

それだけ言ったきり、ミルカは唇をわななかせて、何度も唾(つば)を飲み込むようにしていたが、エステルは辛抱強く言葉を待った。

(ご、って何？　ご飯を一緒に作ってもいいですか、とか？　……って、野菜が焦げそう！)

鍋の中身が気になってきてしまい、はらはらとしていると、ミルカがようやく口を開いた。

「ごごご、ご迷惑でなければ、使ってください！」

ぶつかるか、ぶつからないかのぎりぎりのところで目の前に差し出された布の塊に、エステルは大きく目を見開いた。黒い上着のようなものが一番上に見えるが、その下も綺麗な刺繍が施された白い布だ。

「これって……」

受け取って広げようとしたエステルだったが、ふいに邸内が妙にざわめいているのに気づいた。ユリウスたちが帰ってきたのだろうか、と一瞬思ったが、それにしては騒がしい。

「何かあったんすかね」

エドガーが厨房の出入り口を窺うように首を伸ばすと、はっと背筋を伸ばしたミルカはカシャカシャと音を立てて厨房から出ていってしまった。

「あっ、ミルカさん、これ……」

渡された物が何なのか聞く前に去られてしまい、どうしようかと思っていると、そこへミルカと入れ替わるようにしてユリウスが顔を覗かせた。

「お帰りなさい、ユリウス。何かあったの？　まさかセバスティアン様かマティアス様が何かやらかした？」

浮かない顔をしながら傍に来た弟に緊張しつつ問いかけると、ユリウスは苦々しそうに口を開いた。

「ただいま。あのお二方は関係ないよ。セバスティアン様は居間でお腹が空いたってへばっているし、マティアス様はウルリーカ様と仔竜様が恋しいって、庭にすっ飛んでいったし。それより……エステルは王宮前のフラワーカーペットを見たんだよね？」

緊迫感など全くない二匹の様子に少しだけ拍子抜けしたが、すぐに嫌な予感を覚えて静かに頷いた。

「見たわよ。まだ完成していなかったけれども、すごく迫力があったわ」

「それ、荒らされたらしくて、半分くらいやり直しだってさ」

「えっ⁉　だってあと少しで完成するって、ミルカさんが言っていたわよ」

それを台無しにされてしまったのだ。あの広さのものを荒らされたとなると、修復するのに相当急がなければならなくなるだろう。

「ただでさえ休む人が多くて人手が足りないようなのに。荒らした犯人は捕まっていないの⁉」

思わずユリウスに詰め寄りかけて、鍋の中身が焦げそうだったと思い出したエステルは慌てて煮込む用の水を注ぎ入れてから、弟と向き合った。

「すぐに捕まったよ。どうもその製作していた庭師が犯人らしいんだ。急に暴れ出したみたいで、わけがわからないことをわめいて手が付けられなかったんだって」

「それ、もしかして……長命の実のせい？」

眉を下げて唇を引き結ぶと、ユリウスが嘆息をした。

「うん、そうかもしれない、ってセバスティアン様が。だからジークヴァルド様が――。……待ってください、エドガーさん、今何を入れようとしているんですか？」

唐突に険しい表情をしたユリウスが、いつの間にか鍋の傍にいたエドガーの腕をがしりと掴んだ。気づけばエドガーの手には小さな瓶が握られていた。少し赤味がかった茶色い粉が沢山詰まっている。

「え、これ胡椒っすよね」

きょとんとしたエドガーから瓶を取り上げたユリウスが、香りを嗅いで首を横に振った。

「……違いますよ。これ、粉末にしたシナモンじゃないですか……」

げんなりと呟くユリウスから瓶を受け取ったエステルは、そっとそれを鍋から遠い場所へと置いた。

（……煮込んでいる間に持ち歩き用のお菓子を作ろうと思って、用意しておいたのよね）

それにしたとしても、胡椒とシナモンを間違えるなど、鼻が利かないのだろうかと逆に心配になってくる。

危うく大惨事になるところだったシチューになる予定の物をかき回しながら、エステルはエドガーが厨房に入った時には本当に目が離せない、と嘆息した。同じように溜息をついたユリウスが話を続ける。

「ともかくジークヴァルド様がフレデリク様と一緒に様子を見に行くから、エステルを呼んできてくれってさ。だから食事の支度を代わるよ」

「わかったわ。それじゃ後はお願い。呼びに来てくれてありがとう」

「エステルこそ気をつけて。――あ、エドガーさん、お皿を用意しておいてくれますか。あと俺の腹ペコ主竜様にそこのパンを先に持っていってくれると助かります」

所在なさげに立ち尽くしていたエドガーが弾かれたように動き出すのに苦笑しつつ、エステルはつけていたエプロンをユリウスに渡すと、ミルカから渡された物を抱えて厨房を出た。

先に荷物を置いてこよう、と階段を上りかけるとふと布の隙間に一枚の紙が挟まれているのに気づいた。

(何かしら……。あ)

短い文章に目を通したエステルは、ふわりと胸が温かくなったような気がして、ミルカに渡された物を軽く抱きしめると、足早に階段を上った。

＊＊＊

いくら暖かなカルムとはいえ、夜はかなり冷える。

エステルは野次馬たちに交じりつつ、昼間はさほど必要なかった外套の前をしっかりと留めながら、王宮前広場を呆然と見回していた。

「ひどい……」

数日前に見た時には、広場の大半がほぼ花で埋め尽くされていたが、現在は虫食いのように所々が欠け、見るも無残な有り様だった。広場の端の方に集まっているのはこれを製作していた庭師たちだろう。怒鳴っている者もいれば呆然と立ち尽くす者もいる。

「一人でやったわけではないようだな」

エステルの傍らで同じように見渡していたジークヴァルドが、人々が集まっている方へと目を向けた。その中にはブラントの屋敷から出る時に怒りの形相を浮かべていたフレデリクとミルカの姿もある。その足元には三人ほどの庭師がうずくまっていた。さすがにこれほど荒らすのは一人きりではできないだろう。

「ジークヴァルド様、長命の実の力は感じますか？」

「……薄くはな。だが、靄のようで掴めない」

眉間に皺を寄せ、こめかみを片手で押さえたジークヴァルドが嘆息をする。

気配が薄い、ということはおそらく長命の実そのものはここにはないのだ。

「フレデリクが呼んでいる。行くぞ」

こちらに向けて手招きをしているのを見たジークヴァルドが歩き出したので、その後に続こうとしたエステルだったが、ふいにどんと横から誰かにぶつかられた。そうしてなぜかポケットの辺りが強く引っ張られる。

「……えっ。ちょっ、引っ張らないで！」

細身の男がエステルのポケットに入っていたスケッチブックを財布と間違えたのか、盗もうとしていた。しかしながら紐がつけてあったため、スカートごと引っ張られてしまっている。

女として恥ずかしい姿を晒すことになりかねない、と思っていたその時、先に行きかけていたジークヴァルドが身を翻して男の手を蹴り上げた。

「……っ！」

相当力を押さえていたのだろう。竜の力で蹴られたのにもかかわらず、男は引っくり返ることもなくスケッチブックを離すと、手を押さえてそのまま逃げだした。

（またあの青だわ）

野次馬の中を駆け去っていく男は、あのよく見かける青い色の帽子を被っていた。

妙に目につく青に気を取られつつも、紐を手繰り寄せてスケッチブックを握りしめる。

「大丈夫か？」

「はい。スケッチブックもわたしも無事です。――っミルカさん、追いかけなくていいですよ！」

心配そうに眉を寄せるジークヴァルドに頷き、カシャカシャと音を立てて男の後を追いかけていこうとしたミルカを呼び止めると、追いすがってきたフレデリクがミルカの首根っこを掴んで止めた。

「落ち着いて、ミルカ。――図太い小娘、アナタがじっと掏摸を見ているから、ミルカが追いかけようとするんだよ。何がそんなに気になっているわけ？」

　竜が近づいてきたせいか、集まっていた野次馬が蜘蛛の子を散らすように去っていく。いくら自国の竜とはいえ、あまりにも近づきすぎるのは恐ろしいらしい。建物の陰から数人の頭が見えるが、それでもこちらの会話が聞き取れないくらい遠い。

「気になるといいますか……。今の掏摸が被っていた帽子の色と同じ青い色で染められた物をあちこちでよく見かけるので、流行りの色なのかなと思っただけなんです」

　特にここは流行の発信地でもあるカルムだ。新色ならば観光客への宣伝のためにも、どこもこぞって使うだろう。

　エステルの答えに、フレデリクが嫌そうに顔をしかめた。

「ああ、あの青。確かに今年の流行色だよ。半年くらい前からちらほら見かけるようになったけれども、ここ一月の間になおさら増えたね。でも、ワタシあの青嫌いなんだよね。気が滅入りそうでさ」

「フレデリク様もそう思うんですか？　だからブラントのお屋敷では見かけないんですね。やけに目を引く色ですけれども、ちょっと寂しい感じですよね」

「ふうん……寂しい、か。確かに。——何となく悔しいけれども、その表現は気に入ったよ」

気を悪くするでもなく、にこりと笑ったフレデリクに、エステルは褒められたような心持ちがして、照れくさそうに笑い返した。

「ジークヴァルド様、フレデリク様がやっと少し気を許してくれました！　もっと……。どうかしましたか？」

皮肉ばかり言われていたせいか、思ったよりも嬉しくなってしまいジークヴァルドに話しかけると、彼は何かを考えるように目を伏せていた。

「まさかな……。フレデリク、その青い色が急に増えたという一月前に、何か変わった出来事はなかったか？」

「一月前？」

不審げに首を傾げたフレデリクの袖を、ミルカが小さく引いた。

「……フレデリク様、シェルバの王女殿下が輿入れのためにカルムに入国されたのが、ちょうど一月ほど前です。お出迎えをしました」

「ああ、そうそう。そうだよ。面倒くさいけど、さすがに出迎えをしないとミルカが困るから……。——あれ？　……ちょっと待って」

何かに気づいたように、フレデリクがひくりと頬を引きつらせた。

「そういえば、あの青……。珍しい色だから、シェルバの王女へシェルバの国民から婚姻祝いに献上された鉱石らしいんだよね。でも王女自身は絵を描かないから活用できる者たちに、って鉱石を扱う組合に寄付された物だった、はず」

フレデリクの傍らで、同意するようにミルカがこくりと頷く。

それを聞くなり、ジークヴァルドが辺りを見回したかと思うと、すぐに雑貨店らしき店先を飾っていた青い薔薇に近づいた。そのまま香りを嗅ぐかのように顔を近づけて黙り込む。

「ジークヴァルド様……？」

エステルの呼びかけにも答えず、ここのところよく見かけていたようにこめかみを押さえて集中していたジークヴァルドは、しばらく経つと静かに目を開いた。

「これだ。王都に漂っている不快な力の原因は」

「それ……白い薔薇に青い水を吸わせて染めた物ですよね。わたしも子供の頃によくユリウスと作っていました」

薔薇に限らず、色水に白い花を挿して花弁を染める手法だ。竜の体色のように様々な色の花を生み出すことができるので、楽しかった思い出がある。

「その青い水は染料を溶かしているのではないか？　もしくは鉱石から作った顔料だな。かなり弱いが、確かに長命の実の力を感じる。だが、実そのものを使ったわけではないな。この弱さだと、実の影響を受けた物を加工したのだろう」

エステルは大きく目を見開いた。

「あの、でも、探している長命の実は緑のはずですよね？」

わけがわからない。長命の実はセバスティアンの鱗よりも濃い緑だと聞いている。だが出回っている色は青だ。限りなく緑に近い青というわけでもない。

この青色の大本が長命の実だとは納得できずにいると、フレデリクががしがしと苛立ったように頭をかいた。

「実の色が変わっていたってことだよ！　普通ならそんなことはありえない」

「確かに普通ならないだろう。だが、長命の実は大体が生前の竜の瞳の色だ。元の持ち主よりも俺の力の方が強ければ、力の性質は変わらずとも変色していてもおかしくはない」

盲点だった、と悔しげに唇を引き結ぶジークヴァルドに、エステルは表情を強張らせた。

「それじゃ、かなり長命の実の影響が広がっている、ってことですよね」

あの青を見ない日はないのだ。王都中に不快な気配が漂うのも頷ける。カルムがじわじわと呪いに侵されていくような感覚に寒気を覚え、エステルは思わず腕をさすった。

「婚姻祝いの品なら、喜んで流通させるしね。ああもう、どうして気づかなかったのかな」

フレデリクが盛大な溜息をついて、恨めしげに城の方を見やった。同じようにエステルもまたそちらに視線を向けて眉を下げる。

「思い込み、って結構見落としがちですよね……。でも、このことを王女殿下に知らせますか？」

いくら知らなかったとはいえ、自分がカルムに害を与える物を運んだとわかれば、気に病むどころの話ではない。婚姻反対派の者たちを勢いづかせるには十分な事実だ。

ジークヴァルドは眉間に皺を寄せたまま、一つ嘆息した。

「そうだな。知らせておいた方がいいだろう。害を与える物だとわかっていて献上された場合は、王女自身も危ない」

「それは……。初めから婚姻に反対している方々が仕組んでいた、ってことですよね」

長命の実を凍結させていた周辺に住んでいた者なら、土地や人に害を与える物だとわかっていた可能性がある。それを婚姻反対派の者が聞きつけて、うまくカルムに王女自身の手で持ち込ませれば、発覚した場合、責任を追及できるのだ。

「その可能性は高いな。半年前から見かけ始めたのだろう。ならば、その頃から少しずつ影響を受けた鉱石を運び込み、さらに大本の実と、他の一部の鉱石は献上して一月前に王女に運ばせる。そして寄付をさせれば、すぐに王都中に広めることができる」

そうすれば、王女が来たから不調を訴える者が増加したのだ、婚姻は取りやめた方がいい、と大手を振って言えるだろう。

「ただ、シェルバとカルム両国で信頼がある協力者がいなければ、成立しない話だがな」

「協力者、ね……」

フレデリクがぼそりと低く呟く。静かな怒りを感じて、エステルは少しだけ身を震わせた。

「そ、その方たちを探しますか？」

「そちらは国の方でやるだろう。こちらは長命の実さえ取り戻せればそれでかまわない。――ともかく、これで探す範囲は狭まったな。フレデリク、王女が寄付した青い鉱石の流通先はわかるか？」

ジークヴァルドが苦々しげに、フレデリクを振り返った。

「――え？」

険しい表情で何かを考えていたのか、フレデリクが我に返ったようにはっと顔を上げる。

「あ、ああ……多分、わかるよ。ミルカ、鉱石、染色、あとは……装飾品の組合に話を通しておいて。ああ、一応、生花の組合にも連絡を入れておこうか。王宮へもね」

てきぱきとミルカに指示を出すフレデリクに、エステルはわずかに首を傾げた。

(今、間があった……？　長命の実を利用されたことに、かなり怒っているのかしら)

ジークヴァルドを窺ってみると、彼もまた不審げに目を眇めていたが、口を開くことはしなかった。

ミルカの方は気にならなかったのか、フレデリクの指示に神妙に頷いている。ふとエステルはその背後に見えるフラワーカーペットを荒らした庭師の姿に、そういえば、と切り出した。

「フレデリク様、フラワーカーペットを荒らしたあの方たちも、あの青い色で染められた物を身につけていましたか？」

もしそうだとしたら、そのせいで暴れたのだろう。

「どうだったかな。——あれ？　ミルカ？　ああ、確認をしてきてくれる、の……。ちょっと待って、待って、服を剥いだら駄目だよ！　それをやっていいのは、アナタの旦那様になる人だけだから！」

フレデリクが悲鳴じみた声を上げた。

ガシャガシャと金属の足音を立てて庭師たちの方へ駆けていってしまったミルカが、辿りつくなり男たちの服をひん剥きだしたのだ。鎖帷子と鉄のブーツを身につけた妖精風美人が無表情で男たちの服を剥ぎ取る様は、滑稽を通り越してなんとなく狂気を感じてしまう。

（恐怖画みたい……）

正気に戻ったのか、「やめてくれ！」と男たちが騒ぎ出すのを見て、他の庭師たちが手を出してもいいものかどうかおろおろとしていたが、そこへフレデリクが割って入った。つい唖然として見送ってしまったエステルもまた、はっとしてその後を追いかける。

（フレデリク様がわたしにミルカさんをどうにかして、って言いたくなるのもわかるわ）

竜騎士として竜の傍に控え、世話をしている姿は問題ないが、周囲の環境のせいなのかその他が色々と残念だ。

「……ある意味有能だな。あの娘は」

「瞬発力はすごく高いですよね」

目を眇め、呆れているのか感心しているのかよくわからない表情を浮かべているジークヴァルドにとりあえず長所を述べたエステルは、ミルカが庭師が身につけていたズボンから抜いたらしい青いサッシュをまるで戦利品のように掲げているのを見て、思わず小さく拍手をしてしまった。

＊＊＊

「お時間を取っていただきまして、まことにありがとうございます」

ブラント家の迷路のような庭園の東屋に設えられた席で、ゆったりと椅子に腰かけるジークヴァルドの背後に控えたエステルは、自分の呼吸の音が妙に大きく聞こえてきてしまうほどの緊張感に、ごくりと喉を鳴らした。

東屋の外では綺麗に敷き詰められた石畳の上で、三人の男女が跪き首を垂れている。

時間は午後のお茶の時間といった頃だったが、それでも石畳の上は冷たいに違いない。

「わたくしは――」

三人の内、一番前で頭を下げる黒髪に所々白髪が交じった壮年の男性が、硬い声で挨拶を続けようとすると、ジークヴァルドがそれを遮った。

「お前がカルム国王だな。長々とした挨拶や謝罪は必要ない。シェルバの王女の責任ではないだろう。――それよりも本題を言え」

藍色の竜眼で睥睨するジークヴァルドに、壮年の男性は小さく肩を揺らした。

（ちょっと怖いと思います、ジークヴァルド様）

エステルにとって抑揚のない声は慣れてしまっていて何とも思わないが、初めて聞くとおそらくかなり不機嫌に聞こえる。ただでさえ竜と相対することは竜騎士ではない人間にはかなりの恐ろしさを感じるのだ。カルム王の後ろに控えるエステルよりも少し年上に見える男女の内、上品だが地味な紺色の衣装を身につけた女性などは、可哀そうなほど小刻みに震えていた。

――国王陛下が竜の長の元へ、竜の至宝……長命の実を婚姻問題に巻き込んだことへの謝罪に伺いたいとのことです。

昨夜、ミルカが青い色を持つ染料や顔料を探すためにあちこちに連絡を入れると、今朝、そう返事が来たと持ってきたのだ。

エステルの母国のリンダールではジークヴァルドが正体を明かしても、国王が目通りを願い出ることはなかった。竜は国のために出向いたわけではなく、竜騎士のために出向くのだ。竜側が謝罪をしろと呼びつけるのならばともかく、国王が面会を求めても会うことはほとんどない。竜が三匹もいる国の国王ならば、そういったことがわかっているはずなのだが。

(ジークヴァルド様は謝罪は口実で、何か伝えることがあるのかもしれないからって、会うことにしたけれども……。フレデリク様はさらに問題を持ち込むつもりか、って怒っていたし)

威圧感はあるが基本的には穏やかなジークヴァルドの斜め横の席につき、つまらなさそうに頬杖(ほおづえ)をついて髪を指先に絡めているフレデリクは一見して優しげだが、ジークヴァルドより確実に恐ろしいのだ。そんな竜を主竜に持つミルカは、やはり表情を変えることなくその傍に控えている。

「――ありがとう存じ上げます。では、お言葉に甘えまして申し上げます。そちらの竜騎士ミルカ・ブラントから貴方(あなた)様が青い染料や鉱石の流通先を調査している、と報告を受けました」

カルム王は初めこそジークヴァルドに呑(の)まれたようだったが、すぐさま顔を上げると謝罪はいらないと言われた通り、声を震わせることなく本題を口にした。

「聞けば、昨今の王都の者たちの不調はそれらが原因らしいとのこと。貴方様や当国にとって早急に解決するためにも、私どもにも調査と回収の協力をさせていただけませんでしょうか」

カルム王が深々と頭を下げるのと同時に、その背後の男女もそれに倣い同じく頭を下げた。

(あの方々は……多分、カルムの王太子殿下とシェルバの王女殿下よね)

若い男性の精悍(せいかん)な面差しがカルム王と似ている。芸術家を庇護(ひご)する国の王と王太子にしては、柔軟なところがなさそうに見えるが、見た目だけでは人となりはわからない。若い女性の方は、カルムの王太子がこの場に姿を見せた際にエスコートをしていたので、シェルバの王女なのだろう。線が細く、たおやかな印象の女性だ。

「――こちらが助力を求めていないというのに竜の事情に協力を申し出るのは、長命の実のこと以外にも何か探られたくない後ろめたいことでもあるのか、と疑わしくもなるが……。フレデリクのいる国だ。さすがにそれはないだろうな」

緊張感に満ちていたカルム王の表情がほんのわずか強張った気がしたが、否定も肯定もせずにジークヴァルドを正視してくる。そんな王をじっと睥睨していたジークヴァルドは、一つ嘆息すると淡々と返答を口にした。

「回収はお前たちには無理だ。調査の協力を頼むとしても、その代わりに何かを要求することはしないというのならば、調査は任せてもかまわない」

「……ありがとうございます。では、直ちに調査をさせていただきます」

明らかにカルム王の顔に安堵の色が浮かぶ。

「要件はそれだけか」

「……――はい。さようでございます」

何かを言いたげに少し間を置いてから、石畳に額がついてしまうほど低く頭を下げるカルム王を、ジークヴァルドはしばらく沈黙したまま眺めていたが、やがて呆れたように嘆息した。

「フレデリク、要件は終えた。帰らせろ」

ジークヴァルドが話を切り上げて、何のためらいもなく席を立つ。

(王太子殿下方も連れてきたってことは、ジークヴァルド様の言っていた通り、何か他に面会を求めた理由がありそうだけれども……。言わないってことは、怒らせそうだから？)

そんなことを考えつつ、エステルは東屋を出ていくジークヴァルドの後を慌てて追った。

「――お待ちください、竜の長！」

館の方へ歩き出そうとした時、張りのある若い声がジークヴァルドを呼び止めた。カルム王が青ざめながら叫んだ王太子を叱責する。

「よさないか！」

「調査は致します。その代わり新年の祝賀の式典の最後に、フラワーカーペットを吹き散らしていただけませんでしょうか」

王太子は腕を掴んだ父王の手を振り払い、さらに言い募ってきた。

「竜の長が式典の最後の行事を行ってくだされば、凶作で不安を覚えている民に安堵を与え、なおかつシェルバの王女が嫁いで来ても竜の呪いなどなく、竜の恩恵は去っていないと断言できるのです。婚姻反対派の者も抑えることができます。お望みでしたら、竜の至宝を利用した者も捕え、差し出します。――些細な願いです。どうか」

「――俺に本来の姿を晒して見世物になれ、というのか」

足を止め、振り返ったジークヴァルドが、カルム王と同じ様に王太子を止めようとその腕にすがりついているシェルバの王女をひたと見据えた。ただでさえ顔色の悪かった王女がさらに青くなる。王太子もまたさっと蒼白になった。

「竜の至宝を利用した者を突き出されても迷惑だ。犯人捜しなどはしていない。俺は先ほど言ったな。調査を引き受ける代わりに何かを要求するな、と」

彼らのやり取りを固唾を飲んで見守っていたエステルは、ジークヴァルドの対応にひやりとした冷たさを覚えて手を握りしめた。

（……人間が竜に頼みごとをするなら、初めに竜騎士に頼まないと駄目なのに）

竜騎士は人間と竜との仲介役なのだ。竜騎士の頼みごとでさえも、竜が納得しなければ聞いてはくれないのだから。

エステルがミルカに目を向けると、彼女は顔色を変えることはなかったが、小さく金属音をたてて小刻みに震えていた。自国の王太子の言動に責任を感じているのかもしれない。

ジークヴァルドもそれに気づいたのか、ちらりとミルカを見やると、すぐに王太子に視線を戻し眉間の皺を深めた。

「竜騎士でもないというのに、竜と取引をしようなど無謀なことを考えるものだな。俺の態度と言葉をよく理解し、お前の言う取引を口にすることなく退出しようとしたカルム王の方がまだ賢明だ」

「ぴっぴゅ！」

「…………」

出し抜けに、どこからともなく聞こえてきた鳥の声に似ているが明らかに違う声に、ぐっとジークヴァルドの眉間の皺が深まった。一気に張り詰めた空気が壊れるのに、フレデリクが小さく噴き出し肩を震わせて笑い出す。

(仔竜様――――っ。出てきちゃ駄目です！　駄目ですからね!?)

冷や汗をかきつつ、エステルがさりげなく辺りを見回すと、東屋を取り囲む庭木の茂みが一部揺れていた。

「しぃっ、静かにしていろ。後で怒られるぞ」

続けて気をつけてはいるのだろうが、それでも小声とは言えないマティアスの声が耳に届く。

(もう怒られるのは確定していると思います……。あれだけ出てこないように言っても、ちょっと難しかったかしら……)

仔竜の存在が人間に明らかになったとすれば、大事になるのは必至だ。ブラント家の使用人は口外するような者は雇っていないとフレデリクとミルカが揃って断言するので、安心しているが、国王についてきた従者などはわからない。

さすがに退屈しきっているのだろう。マティアスが様子を窺いに来たところへ仔竜がついてきてしまったのかもしれないが、それでもジークヴァルドに叱責されるのは免れない。

不審そうに茂みを見やる国王たちに、エステルは慌てて視線を遮るようにその前に立った。

「飼っている鳥です。すみません、お話を中断させてしまって」

竜の子を鳥扱いした挙句飼うなどと言ってすみません、と内心謝りながら誤魔化していると、先ほどよりも茂みが大きく揺れた。かと思うと、エステルの背中にとん、と何かが当たった。

「あっ、馬鹿！」

前につんのめりそうになってどうにか踏ん張ったエステルは、マティアスの窘める声に嫌な予感を覚えつつ肩越しに振り返り、そのまま目を大きく見開いた。

（顔――っ。ううん、首？　頭？　とにかく出したら駄目ですよ！　フレデリク様も笑ってないでどうにかしてください！）

ついにはテーブルを叩きながら笑い出すフレデリクに心中で叫びながら、あたふたと茂みから頭を出した仔竜を後ろ手にそっと押し戻そうとしていると、遊んでくれているとでも思ったのか仔竜が嬉しげな声を上げた。

「ぴぴぴっ」

「め、珍しい鳴き声ですよね。長に懐いているので、早く遊びたいようです」

苦しい言い訳をしながらジークヴァルドに目配せをすると、彼は一つ嘆息して乗ってくれた。

「そうだな。すでに散策の時間だ。俺を呼びに来たのだろう」

鳥と散歩する竜の長、というおかしな設定をくっつけてしまったことに気づいているのかいないのか、至極真面目に言い放ったジークヴァルドが「戻れ」とエステルの横に来てやんわりと仔竜を茂みの向こうへ押し戻してくれた。すぐさま仔竜を抱えて脱兎のごとく逃げていくマティアスの気配がどことなく感じ取れる。

「そうそう。長はお散歩の他にも今日は【花灯の守り人】の付き添いもするから、アナタたち同様忙しいんだよ。だから帰って。会って話を聞いてあげただけでもありがたく思わないと」

フレデリクがあまりにも笑ったせいで涙が出てきたのか、それを拭いながら困惑しているカルム国王たちに声をかけた。

マティアスたちの気配がなくなりほっと胸を撫で下ろしていたエステルは、納得ができないのか、表情を引きしめたまま動かないカルムの王太子を見て、そのまま胸元を押さえた。服の下に感じるのはジークヴァルドから貰った耳飾りだ。

（王女殿下が長命の実を持ち込んだのは事実だから、婚姻反対派を抑えるためにも、お願いしたくなるのはわかるけれども……）

ふと、微動だにしなかった王太子が、軽く俯けていた顔を上げる。

「竜は慈悲深い方々だとお聞きしています。それならば……」

「お前は何か勘違いをしていないか。慈悲もなにも、そもそも俺はカルムの竜騎士のために出向いた竜ではない。些細だとはいえ契約をしていない竜がお前たちの願いを聞き入れれば、竜の助けを求める他の国にも示しがつかないだろう。それに……」

呆れたように目を眇めるジークヴァルドに、王太子がたじろいだように少しだけ身を引く。

「お前たちが考えたことは、フレデリクや他のカルムにいる竜では頼りにならない、と蔑ろにし、機嫌を損ねることだと、わかっていないようだな」

　フレデリクが、先ほどのいかにも楽しそうな笑みとは違い、静かに微笑みながら首を傾げた。

「ワタシは優しいから、ワタシに話を通さないで長に直接頼んだって、別にいいよ。それで何か起こってもワタシは助けないけどね。ただ……一つ気になるのは、どうして長に目通りをしたい本当の理由をミルカに話さなかったのかな」

「それは……」

　王太子が口ごもり、カルム王がわずかに表情を歪める。それにかまわずフレデリクは畳みかけるように続けた。

「前の竜騎士……ミルカの父親にならアナタたちはきっと話したよね。たった一年前に竜騎士に選ばれたばかりの年若い娘はそんなにも頼りなかった？　このワタシが選んだ竜騎士なんだけれどもね」

　にっこりと笑うフレデリクは、寒気を覚えるほど綺麗だったが、細められた銀色の竜眼は怒りを帯びてぎらついていた。王太子が表情を強張らせ、その傍で腰が抜けたように座り込む王女の肩を支える。

「わたくしが浅慮でございました。愚息が大変不敬な発言をいたしましたことも重ねて、どうかお許し願います」

　恐縮したカルム王が謝罪の言葉を口にすると、それまで黙って控えていたミルカが素早くフレデリクの横に回り込んで膝をついた。

「ミルカが頭を下げることじゃないよ。会うと決めたのは、長だからね」

謝罪するように頭を下げるミルカの頭をぽんぽんと宥めるように叩いたフレデリクが、ちらりとジークヴァルドを見やる。そうだよね、とでも言いたげな視線に、ジークヴァルドが忌々しそうに一つ嘆息した。

「――謝罪は受けた。わかったのなら帰れ」

今度こそ本当に踵を返して歩き出したジークヴァルドの後に続こうとしたエステルは、ふとシェルバの王女がじっとジークヴァルドにすがるような目を向けているのに気づいた。

(やっぱり、ご自分が長命の実を持ち込んだことを謝罪したいのかしら……)

思いつめた印象も受けるその目は、どうしてもジークヴァルドに式典に参加してほしいだけだとは思えなかった。

「エステル、行くぞ」

立ち止まったエステルに、少し先に行ってしまったジークヴァルドが呼びかけた。はっと我に返り、ジークヴァルドの傍へと小走りに近づく。するとジークヴァルドは振り返ることなく、仕方がないとでもいうように溜息をついた。

「一つだけ忠告をしておくが……。――シェルバの王女よ、自身の持ち物を見直した方がいい。体に不調が出ているだろう。献上された鉱石に限らず、青い色を使った物は遠ざけるのだな」

顔色の悪かったシェルバの王女がはっと息を呑む音が聞こえる。エステルがそちらを見ようとすると、ジークヴァルドに制された。

「振り返るな。これ以上は無駄な期待をさせる」

静かに紡がれた言葉に、エステルは後ろ髪をひかれる思いで、それでも小さく頷いた。

＊＊＊

エステルは鐘楼の薄暗く狭い螺旋階段をカンテラで照らしながら、一段一段ゆっくりと踏みしめるように上がっていた。

ともすれば立ち止まりそうになるエステルを、ジークヴァルドが時々気がかりそうに振り返る。その背にしがみつきたくて仕方がなかったが、ここしばらく触れるのを避けられている気がしているため、振り払われるのが怖くてどうにかこらえた。壁の所々に設けられた小さな採光窓からは外の景色が望めるが、さすがに外を見る勇気はない。

カルム国王たちが帰城した後、エステルとジークヴァルドは昨日引き受けた【花灯の守り人】の役目の準備を慌ただしく済ませ、王族から渡されるという花灯に灯す火を受け取りに王宮前広場に向かった。

「こちらを鐘楼までお願い致します」

夕方の五つの鐘が鳴り終わり、火が灯されたカンテラを持って広場に現れた王族は王太子だったが、気まずさのあまり笑顔が強張ってしまったエステルはともかくジークヴァルドと王太子の双方とも全く表情に出さなかったのはさすがといえる。

カルムの竜の一匹だというオレンジ色の鱗の竜とその竜騎士の青年に先導され、大勢の見物客で混雑した大通りを緊張しながら進み鐘楼まで辿りつくと、竜騎士に上で管理人が待っていますので、とカンテラを持ったまま上るようにと促された。

竜の模様が描かれた銀のカンテラはそれだけ見てもかなりの細密さで美しかったが、ちりばめられた虹色に輝く蛋白石がさらなる華やかな輝きを与えていて、鐘楼の中に入り人目がなくなるなりつい魅入ってしまったのには、ジークヴァルドに小さく笑われた。

(後でもう少しよく観察させてもらって、描いてもいいかどうか許可をもらって……)

鐘楼の最上階に上らなければならない、という怖さを紛らわそうと絵を描く算段を頭に思い浮かべていると、ふとジークヴァルドが小さく咳ばらいをした。

「上に出るぞ」

いよいよか、と身を強張らせたエステルを宥めるように、ジークヴァルドが目元を和らげた。

それだけだというのに、必要以上に体に入った力が抜ける。

「花灯の守り人のお役目、ご苦労様です」

上に出ると、ふっと冷えた空気が体を包み込むのと同時に、落ち着いているが朗らかな声がかけられた。

「貴重な役目をお任せくださいまして、ありがとうございます」

ジークヴァルドの背後からおそるおそる出て、カンテラを手にしたまま腰を落として礼をすると、鐘楼の管理人らしき壮年の男性は目を細めた。どことなく雰囲気が叔父に似ていることに、親しみを覚えてしまう。

「おや、可愛らしいお嬢さんだ。我が国の衣装がよくお似合いですね。こちらの美丈夫の方が守り人かと思いましたが、貴女の方なのですね」

カンテラを目に留めた管理人がにこやかに褒めてくれたので、エステルは少しだけ気恥ずかしくなりながらも自分の着ている服にちらりと目を落とした。

ミルカが鎖帷子の下に着ている物と似たような白いブラウスの上に丈の短い黒の上着を重ね、下はやはり黒のスカートの上に細かな金の刺繍が入った豪華なエプロンを身につけている。そして髪を隠すように白い薄布をつけていたが、それにも刺繍が施され、ともすればエステルが母に貰った花嫁のヴェールのようだ。

――カルムで祭りの際に身につける衣装です。私の物で申し訳ありませんが、ご迷惑でなければお使いください。

昨日、ミルカから渡された布の塊に挟まっていた紙には、そう書かれていた。

リンダールを発った当初はカルムに行く予定はなかったので、冬支度の荷物は後から【庭】の境まで届けてもらうことにしていた。手持ちの荷物も少なかったため、当然祝い事に着ていけるような服など持ち合わせてはおらず、貸してくれたミルカには感謝しかない。

(何かお礼をしたいけれども、何がいいかしら……)

出かける際、ミルカはカルム国王の件で落ち込んでしまったのか、見送りには出てくれたが、終始視線が落ちていたのだ。何か元気になる物をお返しに贈りたい。

「それでは、カンテラの火を花灯台に移してくださいますか」

管理人に指し示されて、エステルはようやく最上階の全容を見回した。その際、なるべく外を見ないように気をつける。

四隅を彫刻が施された柱が囲み、バルコニーの手すりのようなものがその間をつないでいた。中央の天井付近からは鐘楼の名の通り、大きな鐘が吊り下げられている。それらを取り囲むように銅でできているのか、クレマチスの花に似た形のくすんだ金色の花が四つ、鐘と同じように上から鎖で吊るされていた。花の中央には蝋燭が立てられており、あれが花灯台なのだとわかる。さらには天井から宝石を連ねた鎖が幾本も伸びていて、まるで降り注ぐ雨粒をつなぎ止めたようでなんとも幻想的だ。かすかな風にあおられて、時折しゃらしゃらと音を立てるのが耳に心地がいい。

（すごい……。で、でも部屋の中みたいだし、これなら大丈夫、大丈夫……）

大きく息を吸ってからジークヴァルドを見上げると、促すように頷いてくれたのでゆっくりと足を踏み出す。幸いにも日が落ちてきたせいか、あまり外の様子を窺うことができないのがありがたかった。

ジークヴァルドがすぐ傍にいてくれるのを感じながら、どうにか立ち止まることだけはこらえつつぎこちない動きで四つの花灯台に火をつけ終わると、半分だけでも肩の荷が下りたせいかぐったりと疲れてしまった。

「――お、終わりました」

「はい、ありがとうございました。蝋燭が燃え尽きるまで半刻ほどかかります。もしも火が途中で消えましたら別の花灯から火を灯し直していただき、燃え尽きましたらお知らせください。それでは、最後まで見守りをよろしくお願い致します」

なぜそんなに疲れているのか不思議に思ったのだろう。鐘楼の管理人は少しだけ怪訝そうにしていたが、下の階にいますので。とにこやかに告げると、カンテラを受け取りその場から立ち去ってしまった。

「気分は悪くないか」

管理人の足音が聞こえなくなると、ジークヴァルドが案じるように声をかけてきたので、エステルは小さく笑った。少しだけ震える手を隠すように握りしめる。

「はい。大丈夫です。すぐに長命の実が使われていないか確認しましょう。あの青い色ならわたしにもわかります」

「無理をするな。確認は俺がする。あちらの椅子に座っていろ」

待機用に用意された物なのだろう。出入り口のすぐ傍に設えられた小ぶりのベンチを指し示されたが、エステルは首を横に振った。

「ありがとうございます。確認を終えたらそうします」

「……それならば、端の方と花灯台は俺が確認する。お前は中央を頼む」

エステルが譲らないと踏んだのか、ジークヴァルドはすぐに引き下がるとこちらに背を向けた。些細な気遣いにありがたくそうしようと、エステルは鐘近くを彩る鎖を見上げた。

ビーズのように細かな鉱石が連なっている鎖を一つ一つ確認していくが、あの寂しい色をした青の鉱石は見当たらない。瞬きをするのももどかしくなりながらじっと目をこらしていると、ゆっくりと鐘楼内を歩き回っていたジークヴァルドが、しばらくしてぴたりと足を止めた。

「――あったぞ」

ジークヴァルドが眉間に皺を寄せたまま一本の鎖を手に取る。花灯を吊るしていた鎖ではなく、光があまり届かない端の方の鎖だ。エステルによく見せようとしたのか、ジークヴァルドが灯火の方へ鎖を引き寄せるといくつか連なる青い鉱石が見えた。

「長命の実ですか⁉」

「いや、影響を受けた鉱石の方だ。だが、放置すればここに上がる者たちに悪影響を及ぼすだろう。すぐに回収をしたいところだが……。勝手に持ち出せば騒がれるだろうな」

面倒そうに嘆息するジークヴァルドにエステルは苦笑した。

「そうですね……。フレデリク様に回収の指示を出してもらった方が穏便に済みます」

ジークヴァルドがすっと鎖を撫でると、青白い氷の膜のような物が鉱石の周りを覆った。

「こうしておけば、しばらくは悪影響を及ぼすことはないだろう」

「……でも、実そのものじゃなくてまだよかったですね。ここはカルムにとって大切な場所だと思いますから」

「確かにここで何か問題が起これば、カルム王や王太子も立つ瀬がないだろうな。シェルバの王女の立場もさらに悪くなる」

エステルは眉を下げた。頭に浮かんだのは今日の面会で見た、シェルバの王女のすがるような目だ。

「やっぱり、竜の長に頼みごとをしようとするほど、王女殿下の立場はよくないんですね」

フレデリクはカルムの国民は慶事は慶事として受け入れる、と言っていたが、本音のところでは婚姻を不安に思っているのかもしれない。そこに加えて長命の実を持ち込んだ件だ。なおのこと竜の長の祝福が欲しかったのだろう。

「立場が苦しいのは、もとからわかっていたようなものだろう。それでも婚約を破棄せず婚姻にまで至ろうとしているのは、当人たちや、反対派ではない者だ」

ジークヴァルドの視線が王城の方へと向けられる。

「たとえ俺が式典に参加したとしても、立場がよくなるのは一時的なものだ。シェルバから長命の実を回収すれば元の温暖な気候に戻るが、土地は疲弊している。肥沃な土地を取り戻すのはかなり時間がかかるだろう。肩身の狭い思いをするのは必至だ」

竜の感覚でかなり時間がかかる、ということはシェルバの王女が生きている間に回復することは難しいのかもしれない。

「だからとはいえ、お前が憂慮することはない。シェルバの王女の傍には少しでも状況をよくしようと、竜にも意見する者たちがいるではないか」

怒りではなく、どこか感心しているようなジークヴァルドの口ぶりに、エステルは唇に笑みを浮かべた。

「――そうですね。比べるのもおこがましいですけれども、一部の竜の方々に受け入れてもらえていないわたしと少し重ねてしまって……。わたしにジークヴァルド様がいてくれるように、シェルバの王女殿下にもカルムの王太子殿下や支えてくれる周囲の方々がいますよね」

何だか胸のつかえがとれたような気がして、ほっと息をつく。

「ジークヴァルド様も、王女殿下の体調を気遣って青い色の物を遠ざけた方がいい、と助言をしてさしあげていましたよね。わたしもあの言葉には嬉しくなりました。やっぱりジークヴァルド様はお優しいと思います」

夫となる王太子が無謀な頼みごとをしたというのに、王女のあまりの顔色の悪さに見て見ぬふりができなかったのだろう。

エステルが見惚れるようにジークヴァルドを見上げると、彼は眉間に皺を寄せ、なぜかすっと視線を外へと向けてしまった。そのまま沈黙が落ちる。

（……あ、あれ？　何か変なことを言った？）

喧嘩をしたわけでもないのに、以前のように触れてこない等、微妙に距離を感じていたが、黙り込まれるとは思わなかった。元々ジークヴァルドは自分から率先して話す方ではないし、時々言葉が足りないことがある。こちらもまた話しかけていいのかと思うと口を開けない。

気まずい沈黙が続くと思ったが、ふいにジークヴァルドが少しだけ振り返って声をかけてきた。

「ここに上れるのは貴重なのだろう。絵を描きたいのなら描けばいい。スケッチブックを持ち歩いているのではないか」

「いいんですか？」

思わぬ提案につい喜色混じりの声を上げたエステルは、いそいそとポケットに手を入れた。

だがそこでスケッチブックとは別の紙の感触に、今日はスケッチブックではない物を持ってきたのだと思い出した。

「……そういえば、これを持ってきていたんです」

わずかに迷い、思い切ってポケットから取り出した数枚の紙を見て、ジークヴァルドが軽く目を見開く。

「それは……リンダールでお前の親に渡した、俺の経歴を記した物か？」

「はい、そうです。わたしが持っていた方がいい、と両親から譲り受けたんです。【庭】に帰ってからゆっくり読もうと思っていたんですけれども、怖さを紛らわすのにはちょうどよさそうだったので。ベンチに座って読んでもいいですか？」

ジークヴァルドと二人きりになってしまうのがいたたまれなくなった場合に備えて、話の種になればと持ってきたのだ。

「ああ、かまわない。気になることがあれば、聞いてくれ」

ジークヴァルドが頷いてくれたので、ベンチに腰を下ろしたエステルはほっと息をついた。

（やっと座れた……。ちょっと足に力が入らなかったのよね……。情けない……っ！）

腰が抜ける、とまではいかなかったが、やはり高い所が恐ろしいことは恐ろしい。

ゆっくりと紙を広げると、傍らに立ったジークヴァルドが軽く身を屈めて紙を覗き込んできたので、エステルは少しためらいつつも口を開いた。

「あの、座りませんか？　少し狭いかもしれませんけれども……。それだと疲れると思います」

ベンチを少し空け、じっと見上げると、ジークヴァルドはわずかに迷うような素振りを見せたが、小さく首を横に振った。

「いや、俺はいい。お前は今立てないだろう。無理をするな」

足元がおぼつかなかったのがばれていたらしい。軽く目を見開いたエステルは、すぐに微笑んでさらに言葉を重ねた。

「もう大丈夫です。立たせたままだと気が引けます」

「俺のことは気にしなくていい。端に座るとお前が転がり落ちるかもしれないだろう」

「そんなことはありませんよ。一緒に座ってくれませんか？」

頑(かたく)なに座ろうとしないジークヴァルドを座らせようと意地になってしまったエステルは、その袖をぐっと掴んで軽く引いた。

「――エステル」

どこか咎(とが)めるように名前を呼ばれ、エステルは思わず大きく肩を揺らしてぱっと袖を離した。困ったように視線を逸(そ)らしたままのジークヴァルドを見て、経歴書をきつく握りしめて俯く。

「わたし……そんなに困らせるようなことを言っていますか？」

とうとう口から出してしまうと、堰(せき)を切ったように言葉が溢れ出した。

「……わたしから甘噛みするのが気に障ったのなら、そう言ってください！　そうでないのなら、理由もわからないのに避けられるのは……悲しいです」

鐘楼に上がる際にも、気遣う素振りは見せてくれたが、触れることは最後までなかったのだ。

初めのうちは嫌ではないと言ったのに、本当は嫌だったのかと多少の怒りも覚えたが、こうあからさまにされてしまうと、胸が痛くてたまらなくなる。

(こんなことで困らせたくはないし、我が儘を言っているのはわかっているのよ。でも、ジークヴァルド様から避けられるのがこんなに苦しいなんて……)

今まで落ち込みそうになる自分から目を逸らしていたせいか、余計に苦しくなってくる。

ジークヴァルドの言動に一喜一憂している自分はどうしようもない。

首から下げた耳飾りを服越しに片手で握りしめると、ジークヴァルドが大きく嘆息した。面倒くさいと思われたのか、と身を強張らせる。すると彼は目の前に膝をついて経歴書を押さえていたエステルの手に自分の手を重ねてきた。

「……悪かった。不安にさせたようだな」

気まずそうな声に、そっと顔を上げると、ジークヴァルドはやはり視線を逸らしていたがどこかばつが悪そうな表情を浮かべていた。

「お前に触れるのも、お前が触れてくるのもなるべく避けていたのは認める。だが、気に障ったというわけではない。ただ……お前を困らせたくはなかっただけだ」

「困らせたのはわたしの方じゃないんですか？」

「違う」

軽く頭を振り、ジークヴァルドは真っ直ぐに見上げてきた。

「お前に触れると……俺はお前にさらに触れていたくなる。人間は人前ではあまり触れ合うことはしないのだろう。それに、フレデリクの竜騎士の目もあるとなると、お前はなおさら困るのではないか？　だからこそ、なるべく触れないようにしていたのだがな」

不機嫌そうな、それでいて不貞腐れているような、子供っぽい表情にエステルはぎゅっと胸を掴まれたような気がして、上がった体温に頬が赤くなる。

（……た、確かに困るけれども……。あああっ、もうせっかくジークヴァルド様が気を使ってくれていたのに、それがわからなかったなんて）

何が悲しいだの苦しいだのだ。触れるのも嫌になったのなら、今夜も一緒に来てくれるわけがないではないか。

「騒ぎ立ててしまって、すみません……」

自分の鈍感さに嫌気がさして眉を下げてしまうと、じっとそれを見ていたジークヴァルドが微苦笑をした。かと思うと重ねていたエステルの手を持ち上げ、そっとその手の平に口づけを落としてきた。柔らかな唇の感触に、かっと手の平から熱が全身に広がる。その熱い手の平を、ジークヴァルドは自分の頬に押し付けた。

「……っ」

「謝るな。俺も少し極端すぎた。――だが、正直なところ……そろそろ限界だ。悲しいなどと言われてしまうと、なおさら噛みつきたくなる」

ゆらゆらと揺れる花灯の火が、膝をついているせいでいつもより低い位置にあるジークヴァルドの冴え冴えとした怜悧な顔を、妙に色香を纏わせたようなものに照らし出す。

（限界、って……。触るのを避け始めてからまだ四日くらいしか経っていませんよ⁉　い、いや……まあ、寂しくなって理由を問い詰めたのはわたしなんだけれども……）

熱っぽく見上げてくるジークヴァルドの竜眼を見据え、エステルはベンチの端に経歴書を置いた。そしてためらいがちにそっと手を伸ばすとその首に抱きつく。するとジークヴァルドはエステルがベンチから落ちないように腰を支えてくれた。鼻先をかすめた凍えるような冬の夜の香りを感じながら、エステルはほんの少し身を離すとジークヴァルドを見下ろした。

「い、今ならいいです。――あの……どうぞ？」

どぎまぎしつつ思い切って首をわずかに傾けると、しかしジークヴァルドは一瞬だけ固まり、次いで自分の口元を片手で覆ってしまった。手の隙間から見える頬がほんのりと赤い。

「そう無防備に差し出されると、面映ゆいものなのだな……」

ぼそりと呟いたジークヴァルドに、エステルは自分のしたことにいたたまれなくなり、赤面したままぱっと身を離した。

「したくないのなら、もういいです！」

拗ねたようにそっぽを向くと、風が吹き込んできたのだろう。いつの間にか花灯の一つが消えているのに気づいた。

慌てて立ち上がり、消えていない花灯の蝋燭にそろそろと近づく。蝋燭を取って消えた花灯の方へ火を移そうとするも、そちらの花灯の方が柵に近く、先ほどは緊張でそこまで感じなかったが、今は恐ろしさのあまりどうしても動作が鈍くなる。

震えてなかなかつけられないでいると、ふと背後からジークヴァルドの腕が伸ばされ、手を支えてくれた。羞恥よりも包み込まれるような安心感にほっとしどうにかつけ終わると、エステルは笑みを浮かべてジークヴァルドを振り返った。

「ありがとうご……っ」

するりと首筋を撫でられ、思わず言葉を止めると、間を置かずに首筋に軽く噛みつかれた。

(どうして今噛むんですか――っ)

持ったままの蝋燭を取り落としそうになったが、わかっていたようにジークヴァルドはそれを取り上げて身を離した。そうして何事もなかったように元の花灯台に戻してくれる。

「――そうか、蝋燭が燃え尽きるまで、ということは火が消えてもつけ直さなければ時間が延びるのだな」

「……だ、だからどうしました？」

どことなく不穏なものを感じて、エステルは真っ赤になりつつ、未だ噛みつかれた感触が残っているような気がする首を押さえながらベンチの方へとそろそろと後ずさる。

「全て消えなければいいのなら、お前とゆっくり過ごせるなと思っただけだ。――お前のその可愛らしい姿は今夜だけのものだからな。もう少し長く見ていたい」

ミルカに借りた祭りの衣装を見せた時、ジークヴァルドは穏やかに頷いただけで何も言わなかったのだ。ここへきてそれを言われるとは思わず、どきりとしてしまう。

ふわりとジークヴァルドの周囲で氷交じりの風が巻き起こり、花灯の炎を揺らめかせる。浮かべられた笑みは甘やかだが妖しい雰囲気だ。

(ちょっといつもと雰囲気が変わっていませんか!?)

触れ合うのを我慢していたせいだからだろうか。ある意味怖い。

小動物のように震えてしまっている自分がいるのに気づいて、ごくりと喉を鳴らすと近づいてきたジークヴァルドに軽々と横抱きにされた。

「……っ!?」

悲鳴を呑み込み身を固くすると、ジークヴァルドはエステルを抱きかかえたままベンチに腰を下ろした。そうして抱え込むようにしてエステルの前に先ほどの経歴書を持ってくる。

「……え?」

「火が消えるまでゆっくりと読んでいればいい。安心しろ、今日はもう噛まない」

噛まない、と言った割には頬を首筋に擦り付けてきたジークヴァルドに、エステルは唇を戦慄かせた。

(何だかわたし、すごくジークヴァルド様に翻弄させられている気がする……)

今日は、ということは明日は噛む、ということだろうか、と頭に浮かんだが、慌ててその考えを打ち消したエステルは、集中できる気がしないと思いつつも、大人しくジークヴァルドの膝に座ったまま経歴書に視線を落とした。

羞恥のあまり下りると言い出すこともなく、自分の膝の上で経歴書を読みだしたエステルを抱えながら、ジークヴァルドは内心で安堵していた。

(……気づかなかったようだな)

初めの内はエステルに言った通り、エステルからの愛情表現に困らせたくないがために避けていたが、一日を過ぎた辺りからどうも体調に異変を感じた。少し体が重く、動くのが億劫だ。目の奥の方で時折鈍い頭痛がする。そして気のせいだと思っていた力を感じ取る感覚も、かなりの集中を要しなければならないほど鈍くなっている。幸いなことにまだ力が操りにくくはなっていないが、それも時間の問題かもしれない。

(これは、おそらく……番がいないことの弊害だろうな)

なかなか番が見つからず、そろそろ体調や力に異変を来してもおかしくなかったのだ。エステルが竜騎士になったことで、力の限り戦わない限りは力が暴走することはないだろうが、いよいよ体調に異変が出てきてしまったらしい。

（ここのところ、大きな力を使いすぎたせいかもしれないな。長命の実の不快な力に晒され続けたのが発端になったか……？　あとは、カルムの土地に悪影響が出るのを遅らせることに力を使っているせいか……）

長を継いだばかりの上、乱れた【庭】の力の調整し、仔竜が孵るための力を注いだ。立て続けに大量の力を使いすぎたのだろう。竜の力に満ちた【庭】にいれば問題なかったのかもしれないが、この様子では【庭】に戻ったとしても、夏の儀式までもつかどうかあやしいところだ。

これを知ればエステルはすぐに番になると言い張って譲らないだろう。だからこそ気づかれないようになるべく近寄らないようにしていたが、まさかそれで悲しませるとは思わなかった。そのことが嬉しいと思ってしまう自分はどうなのだろうか、とは考えてしまうが。

（だが、番になるのは、せめて【庭】に戻ってからだ）

番の誓いの儀式を早めるとしても、【庭】の外で番になった例はない。それに竜と人間の番だ。下手をするとエステルの命にかかわってくるかもしれないのだから。できるだけ前例を外れない方がいい。

ミュゲの花にも似た爽やかで奥ゆかしい上品な番の香りが、誘うように鼻先をくすぐる。不思議なことに、こうしてエステルを抱えていると鈍く訴えていた頭痛が成りを潜めたように感じられた。

軽く腕に力を込めると、エステルが問うようにこちらを見上げてくる。小さく笑いかけてやると彼女もまた少しだけ頬を染めて嬉しそうに笑い返してくれた。

ほのかな温かさに胸の辺りが満たされるのを感じながら、ジークヴァルドはエステルの首筋を愛おしむように撫でた。

第四章　竜騎士の憂い

花灯の守り人の役目を終えた翌日の早朝、眠っていたエステルは何やら胸に重みを感じ、目を開けるなり悲鳴を上げそうになった。

額がくっつきそうなほど近くから顔を覗き込んでいたのは、赤と緑の不思議な色合いの竜眼だ。その双眸がうるうるうると潤み、今にも涙をこぼしそうになっている。

「こ、仔竜様？　ど、どうしたんですか？」

慌てて起き上がると、金糸雀色に金粉をまぶしたような鱗を持つマティアスとウルリーカの子は、エステルにひしっとしがみつき何かを必死に訴えてきた。

「ぴっ、ぴうぃぴあ……。っぴぴっ！」

何やら落ち込んでいるのか、すんすんと泣き出してしまった仔竜におろおろとしていると、ふいに寝室の扉が叩かれた。

「――ああ、やはりここにいたか」

エステルの返事を待ってから顔を覗かせたジークヴァルドが、安堵したように息をつく。エステルがわけもわからずにいると、ジークヴァルドに促され人間姿のウルリーカが姿を現した。

「仕方のない子だな。番殿が困っているだろう。ほら、大人しくフレデリク様に謝りにいこう」

大きく腕を広げたウルリーカに、仔竜がぶるぶると震え出す。なおのことエステルから離れまいとしてか、幼くとも鋭い爪が薄い夜着を通して腕に食い込む。それを見たジークヴァルドが、眉を顰めて傍に近寄ってきた。

「そう怖がることはない。悪いのは大半がセバスティアンだ」

「ぴぴう……?」

「ああ、事情を話せば、少し小言を貰うくらいで済むだろう」

言い聞かせるようにジークヴァルドが仔竜に声をかけてやると、ようやくエステルから離れてとぼとぼと母竜の傍へと歩いていった。

「番殿、昨夜は遅かっただろうに、朝早くから騒がせて申し訳ない。まだ早い。ゆっくりとしていてくれ」

「ええと、あ、はい」

眉を下げたウルリーカが仔竜を抱き上げて寝室から出ていくのを、状況が呑み込めないまま見送ると、寝台に腰かけたジークヴァルドに腕をそっと持ち上げられた。

「怪我はないな。――あれはどこから入って来たのかと思えば、あそこか」

仔竜の爪でエステルが傷つけられていないか確認したジークヴァルドが、わずかに空いた窓に目を向ける。ここは二階で仔竜はまだ飛べないはずだが身体能力は高い。どうやってかエステルの眠る部屋に辿りついたのだろう。日が昇り切っていないのか、辺りはまだ薄暗い。

「あの、何があったんですか？」

「食い意地の張っているお前の弟の主竜がやらかしたことに、仔竜が巻き込まれただけだ」

呆れたように嘆息したジークヴァルドに首を傾げる。

「セバスティアン様が何かをやらかしたんですか？」

「俺もつい先ほどウルリーカにエステルのところに子が来ていないか、と起こされたばかりだからな。まだ現場を見ていないが、どうもこの屋敷のフラワーカーペットを壊したそうだ」

「えっ!?　それって、かなり大変ですよね。フラワーカーペットのコンテストもあるのに……」

新年までもうあと何日もない。庭師は王宮前広場の修復でかなりの人数が駆り出されると聞いている。確保するのは難しいだろう。

「——確認をしに行ってみるか？　どうせもう眠れないだろう」

「はい、行きます」

慌ただしく最低限の身だしなみを整え、ジークヴァルドと共にフレデリクの部屋の前に作られているフラワーカーペットへと向かう。

近づくにつれ、庭木の向こうから集まっていた竜と竜騎士たちの会話が聞こえてきた。

「本当にもう、どうしてくれるんだよ。この時期、庭師なんてなかなか捕まらないんだからさ。セバスティアン、いくらアナタでも許せることと許せないことがあるよ」

『ご、ごめんっ。お腹が空きすぎて、こうふらふらっとしちゃって……』

「申し訳ございません。フレデリク様。俺が食事を用意するのが遅すぎたせいです」

抑えてはいるが、明らかに怒りを帯びているフレデリクの声に交じって、セバスティアンの泣きべそと、苛々とした感情を抑えたユリウスの声が聞こえてくる。

そっと生垣の向こうを覗き込むと、仁王立ちする人の姿のフレデリクと、悄然とその前に座り込むなぜか若葉色の竜の姿のセバスティアン。そして頭を片手で押さえて項垂れるユリウスの姿が見えた。謝りに行く、と言ったウルリーカはそれよりも少し離れた場所でマティアスと共に怯える仔竜をあやしていた。

その傍に広がっている色とりどりの花で作られたフラワーカーペットは、どう壊せばそんな風になるのか、そっくり竜の形に崩されていた。散った花々がなんとも無残だ。少しでも崩れたものを直そうとしているのか、エドガーがせっせと散らばった花を集めている。

「……うわぁ、けっこう派手にやらかしましたね」

「ある意味見事だな」

まるで判を押したかのような竜印にジークヴァルドがそう感想を述べるのに、エステルもまた頷いてしまうと、ふとフレデリクがこちらに視線を向けた。

「ああ、ジークヴァルド。見てよこれ。セバスティアンが散歩中にちびっこと追いかけっこを始めて、空腹のあまり墜落。……もう笑うしかないよ」

ふふふと、乾いた笑みを浮かべたフレデリクに、縮こまっていたセバスティアンがおのこと身をすくめる。

「これがないと何か不都合なことでもあるのか？　コンテストとやらに参加できないというだけで、王宮前広場の物のように式典があるわけではないのだろう」

「式典には組み込まれていないけれども、毎年竜騎士の屋敷からフラワーカーペットを吹き飛ばし始めるのが通例なんだよ。そこから始めて、あちこちの屋敷を巡って最後に王宮前広場になるわけ。もう何年もブラントの屋敷からなのに、今年は披露できません。なんて言えば、下手をするとブラント家は王太子とシェルバ王女の婚姻に反対している、とかいうありもしない噂をたてられる可能性があるんだよ。そうなったらミルカが困る」

声を荒げることはないが、静かに激怒しているのがわかる様子で滔々と言い返してきたフレデリクに、ジークヴァルドが眉を顰めていると、フラワーカーペットの反対側から今日も調子よくカシャカシャと足音を立ててミルカが駆けてきた。

「フレデリク様、花が手に入りません」

「無理かもしれないと思ったけれども、やっぱり……。王宮前広場用に大量購入されたんだね」

こくりと頷いたミルカに、フレデリクが盛大な溜息をついた。

庭師も手配できず、花も手に入れられないとなれば、もはや修復は不可能に近い。

「使い残した花で足りるかな？　元の絵柄には戻せないかもしれないけれども、ブラントの屋敷の使用人総出でやればなんとか……」

　ぶつぶつと算段を呟くフレデリクの言葉に、はっとしたエステルはおそるおそる声をかけた。

「……あの、使い残した花があるんですよね？」

「あるにはあるけれども、大した量はないよ」

「ブラントのお屋敷で残っているのでしたら、他のお屋敷でも花が余っている、ということはありませんか？　もしブラント家と懇意にされている方がいれば、譲ってもらうことはできないでしょうか」

　竜騎士の家ならば、親しく付き合っている家はそれなりにあるだろう。そうしたところに問い合わせれば、あらぬ噂をたてられることも少ないかもしれない。

　エステルの提案に、しかしフレデリクは難色を示すように顔をしかめた。

「アナタ、ワタシに花を恵んでもらうように回れ、とか言うわけ？」

「――いいえ、言い出したのはわたしですから、懇意にされている方のお屋敷を教えてもらえれば、わたしが聞いて回ります」

　真っ直ぐにフレデリクを見据えると、その傍にいたミルカが主竜の顔を窺い、次いでエステルを見たかと思うと、フレデリクの袖を軽く引いた。

「……フレデリク様」

ミルカの表情は変わらないものの、おそらくエステルの提案に賛同してくれているのだろう。視線を逸らすことなくじっと主竜を見上げている。

『ぼ、僕もっ、荷物持ちに行くよ』

「当然です。壊した張本竜が率先して行かないでどうするんですか。交渉は姉ではなく、俺がします。主竜のやらかしたことですから」

しょんぼりと肩を落としていたセバスティアンがぴん、と尾を立てる。盛大な溜息をついてユリウスもまた手を挙げた。

「青い色の捜索はカルム王にも任せたが、貴族の屋敷に引き取られた鉱石もあるかもしれないからな。人間が見落とす可能性もある。ただ報告を待つより、花を貰いに行くのは屋敷を訪れるいい口実になりそうだ」

そう言い添えたジークヴァルドがエステルの肩に手を置き、フレデリクを見据える。それぞれの言い分に、フレデリクは渋面を浮かべてしばらく考えていたが、やがて髪をかき上げるようにして顔を上げた。

「――わかったよ。だったら聞いて探してきて。ミルカ、住所録を書いて地図と一緒に渡してくれるかな」

ぱっと顔を上げたミルカが、カシャカシャと慌ただしく屋敷の中へと駆け戻っていく。

「あ、じゃあ、俺も……」

「マティアス、お前は自分の子が俺たちを追いかけてこないようにしっかりと見張っていろ」

ジークヴァルドが嘆息し名乗りを上げたマティアスを制すると、フレデリクが大きく頷いた。

「そうだよ。これ以上騒ぎを大きくしたら……。わかっているよね？」

フレデリクが薄く笑うと、すうっとどこからともなく現れた水の渦が、まるで蛇のようにマティアスにまとわりつく。

「……ハイ」

親の威厳などどこかへ行ってしまったようなマティアスが憐れになりつつも、マティアスがフレデリクを怖い、と言うのはもしかしたら【庭】でも色々とやらかしていたせいなのではないだろうか、という疑惑が湧いてくる。

「マティアス様が出向いていたレーヴでもやらかしていたのかしら……」

うっかりエステルが言葉をもらしてしまうと、ウルリーカが苦笑した。

「いや、そこはマティアスの竜騎士がうまくやっていたからな」

「さすがの俺も、あの尻ぬぐいの見事さには尊敬したっす」

遠い目をしたエドガーが珍しく彼と仲が悪い竜騎士を褒めた。

何でもそつなくこなしていそうだったマティアスの竜騎士は、どうもユリウスと同じ部類の苦労性だったらしい。

やはり竜と竜騎士は噛み合うようになっているのだと感じながら、自分たちもまたそうなれていたらいいと、エステルは期待を込めてそっとジークヴァルドを見上げた。

＊＊＊

庭一面を埋め尽くすように暖色系の花で描かれた竜の絵柄のフラワーカーペットのあまりの華やかさに、エステルは歓声を上げたくなるのを先ほどから唇を噛みしめてこらえていた。

（うわぁああっ、すごい……。こんなに似たような色なのに、きっちり絵柄がわかるなんて！）

ミルカに住所録を貰い初めに訪れたその屋敷は、門を開けた途端にまるで花の洪水とでもいうように溢(あふ)れんばかりに飾られていたのだ。

「ここ、ブラントのフラワーカーペットと比べても遜色(そんしょく)がないよね。竜騎士の屋敷だからかな」

屋敷の主人と交渉をしてきたユリウスが、花の鉢を抱えながら戻ってくるなりエステルが庭に見惚(みと)れているのに気づいて、呆れつつもそう言った。背後には荷車を引くセバスティアンの姿がある。どうやら快く譲ってもらえたらしい。

そしてさらに背後の建物の陰から、こちらを窺うように頭を出しているのはこの暖色系の花で作られたフラワーカーペットにも似た可愛らしいオレンジ色の鱗の竜だ。だが、エステルが見ていることに気づくと、一つ頭を下げてから怯えたようにそそくさと身を隠してしまった。

「あの方は……。確か花灯の守り人を引き受けた時に、鐘楼まで先導してくれた竜ですよね？」

「俺が恐ろしいのだろうな。あの竜はウルリーカとほぼ変わらない力だ。セバスティアンならまだしも、俺に近寄るのは大人しい性格的にも無理だろう。普通は上位の竜には近寄らない」

先導の役目の時には怯えているようには見えなかったが、そこは沢山の人間の前という矜持があったのかもしれない。

リンダールでも他の竜を演習の時以外で見かけることはなかったが、長がやって来たからといって挨拶に来ることもないらしい。それをわきまえているのだろう。竜騎士も顔を見せない。

「次に行くぞ。ここには長命の実はない」

確かに竜がいるのだから、あればすぐに気づくだろう。

軽く眉を顰め、集中するように片手でこめかみを押さえたジークヴァルドの断言に頷いたエステルは、じっとその顔を見上げた。

（そんなに長命の実の力が薄いのかしら。ここ何日か、こめかみを押さえるけれども……）

少しだけジークヴァルドの仕草が気になったが、それから何軒かの屋敷を回り、譲ってもらえたり、申し訳ないと断られたりをしながらも、様々な意匠のフラワーカーペットを見ることができたので、エステルとしては嬉しい誤算だったと感じつつ、残り数軒、となった時だった。

「【ブラント伯爵家の鉄面皮令嬢】が花をかき集めているんだって?」

　ユリウスたちが譲ってもらった花をブラントの屋敷に一度置いてくると行ってしまい、エステルが交渉に臨んだ後、少しだけれども、と譲ってもらえた花を抱えて外に出ようとすると、生垣の向こうからそんな声が聞こえてきた。思わず足を止める。

　どうもこの屋敷の使用人のようだ。どちらかといえば裏口の方に近い。まさか客人がこちらを通るとは思わなかったのだろう。

(【ブラント伯爵家の鉄面皮令嬢】……?　あ、ああ!　ミルカさんがほとんど表情も動かなくて笑わないから、そう呼ばれているってフレデリク様が嘆いていたあだ名よね?　本当にそう呼ばれているんだわ……)

　カルムに来た当初の会話を思い出し、エステルはざらりとした嫌な気分になった。

「どうしたんだろうな。あそこはいつも出来上がるのが早いだろう。フレデリク様が気に入らないとでも言ったのかね」

「竜騎士を継いだばかりだからね。あまり意思疎通ができていないんじゃないか。生真面目で全然笑わないちょっと変わり者のお嬢様だっていうし、フレデリク様とは合わないのかもしれないね」

「前のフレデリク様の竜騎士様は豪快で、気さくな方だったからなぁ。物足りないと思われて、竜騎士契約を切られてもおかしくはない、とか言う話もよく聞くし」

つい聞き耳を立ててしまったエステルは、抱えていた花をぐっと握りしめた。

（……竜と竜騎士の間にしかわからないこともあるのに）

エステルが知っている竜と竜騎士はどちらかといえば正反対の性格ばかりだ。反対だからこそ互いに足りないものを補って共にいられるのかもしれないと、今朝のウルリーカの話からもそれを感じた。あれこれ他人が口出しすることではない。

エステルと同じように使用人の話を聞いていたジークヴァルドと顔を見合わせると、眉間に皺を寄せていたジークヴァルドがついと前方に視線を向けた。同時にカシャンと聞き慣れてしまった金属の足音がする。ぎくりとしてそちらを見たエステルは目を見開いた。ミルカとそしてなぜか人の姿のウルリーカがそこに立っていたのだ。

「ミルカさん……。あ、あのどうしてウルリーカ様もこちらに？」

「我が子もフラワーカーペットの破損に関係しているからな。セバスティアン様とユリウスの代わりに来たのだ。ミルカにマティアスやエドガーをつけるのをフレデリク様が嫌がったのでな。私がついてきた」

ウルリーカの説明に肯定するように、ミルカはこくりと頷いた。いつものように表情一つ変えずにいるミルカからは、今の話が聞こえていたのかどうかは窺えない。こちらの声が聞こえ

たのか、生垣の向こうからはっと息を吞む音が聞こえたかと思うと、人の気配が遠ざかってい
く。

「持ちます」

「あ、そんなに重くは……。いえ、ありがとうございます」

首を横に振りかけたエステルだったが、手を差し出して綺麗な目で真っ直ぐにこちらを見てくるミルカに、結局は花を渡した。

(……聞こえていなかったの？)

身を翻しさっさと先を歩いていってしまうミルカの後について歩きながら、じっとその背中を見つめていたエステルは、閉まっている門を目前にしても一向に手を出すことなく突き進んでいこうとするミルカに気づいて、慌てて声を上げた。

「ミルカさん、ぶつかります！」

「ミルカ、ぶつかるぞ！」

エステルとウルリーカの静止の声もむなしく、ガシャン、と大きな音が響いた。

「……っ！」

ミルカが錬鉄の門にぶつかった途端、ぐらりと門が揺れたかと思うと、そのままミルカもろとも道の方へと倒れてしまった。

(……門、壊した!?)

目の前で起こった信じがたい現象に呆然と立ち尽くしてしまったエステルだったが、ミルカがむくりと起き上がったのを見て、はっと我に返った。

幸いなことに道には誰もいなかったのか、ざわついてはいたものの、悲鳴や呻き声などは聞こえてこない。

「大丈夫ですか⁉」

ミルカの傍に急いで駆け寄ると、ほんのりと鼻の頭と額が赤かった。

(……さっきの話、やっぱり聞こえていたのね)

そしておそらくかなり気にしている。まさか門に激突し壊してしまうとは思わなかった。

「これは……痛そうだ。フレデリク様が『ミルカの顔に傷が！』と蒼白になりそうだな」

エステルの傍らにやってきたウルリーカが、労わるようにミルカの額を撫でてやる。

ミルカの怪力はこういうところでも発揮されてしまうらしい。これは自分自身でも恐れるだろう。エステルだったら引きこもりそうだ。

「ミルカさん、気持ちが悪いとか、頭がくらくらするとかはありませんか？」

何も言葉を発しないので、頭を強く打ったのではないかと心配しながらその背中に手を添えると、額を押さえていたミルカがふいにすっと立ち上がった。その立ち姿は一切ぐらつくことはない。

「大丈夫です。お屋敷の方に、門を壊してしまったことを謝罪しに行ってきます」

無表情でそう告げたミルカは、エステルに花を返すと、明らかに女性の細腕では持ち上げられそうにはない門を軽々と持ち上げて屋敷内の壁に立てかけた。そしてその額が腫れ始めたのにもかかわらず、屋敷の方へと駆けていってしまった。

「あっ、ま、待ってください！」

あのまま行ったら、悲鳴を上げて心配をされてしまうのではないだろうか。もしくは、フレデリクの怒りを買ってしまう、と怯えられるかもしれない。

「……大分回ったからな。そろそろ日も暮れる。今日はもう戻るか」

さすがのジークヴァルドも気の毒に思ったのだろう。エステルはそれに大きく頷きながら、慌ててミルカの後を追った。

＊＊＊

ミルカの額が見事に腫れているのを見たフレデリクは、ウルリーカが予想した通り蒼白になって野太い悲鳴を上げた。

「ちょっと、その屋敷、沈めてこようかな」

今にも飛んでいきそうなフレデリクを、ミルカがその腕にすがりついて必死に止める姿を見たエステルは、フレデリクにミルカの怪我の理由を問い詰められても話すのではなかった、とウルリーカ共々、後悔をしたのは言うまでもない。

今日も花を譲ってもらいに訪れた屋敷の玄関ホールで、先客がいるからと待たされていたエステルはそんな昨日の出来事を思い出し、小さく嘆息をした。

（あの力だと、確かにうかつに物を触れないわよね……。でも、普段はちゃんと制御できているみたいだし、何年か竜騎士を務めれば多分、よくない噂は消えていくと思うけれども……）

そこに至るまではかなり傷つくかもしれないと思うと、大丈夫だろうかと心配になる。

フレデリクがエステルに笑わせて、と言ってしまうほどなのだから、気の持ちようだけではなく、環境的にもどうにかしないと駄目なのかもしれない。

（今朝も、寄付した青い鉱石の配布先の工房リストを届けに来た執政官の方に、怯えられていたし……）

フレデリクはミルカに何かされたわけでもないのに怯えるなんて失礼、と憤慨していた。

そのフレデリクは今、怪我をしたミルカをウルリーカ主従や仔竜と共に留守番をさせ、マティアスやカルムにいるもう一匹の灰色の竜やその竜騎士と共に手分けして工房を尋ね回っている。

エステルが頭を悩ませていると、ふと廊下の方から誰かが歩いてくる気配がした。

ジークヴァルドや一緒に来ていたユリウス、セバスティアンと共に端の方へ寄ると、やってきた男性は会釈をして通り過ぎようとした。その際ふとエステルに目を留めると、男はエステルの耳元辺りに一瞬だけ探るような視線を向けた後、すぐに愛想笑いを浮かべた。

（……ん？　あの方、どこかで見たような……）

小綺麗な上着を身につけ、白い髪をした初老の男だ。痩せてはいるが、年齢の割に姿勢がよく颯爽と歩いていく。

頭をかすめた既視感に、戸惑っているうちに男は使用人と挨拶を交わして、屋敷の外へと出ていってしまった。

「エステル、あの男がどうかしたのか？」

執事に案内されて歩き出しかけていたジークヴァルドが、ついて来ないエステルに気づいたのか声をかけてくる。

「どこかで見かけたような気がしたんですけれども……」

この国に知り合いなどいるわけもなく、毎日初対面のようなものだ。思い出そうとして考え込んでいるとふいに、廊下に掛かっていた絵に目が行った。それを見た瞬間ぱっと思い出す。

（――あっ、カルムに来たばかりの時にわたしに青い絵を売りつけようとしたあの人！　こんなお屋敷の方にも売りに来ているの？　確か、メルなんとか商会の……）

そして、なぜかエステルの耳飾りに異様な執着を見せた商人だ。絵を買ったというパン屋の店主にも貧富問わず手広く商売をしていると聞いたが、貴族の屋敷にも出入りできるということは本当だったらしい。皆に伝えようとしたが、それよりも先に応接間に辿りついてしまい、仕方なく口を噤（つぐ）む。

「お待たせいたしました。フレデリク様の竜騎士様からのご紹介とのことでしたが――」

こちらに椅子を勧めた館（やかた）の主人とユリウスが交渉を始めるのを眺めながら、エステルはふと机の傍に何やら布に包まれた四角い物が立てかけてあるのに気づいた。布の隙間（すきま）から垣間見えるのは、もしかすると額縁ではないだろうか。

（まさかと思うけれども、青い絵だったりして……。もしそうだとしたら回収しないと）

ついそわそわとしてしまうと、その様子に気づいたジークヴァルドがそっと手の甲を叩いてくる。視線を屋敷の主人の方へ戻すと、ちょうど話がついたところだったのか、ユリウスが椅子から立ち上がり、握手を交わしていた。慌ててエステルも立ち上がる。

「では、後ほどブラントの屋敷の方へとお届けに上がります」

「いえ、こちらは無理をお願いした方ですので、そこまでしてもらっては……」

「いえいえ。実のところ、新年以外は滅多に入れないブラントの庭園を見学させていただきたいだけなのですよ。絵に描かれている風景と同じなのかどうか、確かめてみたくて」

茶目っ気たっぷりに笑う主人に、エステルはここぞとばかりに話に食いついた。

「絵がお好きなんですね。もしかすると、そちらの布包みも絵でしょうか？」

「ええ、そうです。つい先ほどすれ違ったかと思いますが、イデオン・メルネスという商人をご存じですか？」

その名前にようやく思い出す。パン屋の店主が言っていたのは確かにメルネス商会だ。

「はい。最近、王都で手広く商売をなさっている方とか……」

「ええ、そうです。各国を渡り歩き、王宮にも出入りを許されている商人なのですが、珍しい絵が手に入った、と持ってきたのでね。気に入ってしまったので、購入した物です」

誰かに見せたくてたまらない、というように気分よく応じてくれた屋敷の主人は、立てかけてあった絵を机の上に載せると、はらりと布を取り払った。

「――……!?」

目に飛び込んできた予想とは全く違う絵に、エステルは驚愕に目を見開いてしまった。

仰々しく額縁で飾られてはいたが、あまり質の良くない黄色味がかった紙に黒一色で描かれた絵はよく言えば前衛的。悪く言えば子供の落書き。尖った耳と長い尾のようなものがあることから辛うじて何かの生物だということはわかるが、一目でこれというものを描いたと断言できない。だが、エステルにはそれが何を描いているものなのか、わかりすぎるほどわかった。

（ちょっと待って、これ……どうしてここにあるの？　わたしが子供の頃に描いたアルベルティーナ様の絵よね!?）

間違いなく自分が絵を描き始めた頃の絵だ。何枚も似たような絵を描いていたのでよく覚えている。他人が真似(まね)するとしても、ここまで独創的な物を真似するのは難しいだろう。

だが、なぜリンダールから遠く離れたここカルムにエステルの絵があるのだろうか。子供の頃の絵は売った覚えはないというのに。それに見ているとどういうわけか不安な気持ちがこみ上げてくる。どきどきと鼓動が速くなり、足元から冷気が立ち上ってくるかのようだ。

(怖い……、自分の描いた絵のはずなのに、どうしてこんなに怖いの？　それにわたし、黒一色なんかでアルベルティーナ様を描いたことなんか……。黒い──……あ)

──たすけて、あるべるてぃーなさま。

ふっと浮かんだのは、ぬかるんだ土に木の枝で一心不乱にアルベルティーナを描いている幼い自分。すぐ傍で、誰かがこちらに描くようにとざらざらとしたあまり質の良くない紙を差し出している。その紙とそっくり同じ紙が目の前にあった。

(……思い出した。シェルバに入る前に見たあの夢は……夢なんかじゃない。これ、わたしが誘拐されていた時に描かされた絵だわ)

攫(さら)われた後、心細さと恐ろしさを紛らわすため、アルベルティーナに助けを求めるように土に延々と描いていた。すると誘拐犯が何を思ったのかこちらに描けと紙と木炭をくれたのだ。

「どうした？」

知らず知らず後ずさってしまっていたその背を、ふいにジークヴァルドに支えられた。ふわりと香る冬の夜の空気にも似た澄んだ香りに、はっと我に返る。そこで初めて自分が細かく震えていたことに気づいた。案じるようにこちらに向けられたジークヴァルドの優しい眼差しに、恐れがすっと遠のく。

（――大丈夫、もうあれは終わったことよ）

エステルは胸元に下げていた首飾りを握りしめ、小さく首を横に振った。

「な、なんでもありません。……あの、これ作者はどなたですか？　変わった絵ですね」

「一瞬驚くでしょう。でも、見ているうちにこう、引き込まれるような気がしませんか？」

おそるおそる尋ねてみると、屋敷の主人は明らかに動揺したエステルに気を悪くすることなく秘密を打ち明けるかのように声を潜めた。

「リンダールの竜騎士の名門『クランツ伯爵家の箱入り令嬢』が幼い頃に描いた絵だそうです。メルネスによるとここだけの話、そのご令嬢、竜の番になったとの噂があるので価値が出るかもしれません、と。まあ、本物かどうか怪しいですが、私は気に入ってしまったもので」

「そ、そうなんですね……」

それ、本物です、と言えずに頬を引きつらせて笑みを浮かべる。

今ここで確かに自分の絵だが売った覚えなどない、と騒ぎ立てるのは色々と支障が出そうだ。

エステルはどうにか笑みを保ったまま、自慢げに語る屋敷の主人の話が終わるのを待った。

＊＊＊

「――で、どうしてエステルの絵があそこにあったんだよ」

屋敷から出るなり、いかにも不可解だ、といったように眉を顰めたユリウスに、エステルもまた困惑気味に眉を下げた。やはり常にエステルの傍で絵を描くのを見ていた弟も気づいていたらしい。

「わたしの方が聞きたいわよ。売った覚えのない絵があるなんて」

実際に買った人物を目の前にしても、エステルにはどうしても信じられなかった。

「あの絵は本当にお前が描いたということなのか？　だが、それに驚いただけにしては、様子がおかしかったが……」

ジークヴァルドが問うように顔を覗き込んでくる。エステルは少し迷い、それでもごくりと喉(のど)を鳴らして彼を見上げた。

「あれ……わたしが誘拐されていた時に描いた絵なんです」

ジークヴァルドの眉間にぐっと皺(しわ)が寄る。ユリウスがぎょっとしたように目を見開いた。

「それは確かか？」

「はい。子供の頃、アルベルティーナ様を描く時には、変なこだわりがあったので必ず赤で塗っていたんです。黒一色で描いたのは、覚えている限り誘拐された時だけで……」

かすかに震える肩をジークヴァルドに優しく引き寄せられる。体温は低いがそれでもほのかな温もりにほっとした。

「誘拐犯の指示で何枚か描いたと思います。でも、描いた絵がどうなったのかまでは、知らなかったんですけれども……。まさか売られているとは思いませんでした」

「その者は国外追放になった、と聞いたが、お前の絵を商人に売ったということか……。お前を恐ろしい目に遭わせた挙句、その絵を金にするとはな」

小さく唸るジークヴァルドに、ユリウスが険しい表情を浮かべた。

「その誘拐犯――追放された政敵なんですが、リンダールに戻った時に父に確認しましたら、すでに亡くなっていました。エステルの絵を売っても、大した金額にはならなかったんだと思います。竜の愛し子を殺しかけたんです。どこも受け入れてくれるところはなかったらしいですよ」

「でも、もうちょっと経てば価値が出るかもしれないわよね……」

リンダールの王都ではすでにエステルが竜の番になった、という話は広まっていたが、こちらまで確実な話が届くのはもう少し先だろう。ただ、そうなると先ほどの屋敷の主人のように、本物でも贋作でも、好事家が買いたがるのもわからなくはないのだ。

「……そういえば、絵をこのお屋敷の方に売ったメルネスさんなんですけれども、わたしに青い絵と耳飾りを交換しろと迫った商人の方だったんです」

「――なんだと？」

ジークヴァルドがぴくりと片眉を上げる。ユリウスもまた呆れたように溜息をついた。

「エステル……それ、早く言いなよ。長命の実に関係しているかもしれないじゃないか」

「え……？」

きょとんと目を瞬くと、ジークヴァルドが嘆息をした。

「シェルバとカルムの両国の信頼を得ている者が協力をした可能性がある、と言っただろう。王宮に出入りを許されるほど信頼が厚く、各国を渡り歩くという商人ならばうってつけだろう。お前の耳飾りを欲したのも、竜の鱗だと気づいていた可能性も高い。疑う余地は十分にある」

「あっ！　……すみません、もっと早くにそれに気づければ、あの場で問い質せましたよね」

悔し気に歯噛みしていると、ジークヴァルドは緩く首を横に振った。

「いや、気づかなかったものは仕方がない。それより、そのイデオン・メルネスを調べた方がいいと王宮に伝えなければな。すでに疑いの目を向けているかもしれないが……」

今朝届いた青い鉱石の配布表にはその名は記されていなかったが、組合の売買記録はまだ届いてはいなかった。信用問題にかかわるのだから、すぐには出せないのかもしれない。

「あと、わたしの絵もまだ他に持っているのなら、できれば取り戻したいです」

「誘拐時に描いた物を取り戻したいのか？　俺としては切り裂いてしまいたくなるが。金銭や己の嗜好を満たすために欲しがる者もな」

「——っさっきの方を傷つけたら駄目ですからね。ミルカさんが困ります」

　ふっと真円を描く人間の瞳だったジークヴァルドの瞳が、縦に瞳孔の走る竜眼に変わる。怒りを帯びてぎらつく双眸に、エステルは慌ててその手を握りしめた。

「知らないところでわたしの絵が取引されているのは腹が立ちますし、万が一何か問題が起こるかもしれないのも困ります。ですから……全部集めてわたし自身の手で処分したいんです。そうすれば誘拐された時の恐ろしさも、克服できる気がします」

　ここのところ、誘拐時の悪夢はほとんど見なくなったが、それでも何がきっかけで再び見るようになるかわからない。誘拐された時の絵、という目に見える証拠品があるのならこの手で処分したい。

　ジークヴァルドの目を見据え手に力を込めると、彼は不満げながらもすっとその瞳から怒りを消した。そうしたかと思うとエステルの腰を引き寄せ、頬を頭に擦り付けてくる。

「お前がそうしたいと言うのなら、フレデリクに頼んで絵を引き取らせよう。ただ、処分する時には俺も立ち会う」

「——ありがとうございます」

　引き寄せられるままにジークヴァルドの胸元に身を預ける。一緒に立ち会ってくれるというのなら、なおのこと心強い。

（あまり悪夢を見なくなったのは、ジークヴァルド様のおかげなのかも……）

誘拐時の記憶を思い出してもそれほど取り乱さなかったのも、ジークヴァルドの傍にいれば大丈夫だという安心感があったせいなのかもしれない。

そこへ、うんざりしたようなユリウスの声が割って入ってきた。

「……最近エステルもジークヴァルド様の感覚に染まってきているよね。ここ、往来だよ」

はっと気づけば、通り過ぎる人々が抱き合うエステルたちを見て、目を真ん丸にしたり、頬を染めたりして去っていくのが目に飛び込んできた。

「ジークヴァルド様、腕にしましょう、腕！」

エステルがあたふたとジークヴァルドの腕に掴まり直すと、今度はにやにやとセバスティアンが口出ししてきた。

「どうしてもジークとくっついていたいんだね、エステルは」

「違いますから、絶対に違います！　これは迷子にならないためで……。ジークヴァルド様もそこで喜んで首を撫でてこないでください！」

掴まれていない方の手で首に触れたジークヴァルドの手をひっつかんで下ろさせたエステルは、ぐいぐいとその腕を引いた。

「ともかく、これで住所録の最後のお家なんですから、早く帰りましょう。足りるかどうかわからないみたいですし」

あとは集めた花でどれだけ修復できるかにかかっているだろう。

エステルに促されて歩き出そうとしたジークヴァルドがふと、屋敷の方を振り返った。

「……戻って制裁を加えたら駄目ですからね？」

「いや……。長命の実の気配がした気がしたが……、おそらくはあれだな」

視線を向けた先は、屋敷ではなくその傍を通り過ぎて行った観光用の馬車に飾られていた青い布で作られた造花だ。あの青ばかりではなく、白や黄色といった造花も使われていて、まるで花籠がそのまま走っているかのように華やかだが、あの青が一際目立つ。

エステルは眉を寄せて溜息をついた。

「あの色、なおさら増えていますよね」

「紛らわしいから、青い色禁止令でも出しちゃえばいいのに」

けろりと独裁的なことを言うセバスティアンを尻目に、ひらひらと可憐な花びらを揺らしながら遠ざかっていく造花で飾られた馬車をじっと眺めていたエステルは、ふと頭に浮かんだ妙案にあっと声を上げた。

「花が足りなかったら、作ればいいんですよ！　許してもらえさえすれば、絶対にフレデリク様も満足できるフラワーカーペットができると思います」

ユリウスからまた何を言い出す気だろう、この姉は、というような胡乱げな目を向けられたが、エステルは全く気にすることなく、思いついた考えを口に出した。

＊＊＊

ふわりと広げられた白いレース、黒く染められたレース、果ては銀糸が編み込まれたレースまで、部屋の中に広がるレースの山に、エステルは感嘆の溜息をついた。

「すごいですね……。これ全部、ミルカさんが編んだんですか？」

ブラント邸の応接室にせっせとレースを運び込んできていたミルカに尋ねると、彼女はなぜか申し訳なさそうに肩をすくめて、小さく頷いた。

「ミルカ、これで最後？　それにしても……沢山編んでいるのは知っていたけれども、さすがにここまで溜めこんでいるとは思わなかったよ」

ミルカの後ろから、薄水色に染められたレースを持ってきたフレデリクが驚いたように室内を見回した。

「あと、ミルカのレースを使って花を作ればいい、とか突拍子もないことを言い出したアナタにも、驚くけれどもね」

にやりと笑ってこちらを見据えたフレデリクに、エステルは感謝の笑みを返した。

「フレデリク様とミルカさんが使うのを許してくれるかどうかわからなかったので、ちょっと賭けでしたけれども」

リボンで作られた造花で飾られた馬車を見た際、ミルカがレース編みに没頭する癖があると、フレデリクが言っていたのを思い出し、もしかしたら沢山あるのではないか、と思ったのだ。

というわけで室内は今現在、レースの花作りが進行中である。

花とはいえ、レースの端を縫い縮めて花のように整えた簡単な物だが、壊した張本竜のセバスティアンは意外にも細かい作業は向いているのか、それともここまで終えたらお茶にしましょう、と傍で一緒に作っているユリウスに言われたのが効いたのか、速度は遅いもののそれなりに見栄えのいい花を作っている。対して、予想通りというべきかマティアスは悪戦苦闘の末、あまりの出来栄えの悪さに、飽きてレースにじゃれつく仔竜と共にウルリーカによって外へと追い出されてしまった。そのウルリーカは器用にも次々と小さな花々を作っていて、それをエドガーが綺麗にまとめている。こっそりと一つだけ上着のポケットに入れているのを見てしまったので、後でウルリーカに報告しておこうと思う。

「ミルカさんもありがとうございます。でも、提案しておきながらあれですけれども……。本当に使ってしまってもいいんですか？」

外で花と共に飾るのだ。汚れるのは必須だ。

（レース編みをするのを隠したがっているみたいだから、無理に出させているんじゃないかとか、少し心配なのよね。もしかしたら、誰かに何か嫌なことを言われたのかもしれないし……）

【ブラント伯爵家の鉄面皮令嬢】という揶揄じみたあだ名があるくらいなのだから。

窺うように見たエステルに、ミルカは緊張しているのかカタカタと金属のブーツを鳴らしながら小さな声で答えた。

「はい。フレデリク様の手袋はその都度新しい物を編みますし、保管場所にも限りがありますので」

「あ、やっぱりフレデリク様の手袋はミルカさんが編んでいたんですね。わたしは母に教えてもらっても、普通のレースリボン一本でも綺麗に編むのが難しかったので……。わたしの子供が娘だったら、ヴェールを作ってあげられないいんじゃないかと思っていました」

リンダールの風習で娘が結婚する時にその母親が手製のレースのヴェールを贈るのだが、編むことはできても綺麗に仕上げるのは難しく、晴れの舞台で披露するのは気が引けていたのだ。

エステルが苦笑しつつ溜息をつくと、ミルカが大きな目をぱちりと瞬いて、じっとこちらを見据えてきた。緊張からきていた震えもぴたりと止まる。

「ヴェール……。あの、それは、リンダールの花嫁のヴェールのことですか？」

好奇心に満ち溢れた、きらきらと輝くような目を向けられて、エステルは一瞬だけ息を呑んだ。これほど生き生きとした目を向けられたことはなく、その表情は笑みこそ浮かんではいないものの【鉄面皮令嬢】とは言えるものではなかった。

（あ、可愛い。レースが本当に好きなのね……）

ミルカの隣にいるフレデリクにちらりと視線を向けてみると、ミルカを見る目が優しげに細められていたので、大丈夫そうだとさらに会話を続けた。

「はい、そうです。わたしも母からこの前貰ったんですけれども……。【庭】に先に運んでもらってしまったので、見せられないのが悔しいです。でも――」

期待に満ち溢れていた目が残念そうに陰るのに、エステルはここぞとばかりにいそいそとポケットから一本のレースのリボンを取り出した。

「これ、受け取ってもらえませんか？　私の物で申し訳ないんですけれども、リンダールで作られたレースです。この前、ミルカさんのお祭りの衣装を貸していただいたお礼です」

ミルカに何かお礼をしたいと考えていたが、レースで花を作ることを思いついてから、これにしようと決めたのだ。リンダール製のレースは他国でも評判がいいと聞いたことがある。それにレース編みをするのなら、喜んでもらえるのではないかと思ったのだ。

柄にもなく緊張してしまい、どきどきしながらミルカの反応を待っていると、彼女は見事に固まってしまった。

「…………」

「あ、あの……ミルカさん？　ご迷惑でしたか？」

「…………」

「ええと……。市販品ですから、だ、大丈夫です！　まだ一、二回くらいしか使っていませんし、ちゃんと洗っていますから、綺麗ですよ。だから、その……。――えっ⁉」

やんわりと話を続けていたエステルは、唐突にぼろぼろと泣き出したミルカに、さあっと青ざめた。

「ご、ごめんさない！　押しつけがましかったですよね……」

ミルカの傍にいるフレデリクがにっこりと笑ってはいるものの、その背後にどす黒い何かを背負っている幻覚が見えるような気がして、エステルは必死に宥めた。

（どうしよう、泣かせた！　ああぁっ、フレデリク様が怒っているわ……っ。ジークヴァルド様も怒り出さないでいいですから、力も使わないで黙っていてくださいね⁉）

貰ってきた花の数を確認しに行っていたはずなのに、いつの間にかエステルの背後に来ていたジークヴァルドが前に出ようとするのを、進路を邪魔するように背中で止める。

「困らせてしまっていたら――」

「――あり、がとうございます」

ミルカの口から、涙声ではあるがはっきりとお礼の言葉が聞こえた。一度声を出してしまった勢いがあるのか、ミルカはようやく喋り出した。

「すみません……私、家族以外の方から、何かを貰うのが初めてで、少し、驚いてしまって。

醜態ばかり見せているのに、こんな素敵な物を頂いてしまってもいいのかと……」

　涙が止まらずにいるミルカの手に、エステルは微笑んでそっとリボンを握らせた。

「わたしも突然すぎましたよね。――でも、よければ受け取ってくれますか？　ミルカさんの気遣いが、すごく嬉しかったんです」

　力が強いことから遠巻きにされ、笑顔を浮かべられなくなるほど人付き合いが怖くなってしまったミルカが、エステルのためにとおそらく勇気を振り絞って祭りの衣装を貸してくれたのだ。嬉しくないわけがない。

「あの、手……。また突き飛ばしてしまったら……」

「わたしはけっこう頑丈で図太いので、怖がらないで大丈夫ですよ」

　安心させるようにリボンごと手を握りしめると、ミルカは安堵したのかさらにぽろぽろと泣き出してしまった。

「そうだよ、ミルカ。コレは竜に噛まれたって、治ればけろっとしているみたいだし、何より竜の長の番になるんだから、ちょっとやそっとじゃ壊れないから大丈夫だよ。最強の守護者がいるんだからさ」

「エステルが多少は頑丈なのも、俺が見守るのもわかるが……。俺の番をコレ呼ばわりし、壊れないだのと、物扱いをするお前よりは、お前の竜騎士の方がよほど慎重にエステルに接すると思うがな」

　苦々しげに腕を組み、フレデリクを睥睨（へいげい）するジークヴァルドを尻目に、エステルは手を離すとポケットから出したハンカチをミルカに差し出しながら笑みを深めた。

「ほら、竜のお二方がそう言うんですから、安心してください」

　ミルカはおそるおそるハンカチを受け取ると、それで目元を押さえながら何度も頷いた。その手にしっかりとレースのリボンを握りしめてくれているのを見て、エステルは心の内で喜びに両手を上げた。

（とりあえず、わたしに対してだけでも恐怖心をどうにか緩和できたわよね？　フレデリク様、どうですか！）

　少しだけ得意げな視線をフレデリクに向けると、自分の竜騎士が可愛くてたまらない潔癖症の竜は、つんと顎（あご）を上げてまだまだとでもいうように小さく鼻で笑った。さすがに及第点はまだ貰えないらしい。

「――それじゃ、わたしたちも花作りを始めましょうか」

　ミルカを促すと、彼女は目元からハンカチを離し、少しだけ赤くなった目でエステルを真っ直ぐに見据え、眉間にぐっと皺を寄せ唇の端をわずかに痙攣（けいれん）させるあの笑みを浮かべてしっかりと頷いた。

＊＊＊

柔らかな日差しが大きく取られた窓から差し込んでくる。

朝には遅いが昼までにはまだ時間がある午前中のことだった。

「お忙しいところ、失礼致します。こちらを竜の長の番殿にお届けに上がりました」

造花を作り始めて二日目。造花作りも佳境に入ってきたブラント邸の応接室に、ミルカに案内されて入室してきた人物を見て、エステルは息を呑んだ。

(カルムの王太子殿下!? 城からの使いで竜騎士の方が来たって言われて、ミルカさんが応対に出たけれども……。まさか王太子殿下もご一緒だったなんて)

王太子の背後には、灰色の髪の中年の男性と同じく灰色の髪の体格のいい青年が控えていた。おそらくカルムの三人いる竜騎士の内の一人とその主竜だろう。エステルの傍でフレデリクやマティアスと共に今日はどの工房へ鉱石を探しにいくのか、その予定を立てていたジークヴァルドに向けて目礼をした後、彼らはすぐに戸口まで下がった。

「あの、こちらは何でしょうか？」

作りかけだった造花をテーブルの端に押しやり、立ち上がったエステルは王太子が差し出した四角い布包みに首を傾げた。その間に静かに傍に来たユリウスが、話の邪魔にならないように造花を回収する。そうして部屋の片隅でこの籠一杯になったらおやつにしましょう、と言われ、一心不乱に造花を作っているセバスティアンの元へと戻った。

「先日、イデオン・メルネスが売った貴女の絵を引き取りたいとの要請をブラント嬢から受けましたので、回収した物になります。まだ、一枚だけなのですが……」

王太子が布包みを解く。中から現れたのは、二日前に見たあの黒いアルベルティーナの絵だった。額縁は取り外されて二回りほど小さくなっていたが、確かにあの絵だ。

「――っお忙しい中、ありがとうございます」

布包みごと受け取ったエステルは、ほっと息をついた。

新年及び婚儀までもうあと数日だが、王太子も忙しいだろうに、共に届けに来るとは思わなかった。

「購入した者があと三人ほどおりますので、回収が済みましたら順次届けさせます。ただ、申し訳ございませんが、メルネスがまだ他に所持しているかどうかは現在のところわからず……」

「――わからない、ということは逃げたか」

エステルに向けて申し訳なさそうに事実を明かした王太子は、ジークヴァルドの言葉に表情を改めるとそちらに体を向けて背筋を伸ばした。緊張のためかその顔色は青い。

「逃げた、というよりも、王都にいくつか拠点とする屋敷や貸し部屋を持っているようなのです。そのどこにいるのか、まだ所在が掴めていない次第でして……」

「掴めない、ということは逃げられたのと変わりないだろう。やはり婚姻を反対する者とつながりがあるのではないか？　全てとはいかないのだろうが、その拠点の一つでも捜索には入ったのだろうな」

「はい。現時点では婚姻反対派につながるような不審な物は見つかってはいません。青い鉱石はありましたが、お探しの鉱石なのかどうかわたしどもでは判断がつきませんので、お手数ですが出向いてもらい、確認していただければと思います」

おそらく王太子はこちらの件の方が主だったのだろう。竜たちへ不敬を働いたことによる信頼の回復をしたかったのかもしれない。

「わかった。向かおう」

ジークヴァルドが鷹揚に頷くと、向かいに座っていたフレデリクが口を挟んできた。

「それじゃ、ワタシも行こうかな。メルネスって奴の屋敷を見てみたいしさ」

すっと目を眇めたフレデリクに、エステルは悪寒を感じてつい腕をさすってしまった。長命の実を利用し、王都を混乱させている元凶の男かもしれないのだ。腹立たしいことこの上ないのだろう。

「それならば、今日行く予定だった工房へはマティアス、お前があちらの竜騎士たちが了承するのならば同行してもらい、確認に向かえ」

ジークヴァルドが戸口に控えていた灰髪の主従に視線を向けると、指名された竜騎士と灰色の竜は一瞬驚いたようだったが、すぐさま了承の意を示して頷いた。

「俺だと長命の実かどうか判断つきにくいぜ。セバスティアンじゃなくていいのかよ」

「お前は不器用すぎて造花を作る手伝いができないだろう。二匹揃っていても判断がつかなければ、持ち帰れ。後で俺が確認をする」

それならいいぜ、と快諾したマティアスから視線を逸らし、ジークヴァルドが立ち上がった。

それを見たエステルは、ついて行こうと慌てて返された絵を布で包み直し、テーブルの上に置いた。

「――ああ、エステル、お前はここで作業を続けていろ」

ジークヴァルドの思わぬ指示に、エステルは戸惑ったように目を瞬いた。

「え、でも……」

ブラントの屋敷の手の空いている使用人も巻き込んでの花作りはそろそろ佳境だ。もう少しだけ造花を作れば、あとは生花と造花をうまく組み合わせてフラワーカーペットを作る作業に移れる。図面があるのだから、エステルが抜けてもそう支障は出ないだろう。

「アナタ、長命の実の気配がわかるわけじゃないよね。ワタシもミルカを残していくし、それにアナタには頼みたいことがあるんだよ」

ミルカも残していく、という言葉に驚いたのか、傍らに控えていた彼女がカシャンと金属の足音を立てた。

「何ですか？」

フレデリクの頼みごとの見当がつかず、エステルは少しだけ身構えた。

「いくら花の数を揃えたとは言っても、完全に元の絵柄に戻すのは難しいと思うんだよ。だから、アナタ絵を描くんだから、アナタの感性でうまく調整してそれなりに見られる物を作って。ミルカもいるならワタシの好みもわかるだろうし、できるよね？」

挑戦的な笑みを浮かべるフレデリクに、エステルは怖気づくよりもぱっと笑みを浮かべた。

「わたしがフラワーカーペットに手を加えてもいいんですか!?　やります。やりたいです。やらせてください！」

花を貰いに行ったあちこちの屋敷で沢山のフラワーカーペットを見ている間に、溢れ出てきそうな創作意欲をずっとこらえていたのだ。食いつかないはずがない。

両手を組み合わせて、思わず詰め寄ってしまうと、フレデリクはエステルのあまりの勢いに片頬を引きつらせて身をのけぞらせた。

「アナタには謙虚って言葉を教えたくなるよ……。――ちょっと、この小娘の弟。アナタの姉をしっかり見張っていてくれる？　喜びのあまり何かおかしな方向に暴走しそうだから」

「わかっています。……絵狂いの能天気な姉が不安を抱かせてしまって、申し訳ありません」

部屋の片隅にいたユリウスが半眼になって盛大な溜息とともに謝る姿に、妄想を繰り広げ始めていたエステルははっと我に返って同じように頭を下げた。

「お前のことだ。あまり突拍子もないことを言って皆を振り回すようなことはするな」

「さすがにそこまで困らせるようなことは言い出しませんよ」

ジークヴァルドが念を押すように頭をそっと撫でて、戯れるようにするりと首筋に指先を滑らせてくるのに、顔を上げたエステルは軽く睨んでその手を押さえた。

「でも、ジークヴァルド様のお体は大丈夫ですか？　何となく疲れているように見えます」

少しだけ顔色が悪い気がする。長命の実の捜索だけでなく影響が広がらないようにと、定期的に王都に力を注いでいるのだ。疲れないはずがない。

「問題ない。そう見えるというのなら、戻ったらお前の作った物を食べさせてもらえれば、すぐによくなる。口に押し込むのは得意だろう」

「く、口に押し込むことはもうしません！」

はぐらかされてしまったような気がしたが、ジークヴァルドはそれに小さく笑い、フレデリクたちと共に出かけてしまった。

マティアスも後を追うように灰色の竜たちと共に出かけてしまうと、ほどなくして何やら大きな籠を持ったエドガーを後ろに引きつれたウルリーカが、仔竜を抱いて応接室にやってきた。

「ああ、マティアスたちはもう出かけてしまったのか」

「はい。どうかされましたか？」

「クッキーを焼いたのでな。持たせたかったのだが……」

「え？　ウルリーカ様が作られたんですか!?」

　思わぬ言葉を聞き、エステルは失礼ながらも問い返してしまった。そろそろ花作りは一段落するからと、ウルリーカには作るのをやめてもらっていた。仔竜やエドガーなどと共に、朝から姿が見えないと思っていたが、まさかクッキー作りをしていたとは予想外すぎた。

「ああ。造花作りを始める前、こちらで子と共に待つだけではなく、私にも何かできないかと思ってな。リンダールで番殿が時々焼き菓子を差し入れてくれただろう。あれを思い出して、皆の疲労を癒せるならばと、この屋敷の者に作り方を乞うていたのだ」

「ブラント邸の料理人の方はやっぱりさすがっすね。ウルリーカ様にも怯えないで丁寧に教えてもらえたんで。あ、オレは手を出していないんで、体調不良を起こすことはないっすよ。ほら、これなんか仔竜様が作られたんすよ。食べるのがもったいないっすよね」

　竜をも腹を壊す劇物料理を作るエドガーが籠から取り出したクッキーは、可愛らしい竜の足型をしていた。ウルリーカの腕に抱かれていた仔竜が「ぴっ！」と得意げに胸を張る。

「出かけてしまったのなら仕方がない。――セバスティアン様、召しあがられますか？」

　つい先ほどまで賢明に造花を作っていたが、今は物欲しげな熱視線を送ってきていたセバスティアンにウルリーカが微笑みながら声をかける。

「いいの？　でも、ウルリーカが作った物を食うな、ってマティアスに怒られるのは嫌だよ」

「大丈夫です。取り分けておきますから。もしそれでも怒るようならば、私がいいと言っているというのに、怒るのは筋違いだと窘めますので。――番殿たちもどうだろうか」

歓声を上げていそいそとこちらにやってくるセバスティアンをよそに、ウルリーカが声をかけてくれたので、エステルは遠慮なく貰うことにした。

「ありがとうございます。ミルカさんもいただきましょう」

籠の中に綺麗に並べられた香ばしくも甘い香りのクッキーを一枚取り出しミルカを促す。するとと早くも造花作りを始めようとしていた彼女は少し間を置き、そしておずおずとエステルの隣にやって来て「いただきます」と小さく断るとクッキーを手に取った。

ユリウスも一枚だけ貰うと、次から次へと頬張る主竜の首根っこを掴んで再び部屋の片隅へと引きずっていった。皆に行き渡ったのを見て取ったウルリーカが、「世話になっている屋敷の者にも配ろう」とエドガーと共に応接室を出ていく。

「……美味しい。ジークヴァルド様も気に入ってくれそう。レシピを教えてもらいたい……」

焼き上がってからまだ時間が経っていないのだろう。ほんのりと温かく、噛めばほろりと崩れて美味しい。鼻に抜ける木の実の香ばしい香りがなおのこと食欲をそそる。

エステルがウルリーカの性格を映すような優しい甘さのクッキーに舌鼓を打っていると、その呟きを聞き取ったのか、ぽつりとミルカが口を開いた。

「――……竜の長が、あんなに人に優しく接するとは思いませんでした」

思わぬ言葉にエステルが少し驚いてそちらを見ると、クッキーをゆっくりと食べていたミルカはエステルの視線を感じたのか顔を上げた。

「あ……すみません。失礼なことを……」

一瞬だけぴたりと固まり、次いでぶるぶると震え出してしまった彼女に、エステルは苦笑した。相変わらずミルカの足元からは金属のカタカタとした音が聞こえてくる。

ミルカにレースのリボンを贈った後、この二日、彼女は遠慮しつつもエステルの傍で作業をしていることが増えたが、問われてもいないのに彼女の方から口を開くことはなかった。

「失礼なんかじゃないですよ。ミルカさんは去年【庭】でジークヴァルド様に会っているんですよね？」

「はい。フレデリク様の竜騎士になる承認を貰いに先代の長にお会いしに行った際、お傍に控えていらしていて……」

「にこりともしなくて、すごく怖かったんでしょうね」

エステルが声を潜めて悪戯っぽく微笑むと、ミルカはこくこくと頷いた。それにさらに笑ったエステルは、クッキーのくずがついた手をハンカチで拭いながら先を続けた。

「わたしも出会った頃は笑った顔なんて、ほとんど見ていません。でも、笑いはしなくても誠実で優しかったですよ。産まれた時からフレデリク様に可愛がられていると、友好的ではない竜にはけっこう驚きますよね。わたしも叔父の竜が気さくな方だったので、驚きました」

「いえ、私は……。先代の竜騎士でした父が、私の物心と分別がつくまでフレデリク様とは会わせなかったのです。フレデリク様は……その、少し気難しいお方でしたから」

「……あ」

　確かにフレデリクは人間嫌いの元奥庭の竜だ。ミルカの父親が竜騎士に選ばれた経緯もおそらくかなり困難なものだっただろう。だが、フレデリクがミルカと会わなかったのは、ミルカの怪力は、フレデリクの竜の力の影響を受けているかもしれない、と危惧したからだ。本当のところはおそらくフレデリクの操る水を飲んだことが原因なのだが。

　ただ、それをエステルが勝手に教えてもいいのかどうか迷い、結局は指摘することなく話を逸らした。

「で、でも、今はすごくミルカさんのことを大切にしてくれていますよね」

「そう、ですね。……私は父の娘ですから大切にしていただいているのだと思います。父が病を得て竜騎士位を返上しなければ、きっと今もフレデリク様の竜騎士は父でした」

　ミルカは視線を落としたまま、落胆を呑み込むように残りのクッキーを全て口に入れた。少し打ち解けてくれたとはいえ、未だに変わらない表情がなおのこと強張る。

（もしかして、ミルカさんは自分が竜騎士に選ばれたのは、フレデリク様がミルカさんのお父様の傍から離れたくなかったからだ、とか思っていたりする……？）

　あれだけフレデリクが可愛がっているというのに、それはない。

そもそも竜は慈悲深くとも、血のつながりを重視することはない。竜騎士の子だからといって、それだけの理由で竜騎士に選ぶことはしないのだ。竜騎士に選ばれやすい家系のクランツ伯爵家でも、親の竜を継いだ子は確か一人だけだった。代替わりをしたというのなら、それは子が竜のお眼鏡に適ったから。他の誰でもない、ミルカ自身がフレデリクに認められたからだ。

「あの、お父様は……」

この屋敷にいるのはミルカとフレデリク、そして使用人たちだ。ミルカの家族を紹介されたことも見かけたこともないのが少し気になっていた。

ここまで聞いてもいいものかとは思ったが問いかけてしまうと、ミルカは造花が入った籠を手に取りながら、ちらりと窓の方を見やった。

「ブラントの持つ領地で療養しています。母もそちらに。去年隠居してから、まだ一度も会えていないので、少し心配なのですが……」

エステルはぱちぱちと目を瞬いた。竜の翼をもってすれば、一日とかからずに国の端までいける。領地がどの辺りなのか知らないが、フレデリクが会いたいと思えばさっさと会いにいっているはずだ。ミルカが会えていないというのなら、フレデリクも会っていないのだろう。それはミルカの立場をきちんと考えてくれているからではないのだろうか。ことあるごとにフレデリクは「ミルカが困る」と口にしている。

「私には兄弟がいません。ですから、両親のためにもフレデリク様のためにも、私が立派な竜騎士にならないといけないのです」

　口調は平坦でも、必死さが伝わるミルカの手元で、つい力がこもってしまったのだろう。ぱん、と乾いた音を立てて造花を入れていた籠が壊れた。天井にまで弾け飛んだ造花が、色とりどりの雨となってばらばらと机や床に落ちる様子に、ミルカがふらりとくずおれるようにして床に伏してしまった。そのまま鎖帷子や金属のブーツを鳴らしてがたがたと震えながら花を拾い集める。

「す、すみません、私、また壊してしまって……。ご迷惑ばかりを……」

「あっ、わたしが拾いますから、怪我はしていませんか？」

　慌ててミルカの手を握って止めると、彼女は怯えたように大きく肩を揺らしてぴしりと固まってしまった。

「――エステル、これ使って。それとこの花、先にフラワーカーペットの所に持っていくよ。ブラント嬢が落ち着いたら外に来て」

　ミルカの手を診ていると、傍に来たユリウスがエステルに小さな瓶――おそらく軟膏だろう――を渡し、落ちた花を集めて後ろに着いてきていたセバスティアンが持つ籠に入れてしまうと、何事もなかったように応接室から出ていってしまった。

　応接室にエステルとミルカの他には誰もいなくなってしまうと、エステルはそっとミルカの手を開かせて、かすかにできていた切り傷に瓶からすくった軟膏をすりつけた。

「――ミルカさんは迷惑ばかりかけてなんかいませんよ。むしろ街の治安を守っています。わたしも助けてもらいましたし、ミルカさんが揉めごとに首を突っ込むのは、どうにかして力を役立てようとしているからですよね。大丈夫です。うまく使えていると思いますから」

ミルカが無言で首を横に振るので、エステルは苦笑してさらに続けた。

「わたしの魅了の力は制御できていないので、迷惑なだけです。発揮できるのは自分の命が危ない時だけですし、一部の竜の方々には怖がられているのか、疎まれているのかわかりませんけれども、目を合わせてもらえませんし」

どうにかしたいと思ったこともあったが、そのためには何度も命の危機に陥らなければならないと言われて、仕方なく諦めた。制御するために自ら窮地に陥るのは逆に周囲に迷惑だ。

「エステル様は……それで怖くはないのですか？　私にはわかりません。貴女がどうして竜の長の番になる覚悟を決めることができたのか。一部とはいえ竜の方々に魅了の力を疎まれているのなら、身の危険もあります。精神的にも辛いと思います。寿命だって違うのに……」

ミルカは自分のいたたまれなさと重ね合わせたのか、視線を落として手を握ってきた。その力はエステルの手を握り潰さないようにしているのか、本当に控えめで爪の先さえも食い込んではいない。

「怖くはない、とは言い切れません。種族も違うのに、そんなに簡単に全部の竜に認めてもらえるとは思えませんし。でも、ジークヴァルド様が悩んだらどうすればいいか一緒に考えてくれる、って言ってくれたんです。わたしは一人ではないので、大丈夫です」

エステルはミルカの手から自分の手をそっと引き抜くと、その頭に手を乗せてくしゃくしゃと撫でた。

「――っ⁉」

「ミルカさんもそうですよね。ご両親のために、フレデリク様のために、一人じゃないから頑張れるんですよね。あれこれ嫌なことを言われたって、逃げ出さないで竜騎士に選ばれたんですから、胸を張っていいと思います。周りがとやかく言うのは、竜に不敬です」

驚いたのか、ミルカの大きな銀色の目がほんのわずか見開かれる。それににんまりと笑いかけたエステルは、こそっと声を潜めた。

「それにユリウスが言っていたんですけれども、竜を相手にするなら変人……い、いえ、少しくらい変わっていないとやっていられないみたいですよ。ほら……」

視線をそっと庭の方へと向けて耳を澄ませると、「さっきクッキーを食べたばかりじゃないですか。空腹になったからといってそこら辺の草をむしって食べないでください！」というユリウスの怒鳴り声や、「ウルリーカ様が手ずから作られたクッキーを頂けるんすか⁉　食べるなんてもったいない。はぁあああっ毎朝毎晩祈りを捧げるっす！」というエドガーの歓喜の声が聞こえてきた。

怒らせると国を滅ぼしかねないというのに、主竜を叱責（しっせき）する竜騎士や、主竜への変態じみた敬愛を叫ぶ竜騎士もいるのだ。ついこの前は主竜を欺き、危うく殺される寸前になっても悪びれもせずにいた竜騎士もいた。ミルカの怪力など可愛いものに違いない。このミルカの様子からすると、カルムの二人の竜騎士ともあまり交流をしていないのだろう。

「ちなみにわたしの叔父とその主竜は口喧嘩が白熱するあまり、叔父の方から契約破棄を言い出したことがあります。次の日にはけろっとして主竜のお茶に付き合っていましたけれども」

目から鱗が落ちたのか、ぽかんと口を開けてぱちぱちと目を瞬いたミルカの肩から、ゆっくりと力が抜ける。

それを見計らったエステルは、微笑みながらミルカに手を差し出した。

「行きましょうか。フレデリク様からミルカさんのレースを使ってフラワーカーペットを仕上げる栄誉を貰ったので、助言してもらえると嬉しいです」

しばらく微動だにせずにエステルの顔を見上げていたミルカだったが、やがて唇の端をかすかに持ち上げた。

「……はい。――エステルさん」

ミルカがエステルの手を取ろうとした時、ふと戸口に人の気配がした。

「――お嬢様、お客様がいらしているのですが……」

遠慮がちに声をかけてきたブラント家の使用人に、ミルカがさっと背を伸ばす。

「どなた?」

「当家とは付き合いのない商人です。花が足りない、とお聞きしましたので、とのことなのですが……」

どう致しますか、と指示を仰ぐ使用人に、ミルカとエステルは互いに目を合わせて、図ったように頷いた。

＊＊＊

フレデリクと共にイデオンの拠点の一つだという屋敷に向かったジークヴァルドは、中に足を踏み入れるなり眉を顰めた。

「――ないな。それにしても……酷いな」

室内にこれまでになく濃く長命の実の不快な力が漂っている。確かにここにあったのだろう。それほど広くはない玄関ホールにはいくつかの青い鉱石を収めた木箱が置かれている。街中でよく見かけるあの寂しい色調の青だが、長命の実の力を帯びてはいるものの探し求めていた実そのものではなかった。

「うん、ないね。あるわけがないとは思ったけれども。でも……確かに、気分が悪くなりそうだね、これは」

ぐるりと室内を見回していたフレデリクが腰に手を当てて肩をすくめた。

「お探しの物はその中にはございませんでしたか」

ジークヴァルドたちを案内してきたカルムの王太子が、その反応に顔を曇らせた。中に入らない方がいいだろう、と指示をしておいたが、それを遵守し護衛の騎士共々、戸口から一歩も踏み出していない。

「これはよく似ている物だ。しかし……これらの鉱石と共にここにあったのだろう」

力にあてられたのか、くらりと眩暈を感じた気がして、ジークヴァルドは軽く目を伏せた。

(この力の濃厚さとなると……。実に手を加えたな。となると、加工した者の命は……)

数日前より、さらに力を感じ取る能力が落ちている。幸い体調はそれほど変わらないが、それでも頭痛や倦怠感が煩わしい。だが、能力が落ちたとはいえ眩暈を感じるほどの濃厚な不快な力の残滓を残すとは、実を割るか砕くか、何かしら手を加えてしまったのだろう。

木箱に入った鉱石の上に手をかざし、これ以上悪影響を及ぼすことがないように氷で覆う。

「一つ聞くが……。メルネスの周辺で何かおかしな出来事はなかったか」

こめかみに手を当て、鉱石に背を向けながら王太子に問いかけると、険しい表情を浮かべた。

「先ほどは竜騎士とはいえご令嬢方の前でしたので、口にするのが憚られましたが……。イデオン・メルネスが何度か訪れた鉱石加工の工房で、そこの職人の一人が不審な亡くなり方をしたそうなのです」

ジークヴァルドは眉を顰めた。緊張した面持ちで王太子が先を続ける。

「メルネスが持ち込んだ鉱石を使って依頼品を仕上げた後、数日と経たずに腕が痛いと苦しみ出し、あっという間に全身が腐って亡くなったと。原因は不明との診断です」

フレデリクがやりきれない、というように呻いた。

（やはり長命の実を割って加工させたか）

長命の実を口にすると、数年と焼けるような苦痛が続き、周囲や自身を腐らせながら亡くなる。症状としては似ているが、加工をしただけで食べていないというのに亡くなるまでの期間が短いということは、それだけ呪（のろ）いの塊としての力が強いのだろう。

「――おそらく、その持ち込まれた鉱石が俺たちの探している物だ。そうか……苦しみぬいて命を落としたか」

「関係のない人間を巻き込むなんて、アイツは……」

フレデリクが剣呑（けんのん）な呟きをこぼす。イデオン・メルネスを知っているような口ぶりに、ジークヴァルドはちらりと人間嫌いだった元奥庭の竜に目をやったが、問い質すことなく王太子に視線を戻した。それよりも今は長命の実の方だ。

「依頼された物は何で、行方はどうなった」

「現在調査中です。ですが、かなりの金額を積まれて厳重に口留めをされていたらしく、職人が亡くなった今、難航しているのですが……。もしかしますと年をまたいでしまうかと」

王太子が申し訳なさそうに視線を落とす。

「……わかった。引き続き調査を頼む。何かあればいつでもいい。今回のように知らせろ。

――婚儀が無事に済めばいいのだがな」

恐縮する王太子がブラントの屋敷まで送り届けようとするのを制し、ジークヴァルドは身を翻した。

(加工したということは、少なくとも一つではないということか。なおさら気配を追うのが難しくなったな……。他の工房にも持ち込まれていないか、念のため捜索は続けた方が――っ)

目の奥がずきりと痛み、そっと嘆息をする。エステルと離れると痛みが強くなるのは気のせいではなかったのかもしれない。

頭痛をやり過ごし、大通りより少し外れた閑静な住宅街にあったメルネスの屋敷から大分離れた時だった。周囲には露店もなく、人気もない。

「ねえ、ジークヴァルド。ワタシさ……ちょっと気になることがあるんだよね」

ふと後ろからついてきていたフレデリクに呼び止められた。いつもはうるさいほどよく喋るフレデリクがメルネスの屋敷を出てからずっと無言だったことに、そこでようやく気づく。

「なんだ」

振り返りもせず、その言葉を待っていたジークヴァルドは、行く手を阻むように前に回り込んだフレデリクを不審げに見据えた。

「アナタ……疲れているんじゃなくて、体調が悪いよね。多分、力の不調も出ている。そうじゃないとアナタほどの竜が、ここまで長命の実を探し出すことに苦労するわけがない。――違う？」

胡乱げな目を向けられたが、ジークヴァルドはフレデリクを避け、足を止めずに口を開いた。

「身動きができないほどではない。お前は手伝う、と言っただろう。それならば問題はない」

「いや、問題あるよ。それ、番がいない弊害だよね。竜の長として早く力を安定させるのも重要だろうけれども、自分の命にかかわってくるんだからさ」

ジークヴァルドは眉間に寄りそうになる皺を伸ばすように手を置いた。

「――エステルには言うな。いくらお前でも凍らせるぞ」

めげずに横に並んだフレデリクを横目で睨み据え、細く息を吐く。力の不調が番がいないことによる弊害だと気づいて指摘してくるのならばフレデリクだろうとは思ったが、面倒なことこの上ない。おそらくミルカを置いてきたのもこれを問い詰めるためだろう。

「ワタシだってアナタがあの小娘を愛しんでいるのはわかるから、こんなことは言いたくはないけれどもさ。番の香りがするとはいっても、あれは人間だよ。番になるって言い張っている内に、さっさと番にしてしまった方がいい。力でねじ伏せたくないのなら、なおさらだよ」

「この件を終え【庭】に戻ったら、そのつもりだ」

「だからそれが遅いって言っているの。――人間はあっという間に変わるよ、ジークヴァルド。ちょっと目を離すと周囲の影響をすぐに受ける。些細なきっかけがどこに転がっているのかわからないんだから」

真剣みを帯びた声の中にかすかな悲哀を感じて、ジークヴァルドは目を眇めた。

（……そうか、これは自分自身のことを言っているのか。人間不信になった、あの件の）

フレデリクがカルムに出向く前に起きた、この竜が一時人間嫌いになったあの件は、ジークヴァルドでも耳にしている。あの時には人間になどかまうからだと思っていたが、エステルを竜騎士にした今なら、人間に力を貸してやろうというフレデリクの気持ちがわかる気がした。

「変わるというのなら、俺も変わった。竜でも人間でもそれは同じだろう。誰かと接する機会が増えればいい影響にしろ悪い影響にしろ、変わらない方がおかしい。お前には竜騎士も番もいる。どちらの気持ちも、考え方もわかるのではないのか」

フレデリクは苦虫を噛み潰したような表情で、ふいとそっぽを向いた。

「……番はともかく、竜騎士の気持ちがわかっていたら、あんなことにはなっていないよ」

やりきれなさが滲む声音で呻いたフレデリクはわずかに間を置いた後、盛大な溜息をついて髪をかき上げた。

「ああもう、やめた。アナタの寿命が短くなろうがなるまいが、ワタシには関係ないし。長の代わりはいるけれども、番の代わりはすぐには見つからないしね。――まあ、ようやく見つけた番をせいぜい大切にすればいいよ」

　呆れ返ったように肩をすくめたフレデリクが、さっさと先に立って歩き出す。

　フレデリクがジークヴァルドのことを案じるのは、やはり自分が変わったからだろう。そうでなければ、基本的にどうでもいい相手にはとことん冷たい対応をするこの竜が気にかけてくることはない。先ほどは面倒だとも思ったが、そう気づくとどことなく胸の辺りが温かく心地よかった。

「フレデリク。――忠告は、ありがたく受け取ろう」

「……本当にアナタ変わったよね。礼を言うなんて、気味が悪い。あの小娘の影響だよね」

　肩越しに振り返ったフレデリクが本当に嫌そうに顔をしかめるのを眺め、ジークヴァルドは小さく苦笑した。

「それだよ、それ。ったく、調子が狂うったら……。――本当に、人間は怖いよ」

　ぼやくように呟いたフレデリクが、すっと視線を鋭くする。剣呑な眼差しは、先ほど職人が亡くなったと聞かされた時と同じだった。

「……人間の執念を甘く見たら駄目なのかもしれないね。アナタの番も気をつけた方がいいよ。アイツ……イデオン・メルネスは鱗の耳飾りを欲しがっていたみたいだしさ」

「お前……やはり、メルネスを知っているな」

　ジークヴァルドが眉を顰めると、フレデリクは皮肉げに唇を持ち上げた。

「ちょっと嫌な予感がするから、さっさと帰ろう。屋敷を空けるんじゃなかったかもしれない」

　問いには何も答えないフレデリクに急かされるまま、竜の姿に戻ったフレデリクに乗りブラントの屋敷に戻ったジークヴァルドは、上空から見た光景に軽く目を眇めた。

「門が壊れているな」

『……また派手にやったね。ミルカ、落ち込んでいないかな』

　案じるようにくるりと旋回したフレデリクに気づいたのか、庭にいたエステルたちがこちらを見上げてきた。フレデリクが不穏なことを言い出したので少なからず焦燥を覚えていたが、無事な姿にジークヴァルドはそっと安堵の吐息を漏らした。

「ジークヴァルド様、お帰りなさい。見てください、ミルカさんすごく格好いいんです！　しつこい商人の方をこうつまんで、外に投げ出してくれて」

　興奮気味に地上に降りたジークヴァルドに駆け寄ってきたエステルの後ろで、ミルカが身を縮めるようにして立っている。

「い、いいえ、花はもう足りている、と何度お断りをしても、あまりにもしつこかったものですから……。うっかり脅しが効きすぎてしまって、門を壊してしまいました。でも、エステルさんを守れてよかったと思います」

　無表情ながらも卑屈になることなく、どこか得意げにも見えるミルカに、ジークヴァルドは人の姿になり驚いたように目を見張るフレデリクとちらりと視線を交わした。

　よく見れば、門の傍に伸びているのは数人の商人風の男たちだ。どこかで花が足りないという噂を聞きつけて、押しかけてきたのだろう。男たちが意識を失っているのをいいことに、仔竜がふんっふんっと鼻息も荒く踏みつけている。それをエドガーが称賛し、ウルリーカが慌てて止めに入っている姿が、どことなく滑稽じみていた。

「僕の出る幕なんかちっともないくらいすごかったよね、ミルカは」

「逆にセバスティアン様が手出ししなくてよかったと思います。またフラワーカーペットを壊されてはたまりませんし」

　呑気にミルカを褒めるセバスティアンに安堵の溜息をつくユリウスを見て、ジークヴァルドは何とも言えない視線をフレデリクに向けた。

「フレデリク、嫌な予感、とはこのことか……？」

「――ごめん、ちょっとワタシの思っていたのとは違ったよ」

　苦笑いをしたフレデリクが、小さく嘆息した後、目を細めた。

「でも、あの小娘が何を言ったのか知らないけれども、ミルカが落ち込んでいないのなら、何でもいいよ。――アナタの番にミルカを頼んだのは、やっぱり間違っていなかったね」

「俺の番なのだから、当然だろう」

「――……そう言うと思ったよ」

未だに興奮冷めやらないのか、ミルカにあれやこれや言い募って楽しそうに騒いでいるエステルを眺め、ジークヴァルドは誇らしげに唇の端を持ち上げた。

第五章　竜の慈愛はわかりにくくも複雑

値踏みするようなフレデリクの視線が、ブラントの屋敷に作られたフラワーカーペットに注がれていた。

新年まであと一日となった今日（きょう）、正午もとっくに過ぎ夕方近くなった頃（ころ）に、ミルカやブラントの使用人も総出となって修復したフラワーカーペットがようやく完成した。

ミルカにフレデリクの好みを聞き、元の絵図の製作者にも事情を話し手を加える許可を取ってもらい、どうにかこうにか仕上げたが、出来上がりの合否を出すのはフレデリクだ。

「へえ……、ちょうど竜の形に崩れたから、そこを造花で埋めたんだ。新しい花は縁取りに使ったわけか。上から段々色調を変えるようにしたみたいだけど、あそこ、色が合っていないんじゃない」

ミルカと並んで固唾（かたず）を飲んで批評を待っていたエステルは、その指摘に慌てて淡い黄色の冬（ふゆ）薔薇（ばら）を白へと変えた。どちらがいいか迷っていたのを見抜かれたのは、痛い。

「これでどうでしょうか？」

「左の端が歪（ゆが）んでる」

今度はそちらの近くにいたユリウスが慎重に直す。壊した張本竜のセバスティアンは再び壊すのを恐れて、自ら庭木の向こうへと隠れてしまっていた。同様にマティアスたちも滞在させてもらっている二階の部屋のバルコニーからこちらを見下ろしている。

それからいくつかの指摘をされ、手直しをした後、フレデリクは竜の姿となって空へと舞い上がった。

確認をするように滞空する勿忘草色の竜の姿を緊張しつつ見ていると、傍にいたジークヴァルドがエステルの背中をぽんぽんと落ち着かせるように叩いてくれる。それに自信を貰ったような気がして、息詰まる空気の中待っていると、フレデリクはやがて楽しそうにぐるぐると喉を鳴らし始めた。

『まあ、いいんじゃない』

「――っありがとうございます！」

褒められたとは言えないが、合格点は貰えたらしい。エステルは歓声を上げて、くるりとミルカを振り返り、その手を両手で握りしめた。

「ミルカさんのレースのおかげです。ミルカさんもありがとうございます！」

戸惑ったように目を瞬いたミルカが、わずかに目を細める。ここ何日かミルカは眉間に皺を寄せ、唇の端を引きつらせるような無理に浮かべる笑顔をしなくなった。エステルに対して取り繕わなくていい、と思ったのかもしれない。

「一時はどうなることかと思ったけれども、なんとかなってよかったよ。まあ、でも……あんまり手放しで喜ぶと、思わぬ落とし穴を見逃すかもしれないからね」

空から降りて来たフレデリクが人の姿に変わり、にやりと不敵な笑みを浮かべる。エステルとミルカは顔を見合わせた。

「だ、大丈夫ですよね？」

「はい。問題はないと思います」

完成したのだから、あとはコンテストと新年を待つだけだ。披露するのは年が変わった直後から正午までの半日だけ。しかも人数制限を設ける、とブラント家ではそう決めているらしい。他の屋敷では出来上がった直後から公開を始めるらしいが、フレデリクが庭とはいえ棲み処に不特定多数の人間を入れるのを嫌うからだそうだ。

（フレデリク様がわざと思わせぶりなことを言っているだけよね？）

エステルが何か見落としがあっただろうかと首を傾げていると、そこへブラント家の使用人が少し慌てた様子でやって来た。その後ろには緊張した表情を浮かべる灰色の髪の大柄な青年姿の竜と竜騎士が続いている。

「長、すぐに王宮前広場のフラワーカーペットにお越しくださいませんか」

灰色の髪の竜は傍までやってくるなり、硬い声でそう告げた。

「何があった」

「王宮前広場のフラワーカーペットの修復を終えたのですが、そこに青い染料で染めた花が多数紛れ込んでいるのです。しかも、その修復用の花はイデオン・メルネスが卸したそうで

「……」

ジークヴァルドがきつく眉を寄せ、小さく舌打ちをした。

「監督官に連絡が届いていなかったのか、完成させることを重要視したのか……。いずれにしろ、メルネスは初めからフラワーカーペットを利用し婚姻及び式典を壊す計画を立てていたのだろうな」

「それはフラワーカーペットを庭師が壊したところから、ってことですよね？」

エステルの脳裏にミルカが取り上げた庭師の青いサッシュが浮かぶ。

「ああ。フラワーカーペットを壊させ、長命の実の影響を受けた花を卸す。そこに長命の実を紛れ込ませれば、割られて不安定になっているだろう長命の実は沢山の人間たちの気配で暴発するだろう。ただ……」

苦々しげに推論するジークヴァルドに息を呑んだエステルは、ジークヴァルドの疑わしげな視線がフレデリクに向けられたことに不思議に思いつつ釣られるようにそちらを見た。

「一介の商人が自分自身の商売も危うくなりかねないというのに、婚姻反対派に加担する理由はわからないが……」

「本当だよね。――でも、そのはた迷惑なイデオン・メルネスって……どんな奴？」

くすりと笑ったフレデリクからの質問に、エステルは思いおこしつつ口を開いた。

「ええと、小ざっぱりとした細面の初老の男性です。姿勢はいいんですけれども、ちょっと痩せ気味で、でも商人なのに動きもきびきびとしていて、退役した騎士の方のようにも見えました。あまり目つきはよくありません。髪の色は見た目の年齢の割にはやけに真っ白で……。あ、絵に描きましょうか？」

フレデリクの返事を待つまでもなく、スケッチブックと木炭をポケットから取り出し、似顔絵を描いてスケッチブックにつながっていた紐をほどくと、それを渡した。

「フレデリク様以外の方は見たことがあると思いますけれども……。どうですか？」

フレデリクの傍から覗き込んだジークヴァルドが頷き、ユリウスとミルカもまた「似ている」と言ってくれた。

「へえ……。傲慢そうな顔だね」

にっこりと笑っているのに、今にも殺意をもって噛みつかれそうなどう猛さが感じ取れるフレデリクの様子に、ぞくりと背筋が震える。怯えたようについ腕をさすってしまうと、それを見て咳ばらいをしたジークヴァルドに気づいたフレデリクは、我に返って殺気にも似た気配を消した。

「怖がらせて悪かったよ。……ジークヴァルドもそんなに睨まないでくれるかな」

「睨まれるようなことをするからだ。――ともかく、王宮前広場に行くぞ」

踵を返したジークヴァルドに続こうとしたエステルは、ふとフレデリクが剣呑な視線を似顔絵に落としているのに気づいた。

（何だかやけにメルネス商人のことを気にしているような……。まさか、知っている方なの？）

エステルがじっと見ていると、視線に気づいたのか顔を上げたフレデリクが顰めていた眉を解いた。

「ああ、これを返して欲しかったんだね。――そっか。よく似ているのか……。【庭】に帰る前にワタシたちも描いてもらおうかな。ねえ、ミルカ」

エステルにスケッチブックを返しながら先ほどとは違う、どこか悪戯っぽい笑みを浮かべたフレデリクがミルカに話かけると、彼女は大きく目を見開き、首がもげそうなくらい激しく横に振った。そのまま勢いよく後ずさったかと思うと、庭木にぶつかりめりめりと音を立てて倒してしまう。「うわああっ！」というミルカではない誰かの叫び声が響き、庭木と共にガシャンと鎖帷子と金属のブーツを激しく鳴らして倒れるミルカに、エステルは慌てて駆け寄った。

「大丈夫ですか!?　フレデリク様、今のお誘いはミルカさんにはまだ難易度が高いと思います」

「……うん、そうだったね。アナタといると落ち着いているから、ちょっと油断したよ。ごめんね、ミルカ」

苦笑いをしたフレデリクが、身を起こしたミルカに近づき髪についた葉を取ってやっていると、それに被せるように、どこからともなく呻き声が聞こえてきた。

「――それより、僕の上から早くどいてぇ……」

見回すまでもなく、庭木とミルカの下敷きになってじたばたともがくセバスティアンの姿を見つけ、エステルは唖然としてしまった。頭上のバルコニーからは、マティアスの「だっせぇ！」と爆笑する声と、「ぴぴう、ぴゅああ！」「これっ、自分もやりたい！　ではない」と叫ぶ仔竜とウルリーカの叱る声が聞こえてくる。「オレなら踏んでもいいっすよ」というエドガーの言葉はやはり聞こえなかったことにしておく。

「セバスティアン様……さすがにそれはちょっと……」

「竜なのに、どうして逃げ遅れるんですか……」

呆れ返ったように額を押さえたユリウスに、ジークヴァルドが珍しく同情するようにその肩を軽く叩いた。

＊＊＊

「――ジークヴァルド様に次は竜騎士の制服を着てもらいたい……」

じっとジークヴァルドを見つめていたエステルは、感嘆の溜息混じりにそうこぼした。

視線の先には、色とりどりの花で作られたフラワーカーペットの中に立つジークヴァルドの姿がある。しかしながらその服装は今まで身につけていた繊細な刺繍が施されたサーコートではなく、着古したような白いチュニックと黒いベスト、そしてベストと同色の少し太めのズボンだ。足元は革の長靴を履いている。その服装はつい先日この王宮前広場で作業をしていた庭師たちとほぼ変わらない姿だった。

――現在一般の者は王宮前広場に立ち入りを禁じておりますので、大変申し訳ございませんが不審に思われないよう、こちらに着替えていただけないでしょうか。

フラワーカーペットの確認をしに向かうと、待ち構えていた王太子から自国の竜と竜騎士のフレデリクとミルカ以外の者たちに、庭師の服一式を渡されたのだ。

フレデリクはそんな汚そうなのを着るなんて、と嫌そうにしていたが、ジークヴァルドはその場で服を脱ぎ出そうとしたのでひと悶着あったものの、特に渋ることなく着替えてしまった。

一緒に来たユリウスやセバスティアン、そして人手ならぬ竜手がいるかもしれないとつれてこられたマティアスもジークヴァルドと似たような服を身につけている。ウルリーカと仔竜、エドガーはやはり留守番だ。服を渡してきた王太子は、危険があるかもしれないので、と灰色の竜と共に王宮へと帰した。

「エステル、心の声が漏れてる。ちょっと変態じみているからやめなよ」

傍らにいたユリウスが、小声で注意してくるのに、エステルは軽く睨み据えた。

「変態って、なによ。着てもらいたいって言っただけじゃない」

「だから、欲望が漏れ出しているから、淑女としてはどうなんだよって言っているんだよ……」

「失礼なことを言わないで。欲望じゃないわ。これは願望よ」

「……大して変わらないから」

言っても無駄だと思ったのか、ユリウスは盛大な溜息をついて再びジークヴァルドへと視線を戻した。いつもよりも襟元からよく見える首筋や少しまくった袖から覗く腕の筋などが、綺麗というよりも男性らしさを感じて、絵のお手本にしたいような肉体美だ。

（でも、やっぱりあの仕草をするのよね……）

少し前から気になっている、こめかみを押さえて目を伏せるあの仕草だ。ジークヴァルドでも希薄になった長命の実の力を感じ取るのは難しいとは聞いていたが、それでもなんとなく気になってしまう。

万が一にも魅了の力を発揮してしまわないように、目だけは見ないように気をつけつつも、ついじっくり観察してしまっていると、フラワーカーペットの中心にいたジークヴァルドが顔をしかめたまま花を崩さないようにこちらに戻ってきた。さすがに少し注視しすぎただろうかと、慌てて視線を逸らす。しかし、今更そんなことは気にも留めないのか、エステルを咎めることなくジークヴァルドは忌々しげにフラワーカーペットに視線をやりながら口を開いた。

「――あるな。長命の実が」

「あったんですか!?　あれだけ探し回って、なかなか見つからなかったのに……。それじゃ、あとは回収するだけですよね」

これ以上何事も起こらないまま【庭】に戻れそうだと、ほっと胸を撫で下ろしたエステルは、それでも眉間に皺を寄せたままのジークヴァルドに首を傾げた。気づけば、フレデリクもまた脱力したように空を仰いでいる。

「回収するだけ、って簡単に言うけどね。長命の実の力が濃くなってフラワーカーペット一面に広がっているんだよ。同じような力の中から探し出すの。わかる？　この一つ一つの花の中から探し出すんだよ！　それも、割られているだろうから、一つとは限らないしさ……」

「え……」

エステルは頬を引きつらせてフラワーカーペットを見渡した。竜が数匹降りたとしてもまだ余裕がありそうなほどの広さだ。その中に青い花はいくつあるのか数えるのも嫌になるくらい使われている。長命の実の影響を受けた染料で染められていない物もあるのだ。紛らわしいことこの上ない。

青ざめたエステルの耳に、セバスティアンの無邪気な声が届く。

「だから、ジークが全部氷漬けにしちゃえばいいって、僕初めから言っているよ？」

庭師の努力を水の泡にしかねない非情な発言をするセバスティアンを、ジークヴァルドがじろりと睨み据えた。

「お前は楽をしたいだけだろう。それは最終手段だ。つべこべ言わず、さっさと気配を探れ。これだけ濃いのならお前にもわかるだろう」

「ジークのけ――ぐっ」

　おそらく、ジークのけち、と言いかけたセバスティアンに、ユリウスが懐から取り出した干し肉をその口に突っ込んで黙らせた。幸せそうにそれを噛みしめたセバスティアンが、機嫌よくフラワーカーペットへと向かっていく。さぼらないように監視するつもりなのか、その後にユリウスが続いた。

「ミルカ、ここに絶対に誰も立ち入らないように城の奴らに念押ししてきて。万が一のことがあったら、命の保証はできないから」

　フラワーカーペットの端に足を踏み入れながら指示するフレデリクにこくりと頷いたミルカが、金属のブーツを鳴らして王宮の方へと駆けていく。それを尻目に、ジークヴァルドが今度はマティアスを振り返った。

「マティアス、お前は周囲を見張っていろ。誰も近づけるな。無理に入ろうとしたら、お前の力で外へ出してしまってもかまわない」

「それはいいけどよ。俺、近くにラーシュがいないと細かい力の調整は難しいぜ」

「激高しなければ竜騎士がいなくても問題なく操れるだろう。多少の怪我を負うぐらいで済ませろ。ただ、こちらに影響が出ない範囲でやれ」

「無茶言うなよ……。やってみるけどさ」

ぼやきつつ広場の端の方へと行くマティアスの背を見送ったエステルは、さあ自分は何を言われるかとジークヴァルドを見上げて身構えた。

「エステルお前は……端の方で絵を描いていろ」

「……はい？　わたしだけ遊んでいろ、って言うんですか？」

薄々自分にできることは何もなさそうだというのは勘づいていたが、断言されるとがっくりとしてしまう。そんなエステルの頭を、ジークヴァルドが宥めるように撫でた。

「違う。フラワーカーペットの絵図を描き写しておいてくれ。どこまで確認を終えたか、他の二匹と連携を取るために、その都度書きこめるようにしておきたい」

「あ、はい！　それならできます」

現金なものだが、協力できることがあるとわかって、俄然やる気になる。その様子に微笑ましげに目を細めたジークヴァルドだったが、すぐさま踵を返してフラワーカーペットへと足を向けた。

ポケットからスケッチブックを取り出すと、エステルはすぐさま作業に取りかかろうとした。

少し上から見た方が全体的な構図はわかるのだろうが、ぐるりと広場を取り囲む建物の上から見下ろす、というのはさすがに怖い。どうしたものかと辺りを見回し、広場の片隅に花を入れておいた物か、腰の高さほどの木箱があるのを見つけた。上の板が抜けないのを確認してからおそるおそるその上に乗ると、少しは全体像が見やすくなり、意気揚々と描き始める。

「――竜の長の番殿、ご迷惑をおかけしております。度々、こちらの不手際で申し訳ございません」

聞き覚えのない凛とした声に呼びかけられたのは、フラワーカーペットの絵図をほぼ描き上げた時だった。絵を描くことに没頭していたエステルがはっと我に返りそちらを見ると、なぜかシェルバの王女が今日はこの国の祭りの衣装を身につけて、そこに立っていた。その背後には、ミルカとオレンジ色の髪の青年、同じくオレンジ色の髪に茜色の竜眼を持った少年竜が佇んでいた。少年竜は高位の竜たち――特に胡乱げな視線を向けてくるマティアスが怖いのか、若干表情が強張っている。

「あの、何かこちらに御用がおありでしょうか？　大変危険ですので、立ち入りをご遠慮いただいているのですが……」

慌ててエステルが木箱から下りてそう告げると、王女は申し訳なさそうに眉を下げた。

「【花灯の守り人】のお役目を今日はわたくしにお任せいただいているのです。最終日は王族が務めるとの決まりがございます。厳密にいえばわたくしはまだカルムの王族ではないのですが、婚約式も済ませ、明日には婚姻を結ぶということで、お許しいただきました」

確かに最終日は初めの竜騎士の末裔であるカルムの王族が務める、と聞いている。

(カルムの気質が大らかなのはわかっていたけれども、そこまで許すなんて思わなかったわ)
もしかすると王女はカルムの王族だと、婚姻反対派に知らしめようとしているのかもしれないが。

花灯の守り人の役目はこの王宮前広間でカンテラの火を受け取ることから始まる。シェルバの王女が役目を担うことは許しても、その手順は違えたくはなかったようだ。

「そういうことでしたら、わかりました。危険が及ばないよう、なるべくフラワーカーペットから離れて待機していただけますよう、お願い申し上げます」

役目が始まる夕方の五つの鐘が鳴るまでにはまだ少し時間がある。エステルの頼みに王女は小さく頷き、守り人を先導する役目のオレンジ色の髪の竜騎士や竜と共に隅の方へと移動しようと踵を返した。

(あ、綺麗な髪飾り。王女殿下の瞳の色と同じだから、もしかして王太子殿下からの贈り物?)

繊細な銀細工の小花の中に所々埋め込まれた三日月形の青緑の宝石が美しい髪飾りだ。贈り物だとしたら睦まじい、と温かな気分で歩き出した王女をミルカと共に見送っていると、ふいに数歩行きかけた王女が足を止めた。そうしてなぜかためらいがちにこちらを振り返る。

「あの……」

「どうかなさいましたか?」

シェルバの王女はエステルの問いかけに少しだけ間を置いたが、それでも覚悟を決めたように顔を上げてこちらを見据えてきた。何事か、とエステルはにわかに緊張し、背筋を伸ばす。

「――先だってはシェルバの国の者が、竜の宝を盗むという大罪を犯しました。そのことは竜騎士候補を選び、送り出した側として、大変申し訳なく思っております。ですが……」

シェルバの王女は一度言葉を止め、唇を噛みしめた。

「このままの気候が続けば、シェルバの民は飢え、国としても土地としても滅びてしまいます。貴女(あなた)は竜騎士であり、竜の長の番になられるともお聞きしております。おこがましいことだとは重々承知しております。ですが、どうか……どうか竜の長に怒りを鎮めて呪(のろ)いを解いてもらえますよう、進言していただけませんでしょうか」

数日前にブラントの屋敷で見たのと同じすがるような視線を向けられて、エステルは瞠目(どうもく)したまま唇を引き結んだ。

（進言……。それは……わたしに国の命運を託している、ってことですよね!?）

そもそもジークヴァルドは実を盗まれたことには怒ったが、シェルバを呪ってなどいない。むしろ長命の実がシェルバの土地を腐敗させないために、凍結させたのだ。

（その事実を知らなければ、百年間竜騎士選定の参加を禁止されたのと同じように、竜の怒りによる呪いだと思われていても仕方がないわよね……。あれ？　でも、ジークヴァルド様が凍結させた長命の実をすぐ【庭】に持ち帰らなかったのは、やっぱり罰を与えたかったから……？）

凍結の影響で寒冷地のようになるのは予想がついていただろう。

ジークヴァルドの真意がわからず、エステルはそっと首から下げたジークヴァルドから貰った耳飾りを握りしめた。

背後に控えていたミルカが驚いて身動ぎをしたのか、カシャン、と足音を立てる。そのことに我に返ったエステルは大きく息を吸って、気を落ち着かせた。

「ジークヴァルド様への進言は――」

「ねえ、それ。ジークヴァルドの決定の前に……。――小娘、竜の長の番になるアナタ自身の答えを聞かせてくれるかな」

つい先ほどまで長命の実の捜索をしていたはずのフレデリクの声が、背後からかかった。その言葉に急いで振り返ったエステルは、挑戦的な笑みを浮かべてミルカの傍に立つフレデリクを見て、ごくりと喉を鳴らした。

「わたし自身の答え、ですか？」

「そう。長命の実は亡くなった竜の力の塊だよ。それを盗んで食べるなんて、竜の尊厳を冒しているのと変わりない。そんな人間を【庭】に送り出した国の人間たちの境遇に同情してジークヴァルドに改善の道を示してもらうように頼むのか、それとも竜の長の番として今のカルムの窮状は当然のことだと竜に味方するのか。――アナタはどちらの味方を選ぶの？」

フレデリクの問いかけに、エステルは目を見開いた。

突然選べ、と言われてとっさに言葉が出てこなかった。エステルが番になることで、ジークヴァルドの寿命が通常の竜と変わらないものになればいいと、それだけを考えていた。このような問題を突きつけられるとは思わずに、自分の甘さに歯噛みする。竜の長の番になるということは、こういう人間の国とのやり取りもあるのだ。

「黙っているということは、わからないんだ。――そう、それじゃそのままジークヴァルドに伝えればいいよ。怒りを鎮めてもらうように進言をお願いされたんですが、どうしたらいいのかわかりません、って。――でも、アナタ色々と図太いのに、これに答えられないようじゃ、竜の長の番なんて、ワタシは認めたくはないなぁ」

それはおそらくフレデリクだけではなく、【庭】の竜たちにも認めてもらえない、ということなのだろう。

フレデリクの背後のフラワーカーペットで、身を屈(かが)めて捜索を続けていたジークヴァルドがふと顔を上げるのが見えた。こちらの会話は聞こえていたらしい。エステルと目が合うと、険しかった表情を緩めてしっかりと頷いてくれた。

エステルのことを信じているといったような仕草に、止まっていた思考がようやく動き出す。

胸元に下げた耳飾りを握る手に力を込め、決然と顔を上げた。

フレデリクに認めてもらえるような答えなのかどうかわからないが、今思っていることを伝えるだけだ。

「わたしは……人間です。ジークヴァルド様の番になるといっても、それは変えられません。ですから、王女殿下が自国の国民を思うお気持ちは痛いほどよくわかります」

エステルの言葉に、シェルバの王女が感謝するように目を伏せた。それに微笑みかけ、すぐに視線をフレデリクに戻す。

「でも、竜の方々のお怒りもわかります。墓を暴かれて遺骨を持ち出されたようなものですから。……それでも、このままでは罪を犯した張本人でもないのに、とシェルバの方々から恨まれかねません。事情も知らずに竜は非情だと人間側に思われてしまうのも、わたしは嫌です」

真っ直ぐに顔を上げてフレデリクを見据えると、エステルはさらに言葉を重ねた。

「シェルバの方々に限らず、この先も人間を竜騎士に選び、共生を望んでくれるのでしたら、今ここで一国分の人間の恨みをかってしまうような行動をしない方が、後の竜の方々のためにもなると思います」

笑みを消したフレデリクは、しばらくエステルを睥睨していたが、やがて小馬鹿にするように鼻で笑った。

「ワタシはどちらの味方になるのを選ぶのか、って聞いたんだけれどもね。そんなどっちつかずの答えは聞いていないよ」

「そもそもわたしはどっちつかずの立場なので、それしか言えません。人間側には竜と同等だと恐れられて、竜側には人間の番だと下に見られて。わたしがどちらも選べないのをフレデリク様がわからないはずがありません。それなのに二択の質問をするのは……意地が悪いです」

怯（ひる）みもせずにはっきりと言うと、フレデリクは唖然としたように瞠目した。

「意地が悪いって、アナタ……」

「マティアス様も言っていました。ねちねちしていて、嫌味っぽい、って」

わずかな苛立（いらだ）ちと、少し動揺させたいという対抗心が湧（わ）き出てきてしまい、つい口が止まらなかった。

セバスティアンが遠くの方で思わず、というように噴き出しかけたのをユリウスがさっとその口元を押さえて止める。マティアスが「嫌味っぽい、とは言ってねえよ！」と叫んでいたが、聞こえなかったふりをした。ただ、王女の後ろに控えていたオレンジ色の少年竜がなぜかきらきらとした尊敬の目を向けてくるのには、少しだけ困惑したが。

フレデリクは渋面を浮かべて黙り込んでしまったが、やがてその後ろに近づいてきたジークヴァルドに気づくと、肩越しに振り返った。

「ジークヴァルド……これを言うのは三回目だけれども、本当にコレでいいの？　竜に喧嘩（けんか）を売り出したよ、この娘」

「物怖（ものお）じしない娘だと、ここ数日の間にお前もわかっただろう。今更驚くことではないのではないか？　それに……」

フレデリクの訴えをさらりと交わし、エステルの傍にやってきたジークヴァルドに少し強引に肩を引き寄せられた。しっかりと抱え込まれて、そこで初めて体に力が入りすぎていたのに気づく。ほっと息を吐いたエステルの耳にジークヴァルドの柔らかな声が届いた。

「コレ、ではない。エステル、だ。俺の番はエステルがいい。人間だというのに無謀にも竜に喧嘩を売るような娘がな。好悪どちらでも、俺の感情を大きく動かせるのはエステルだけだ。だからとは言わないが……。あまり意地の悪いことを言うとお前の竜騎士に嫌われるぞ」

ぐっと押し黙ったフレデリクが傍らのミルカを見やり、どこか怒りを帯びたような竜騎士の双眸(そうぼう)に盛大な溜息をついた。

「……ワタシからミルカを頼んでおきながら、ここまでミルカが懐くとは思わなかったよ」

嘆いているのかぼやいているのか、フレデリクはミルカの頭をぽんぽんと叩いてその怒りを宥めると、こちらを見据えた。

「ワタシは謝罪なんかしないからね。竜の長の番になるなら、この先も今言ったような選択を迫られることがあるんだと、しっかり覚えておきなよ。――苦しむのはアナタなんだから」

厳しい言葉の中にも、労(いた)わるような声音が混じり、エステルのためでもあったのだとそこでようやく気づく。そうして湧き起こるのは、先ほどの自分のかなり失礼で子供じみた言葉に対する反省だ。かちんとして、つい言ってしまったが、さすがにあれはない。

「フレデリク様、さっきのわたしの言葉は――」

「知らない。聞こえない。ワタシは何にも聞いていない。だからアナタもワタシも謝る必要はない。以上、この話は終わり」

照れ隠しなのか、優しさなのか、ふいと顔をそむけたフレデリクはそのまま身を翻すと再び長命の実の捜索へと戻っていった。

呼び止めようと口を開きかけたが、後腐れなくしたいのかさっさと行ってしまうフレデリクに、エステルは感謝の思いを込めて頭を下げた。その肩を引き寄せていたジークヴァルドが、小さく笑って手を離す。そうして緊張したまま返答を待っていたシェルバの王女と向き合った。

「――シェルバの王女よ。俺はシェルバを呪ってなどいない。竜の宝――長命の実が土地を腐敗させるのを防ぐために凍結させただけだ。凍結させてすぐは不安定だからな。移動させることはできなかった。二度と実りのない土地になるよりはましだろうと思ったが」

実を持ち帰らなかったのは罰でも何でもなかったと知り、エステルは安堵したが、王女はそうは思わなかったらしい。シェルバの王女は打ちのめされたように肩をわずかに震わせた。

「そんな……それでは、我が国の気候が変わったのは貴方様の怒りを買い、呪いを受けたせいではなかった、と……。わたくしたちは、なんという勘違いをして……」

「いや【長命の実】を盗み食べられた、という怒りはある。そちらの件を考えると、さすがに竜の尊厳を冒した者を出した国に、そう簡単に再び竜騎士選定への参加を許すことはできない」

それは当初の予定と変わらずに百年近くの間、竜を招きその恩恵にあずかることはできない、と突きつけられたようなものだ。項垂れるシェルバの王女に、ジークヴァルドは先を続けた。

「だが、竜騎士候補がそのような愚行を侵したのも、愚かな竜の一匹が唆したせいだ。シェルバの荒廃の原因の凍結させた長命の実さえなくなれば、土地はかなりの時間を要するが、回復する。それを早める力を贈ろう。これは、愚かな竜を制することができなかった俺の償いだ」

笑みこそないものの静かに告げられた結論に、打ちひしがれていたシェルバの王女の顔が上がる。信じられない言葉を聞いたかのように、その繊手が口元を押さえた。

「あぁ……、ご温情を賜りまして、心より感謝致します」

王女という矜持があるのか、安堵のあまりその場にくずおれることはなかったが、礼を口にするその声は震え、目には涙が浮かんでいた。

「ジークヴァルド様……」

エステルが驚きと胸のつかえがとれた安心感に満ちた声で呼びかけると、ジークヴァルドは目元をわずかに和らげて小さく頷いて見せた。

(よかった……。これで少しはシェルバの方々も楽になるわよね)

竜騎士選定の参加は許されないが、土地を癒してもらえるのだ。その際には竜が姿を見せるだろう。それだけでも各国の印象は大分違う。

「ルドヴィックのしでかしたことの後始末をしておかなければならない、と思っていたからな。このくらいの処置が妥当だろう」

ジークヴァルドの言う通り、シェルバの竜騎士候補を陥れた詫びとして、これ以上の譲歩はできないだろう。全て許してしまえば逆に侮られる。甘い、という竜はいるだろうが。

シェルバの王女はジークヴァルドに再度深く礼をすると、時間を取らせてしまったことを詫び、花灯の守り人の役目の時間を示す鐘がそろそろ鳴りそうだからと、広場の隅へと踵を返した。ジークヴァルドもまた、捜索へと戻っていく。

ほどなくして五つの鐘の音が鳴り、シェルバの王女は火の灯されたカンテラを持って現れた王族――最終日はカルム王だった――からそれを受け取り、穏やかな表情でオレンジ色の鱗の竜と竜騎士に先導されて広場を出ていった。

見取り図の仕上げをしていたエステルは手を止めてその背を見送っていたが、ふと身を屈めて捜索を行っていたはずのジークヴァルドが、こめかみを押さえて王女が去った方へと鋭い視線を向けていることに気づく。

「ジークヴァルド様？」

エステルが呼びかけた時、捜索の邪魔にならないようにと速やかに王宮へと戻りかけていたカルム王の元に、その王宮の方から三人の人物が慌ただしく駆けてきた。

「父上、フェリシアは行ってしまいましたか⁉」

驚くことに先頭を駆けてきた王太子が、取り乱したように父王に言い募る。ついてきていた他の二人は灰色の竜の主従だ。

「王女ならすでに鐘楼へと向かったが……。どうした？」

「私がフェリシアに贈ったあの髪飾りは、メルネスが不審死した職人に作らせ、婚姻反対派の口利きで、王室御用達の宝飾品店に卸した物だったのです！」

王太子の叫びに、エステルは思わず声を上げかけて口元を押さえた。

先ほど、王女がその目の色と似ている石が嵌め込まれた髪飾りをつけていたのを思い出す。

（王女殿下がつけていたあの髪飾りが、ジークヴァルド様が言っていた加工された長命の実、だったってことなの!?　青緑なんて混ざっている色、わからないわよ……）

だが、それほど近くにありながら、どうしてジークヴァルドは気づかなかったのだろう。

「――長命の実の力が強くなったり弱くなったりと、おかしな動きをすると思えば……。やはりあの王女が加工された実のかけらを持っていたせいか」

エステルの疑問をよそに低く呟いたジークヴァルドの言葉とほぼ同時に、ミルカがぱっと弾かれたように走り出した。

「ミルカさん!?」

「王女殿下を追いかけます。まだ大通りには出ていないはずです」

ミルカはそう端的に言い残すと駆けていってしまう。その後を追いかけようとして、エステルはジークヴァルドを振り返った。すると彼は促すように頷く。その傍らから、フレデリクが何かをこちらに放り投げてきたので、エステルはとっさにそれを両手で受け止めた。そっと手を開いてみると、勿忘草色をしたフレデリクの鱗だった。

「それをミルカに渡して、髪飾りと交換してきて。竜の祝福の栄誉を与える、とでも言えば、騒がれずに交換できるだろうからさ。まあ、後で返してもらうけれどもね」

確かにエステルが守り人の役目を担った時にも、大通りに出るまでの路地に見物客がいないわけではなかった。ただ呼び止めるよりは、当たり障りなく交換できるだろう。

「わかりました！」

しっかりと鱗を握りしめたエステルは、ミルカの後を追って路地に駆け込んだ。するとほどなくしてミルカと、その先をゆっくりと進む花灯の守り人の一行が見える。

「ミルカさん、これを……」

さすがのミルカもどうやって飛び込もうか思案していたらしい。歩みが鈍い彼女にそっと鱗を渡してフレデリクの言ったことを耳打ちすると、彼女は一瞬だけ動きを止めた後、かたかたと震え出したが、それもわずかな間だった。すぐに覚悟を決めたように唇を引きしめて、こくりと頷く。

「頑張ってください」

エステルの励ましに背筋をぴんと伸ばしたミルカが一行へと近づき、その前に回り込むと、胸に手を当てて騎士の礼をした。鎖帷子を身につけ、金属のブーツを履いた妖精風美人が優雅に礼をする様子は、ちぐはぐな見た目とはいえなぜか様になっている。

「――我が主竜、フレデリク様からの祝福です。彼の方の鱗を花灯の守り人の髪に飾る栄誉を与えるとの伝言でございます」

物語の一幕のような場面に、ほう、と周囲の見物客から感嘆の溜息が聞こえてきた。

(王女殿下、気づいてください！)

エステルが祈るような気持ちで王女の後ろ姿を見つめていると、静まり返った空気の中、凛とした声が響き渡った。

「――謹んで頂戴致します」

シェルバの王女がかすかに震える手で綺麗に結い上げていた髪から髪飾りを外し、ミルカが差し出していた鱗を手に取った。その代わりに外した髪飾りをそっとミルカの手に置く。見物客から、わっと歓声が上がった。

問題なく交換できたことにエステルがほっと胸を撫で下ろしたのも束の間、目の錯覚なのか、銀細工の髪飾りに埋め込まれていた青緑色の宝石がわずかに燐光を帯びている気がした。怪しげなその光はどことなく不安をかきたてる。

(まさか……暴発しかけているわけじゃないわよね)

冷や汗が背筋を流れた。思わず一歩踏み出そうとした時、後ろから誰かに強く腕を引かれた。

「――っ⁉」

振り返るよりも早く口元を押さえられ、そのまま路地沿いにあった建物の中へと連れ込まれかける。なぜ捕まえられたのかわけがわからなかったが、口を押さえる手を外そうとして暴れていると、ふと一枚の紙を見せられた。描かれていた物に、目を見張る。

(わたしの絵！　ということは……。捕まえているのは、イデオン・メルネス商人⁉)

長命の実を使い、カルムを騒がせ、婚姻を壊そうとしているあの商人だ。だが、何の目的でエステルを捕えたのか、よくわからない。

大人しくなったエステルの口元を覆ったまま、イデオンらしき男は閉店の札がかけられた雑貨店の奥へと入った。カウンターに店主らしき男がいたが、怯えているのかエステルと目を合わせないようにしている。おそらく何かしら報酬を貰ったか、脅されでもしたのだろう。

そのまま二階の居住部屋へと連れていかれ、そこでようやく突き飛ばされるように手を離された。つんのめりそうになりながらも振り返ったエステルは、そこに初老の痩せた男性の姿を認め、きつく睨みつける。やはり、思った通りイデオン・メルネスだ。

「貴方が婚姻反対派と結託して婚姻を壊そうとしていたのは、もうわかっているわ。長命の実はすぐに全部見つかる。とっくに計画は壊れているのよ！」

エステルの叫びに、イデオンは動揺を見せることなく静かに口を開いた。

「――失敗することは、すでに承知していたのだよ。お前がつけていた銀の耳飾り……竜の長の鱗を見て、竜の長がカルムに来たことに気づいた、あの時点でな」

「それならばどうして計画を中止して、逃げなかったの」

「実を利用されたことに腹を立てた竜の長が、このカルムを壊滅させるのを見たかったからだ。だが、なかなか怒らない。ならば、と番だというお前の絵を売りさばいてみたが、それでも激高しない。そうなると当初の計画通り長命の実を暴発させるより他ないだろう」

　暗い笑みを浮かべたイデオンが、真っ直ぐにエステルに執着じみた目を向ける。

「お前の持っている鱗を渡せ。血筋がよく、運がいいだけの未熟な娘が持つには不相応な物だ。竜騎士の上に長の番だと？　笑わせてくれる。こんな風にすぐに捕まえられてしまうような、うかつで力もないお前が竜騎士になれるというのなら……なぜ私は、竜騎士契約を切られたというのだ！」

　支離滅裂な言い分に、エステルは思わず後ずさった。その拍子にとん、と肩に窓が当たる。

(竜騎士契約を切られた？　え、それって……。この人……元竜騎士、なの？)

　その事実に驚いている間に、再び近づいてきたイデオンがエステルの両肩を強く掴んだ。血走ったその目は、中央が白く濁っている。見えないわけではないだろうが、おそらくかなりかすんでいるだろう。見た目の年齢の割には真っ白な髪をしていたので、元から白髪なのだろうと思っていた。だが、元竜騎士だというのなら、話は違う。契約を突然切られた竜騎士は分け与えられた竜の力を引き抜かれることにより、主竜と同じ色だった髪が白髪になり、体に不具合が出ることがある、という話を聞いた覚えがある。

見た目的にも、身体的にも、契約以前よりも弱る、というのは知っていたが、実際に契約を切られた人間を初めて目の当たりにした。

(マティアス様の竜騎士……ラーシュ様も、契約を切ればこうなるの？　でも、双方が納得しているのなら、こうはならないはずよね？)

ということは、イデオンの話からすると何か主竜に見限られるようなことをして、一方的に契約を切られたのだ。そんなことはめったにない。竜は自分が選んだ竜騎士、という矜持が高いのだから。

「貴方……契約を切られるほど、主竜を怒らせたのね」

「――っ黙れ！　いいから、鱗を渡せ。それさえあれば私は再び竜騎士に戻れる」

鱗を手に入れただけでは竜騎士にはなれないとわかっているはずなのに、薄暗い笑みを浮かべたイデオンがエステルの肩をさらに強く窓に押し付ける。――と、がたん、とその窓の蝶番が外れた。

「――えっ⁉」

背中が窓の向こうへと乗り出す。夕方になり冷たくなってきた風が頬を撫でた。肩を掴まれているため、すぐに落ちることはなかったがどくどくと心臓が暴れ出し、足に力が入らなくなる。吹き込んできた風にあおられ、自分の描いた絵がひらりと眼前を通り過ぎた途端、ぱっと脳裏にあの誘拐された時の底なし沼のような暗闇(くらやみ)が蘇(よみがえ)った。大きく体が震え出す。血の気がすっと引き、息もうまく吸えない。

（いや、いや、いや落ちる——っ!!）

その時、するりと襟元からジークヴァルドの鱗の耳飾りを下げていた紐(ひも)が出てきた。イデオンが歓喜に満ちた声を上げる。

「ああ……っそれだ!!」

伸ばされてきた片手が、ぐっと紐を引っ張る。その拍子に、銀に一滴の青を垂らしたような美しい鱗が跳ね上がり、エステルの視界に飛び込んできた。目裏に、悠然と空を飛ぶ銀竜を陶然として見上げる幼い頃の自分の姿が蘇る。

（——ジークヴァルド様！）

「——エステル！」

ふっと耳をかすめたジークヴァルドの声に、エステルははっと大きく目を見開いた。聞き慣れてしまった、そして聞きたくてたまらなかった他の誰よりも好きな声を耳にして、体に力が、気力が戻ってくる。それを後押しするように、背中を凍えそうな冷たい風がぐっと持ち上げた。

「……っ落ちる、じゃないのよ。空から落ちるよりも、ずっとましでしょ！」

自分に言い聞かせるように叫び、エステルは真っ直ぐにイデオンの白く濁った目を奥の方まで見据えるように、凝視した。命の危機を覚えた今なら、おそらく魅了の力が発揮される。

「――っ」

イデオンがびくりと大きく体を震わせ、その双眸が戸惑ったように揺れた。魅了の力にかかったのだ、と気づいてもエステルは荒い息を吐き、目を逸らさなかった。

「……そのまま、わたしを引き戻してから、手を離して」

一言一言言い聞かせるように言葉を紡ぐと、イデオンは鈍い動きながらもゆっくりとエステルを室内へと引き戻し、言われた通りに肩と紐を通した鱗の耳飾りから手を離した。

思ったよりも体力を消費したらしく、エステルはそのまま床に倒れ込むように膝をつきそうになったが、ぐっとこらえる。

(駄目、ここで座り込んだら。逃げないと……)

よろめきつつも呆然と立ち尽くすイデオンの横を通り過ぎ扉を開けようとすると、向こう側から扉が開いた。たたらを踏んで転びかけるのを、さっと受け止める腕がある。冬の夜の冷えた空気のような香りが身を包み込んで、心から安堵するその香りにほっと息を吐いた。

「無事だな」

「……はい、ジークヴァルド様」

体を支える腕に力を込めると、ジークヴァルドはエステルを一度強く抱きしめ、すぐに背後へと低い声をかけた。

「マティアス、その恥知らずな男を引きずり出せ」

『ああ、任せろ』

「ぴぴう！」

背後で二つの声がしたかと思うと、窓から竜の姿のマティアスが首を突っ込んできた。そのまま、我に返って逃げ出そうとしたイデオンの襟首をくわえて外へ引きずり出そうとする。

「え、今、仔竜様の声もしませんでしたか？」

「ぴう！」

ぎょっとして外を見ていると、マティアスの頭を伝い、ぴょこんと窓枠に金糸雀色に金粉をまぶしたかのような鱗の仔竜の姿が現れて仰天する。その間にイデオンは外へと連れ出された。

「どどどど、どうしてここに!?　他の方に見つかったら……」

「大丈夫だ。見物客は鱗見たさに花灯の守り人の一行について行った。子が自分も長命の実探しを手伝う、とブラントの屋敷を抜け出そうとしたらしくてな。仕方なくウルリーカたちが連れてきたらしい。その途中でお前がここに連れ込まれるのを見かけ、俺に知らせたそうだ」

「ぴゃあ、ぴゅ！」

得意げにふん、と胸を張った仔竜はさしずめ、褒めていいよ、とでも言っているようだ。

「ありがとうございます、助かりました」

あそこでジークヴァルドの声を聞いたからこそ気力が戻り、イデオンの手から逃れられたのだ。

くすりと笑ったエステルに満足したのか、仔竜は向こう側へと飛び降りてしまった。一瞬青ざめたが、下で「うわあああ、急に落ちてこないでくださいっす！」と叫ぶエドガーの声が聞こえてきたので無事だとわかって、息をつく。

「本当にお前からは一時も目が離せないな……」

安堵したエステルの首をするりと撫でたジークヴァルドが、そのまま頬を頭に擦り付けた後、階段へと促すように背中を押した。

「広場に戻るぞ。先ほどの髪飾りが――」

「――ジークヴァルド、かなりまずい。髪飾りが暴発しかけてる。フラワーカーペットの長命の実を誘発させそうだよ！」

ジークヴァルドの言葉を遮り、窓の外から聞こえてきたフレデリクの焦った声に、眉間の皺をぐっと深めたジークヴァルドがエステルを離して窓辺に寄った。

「今行く。エステル、ミルカと共にここにいろ。暴発したら巻き込まれる」

階段を駆け上ってきたミルカに気づき、エステルが頷くとジークヴァルドは仔竜と同じようにすぐさま窓から飛び降りてしまった。

「エステルさん……無事でよかった」

「心配させてすみません。まさかあそこで連れて行かれるとは思わなくて……」

油断したつもりはないが、イデオンが自分を狙っているとはさすがにあの状況では考えつかない。ミルカ共々、安堵の視線を交わしていると、にわかに外が騒がしくなった。

ジークヴァルドの怒声にも似た声が響き渡る。

「――セバスティアン！　ユリウスを乗せて飛べ。フレデリク、広場だけで済むように――っ！」

「――ジークヴァルド！」

切羽詰まったフレデリクの声が響き渡ったかと思うと、窓の外を覗き込もうとしたエステルたちを吹き飛ばすような冷風が襲った。振り返ることもできず、ミルカと抱き合うようにしてどうにか部屋の奥へと身を隠す。それでも凍り付きそうな風は収まらず、瞬く間に部屋の中が青白い氷に覆われていった。

「――エステル！　ブラント嬢！　無事⁉」

暴風の合間を縫って、上空から下りて来た若葉色の鱗の竜――セバスティアンの背から部屋の中に飛び込んできたユリウスが、エステルたちの傍に駆け寄ってきた。風が吹き込まないようにセバスティアンがその体で壁になってくれたので、ようやく息がつける。

「長命の実が暴発したの⁉　ジークヴァルド様は……」

『違うよ、エステル。これ、ジークの力だ。長命の実の暴発を防ごうとしたみたいだけれども、暴発は防げても、ジークの力が暴走してる』

半分体を氷で覆われながら、セバスティアンが強張った声で教えてくれた。

「どうしてですか!?　わたしが竜騎士になったんですから、そんなことはないはずです」

番がいなくても、竜騎士さえいれば力を暴走させることはないはずだ。エステルがセバスティアンに詰め寄るのと同時に、ばさりと羽音がしたかと思うと勿忘草色の竜が降り立った。

『これ、しばらくは止まらないね。城の方が凍るのはなんとか防いだけど。だからワタシは忠告したのに』

嘆息したフレデリクが、すっと首をもたげ白くけぶる広場の方へと銀の双眸を向ける。

「何を忠告したんですか!?　フレデリク様はジークヴァルド様に何を……」

『気づかせないジークヴァルドもアレだけれども、アナタ本当にこれっぽっちも気づいていなかったの？　あの竜、番がいない弊害で体調不良と力の不調を起こしていたんだよ。だからワタシはさっさと番になれ、って忠告したのにさ』

エステルは目を見開いて息を呑んだ。震える手でジークヴァルドの耳飾りを握りしめる。

（顔色が悪いことはあったけれども、疲れているだけだと思っていて……）

ふっと脳裏に浮かんだのは、気になっていたこめかみを押さえるあの仕草だ。あれは長命の実の力が希薄なために集中しているのだと思っていた。だが力を感じ取るのに長けているというジークヴァルドが、なぜシェルバの王女がつけていた髪飾りに使われていた長命の実に初めから気づかなかったのか、と疑問も覚えていた。

エステルは唇を引き結び、フレデリクを見上げた。

「どうしたら力の暴走を止められますか？　わたしにできることなら、何でもします」

　ジークヴァルドの不調に気づかなかったことに落ち込むのは後だ。今はどうにかして力の暴走を止めなければ。

　竜騎士になる前、ジークヴァルドが力を暴走させた時にはエステルが竜騎士になることによってそれを止めたが、すでに竜騎士になっている場合はどうしたらいいのだろう。

『やる気だね。――いいよ、教えてあげる。広場を歩いていって、ジークヴァルドにアナタの血をほんの一滴でもいいから、飲ませればいい』

「それは……番の誓いの儀式の一環ですよね」

『そうだよ。アナタ竜の番になるって言い張っているんだから、できるよね？』

　エステルはセバスティアン越しに、氷交じりの暴風が吹き荒れる広場の方を見据えた。この荒れている中、いくらジークヴァルドの力に馴染み寒さに強くなったとはいえ、ジークヴァルドの傍まで辿りつくことができるのだろうか、という不安が頭をよぎったのは一瞬だった。

「――できます」

「エステル！　ちょっと待って。フレデリク様の言っていることは、少しおかしいから」

　覚悟を決めて頷いたエステルの肩を、ユリウスが慌てて掴んだその時。フレデリクのさらに背後に、背中に金の筋が入った黒い鱗の竜――マティアスが降り立った。その口には先ほど窓から引きずり出したイデオンをくわえたままだ。猫が獲物をしとめて見せびらかしにきたようなその姿がなんともこの緊迫した状況に似合わず、エステルは拍子抜けしたように口をぽかんと開けた。

『マティアス、アナタ……それ、捕まえたままだったんだ。放り出せば勝手に凍り付いたのに』

振り返ったフレデリクが、ぐるぐると怒りの唸り声を上げながらマティアスを睨み据えると、マティアスはぽとりと凍った石畳にイデオンを落とした。

『え？　だってさ、人間が裁くだろ。ジークヴァルドの力に巻き込まれたらできないじゃんか』

不満げにばしばしと尾を振り回すマティアスの傍らに寄り添う竜の姿のウルリーカもまた、不思議そうに首を傾げている。その足元で地面に落とされたイデオンが顔を上げた。どこか痛めたのか顔をしかめていたが、その目だけはぎらつくような怒りを湛え、なぜかフレデリクを睨み上げている。

フレデリクが唸るのをやめ、苛立ちを抑えているような声をかけた。

『久しぶりだね――。……ああ、今はイデオン、って名前に変えたんだっけ？　本当にエステルの描いた絵の通り、傲慢な顔のまま年をとったようだね。――アナタ、自分の国から逃げ出して、ワタシの竜騎士の国を引っかきまわすなんて、どういうつもり？』

明らかに知っている者にかける言葉に、エステルは傍らに立つミルカを窺ったが、彼女は知らないのか緩く首を横に振った。

（そうよね。知っていたら初めにわたしを助けてくれた時に気づいているわよね。そうすると、もしかして）

先ほどイデオン自身が竜騎士契約を切られた、と口にしていた。この状況で考えられるのは。

「私を突然見捨てた主竜がそれを言うのか。貴方がいる国だからこそ、混乱させたくなるに決まっている」

『……アナタ、ワタシが竜騎士契約を切った理由を、未だにワタシの気まぐれだと思っているんだね』

どこからともなく現れた水の帯が、蛇が獲物に巻きつくようにイデオンにまとわりつく。

『先にワタシを失望させたのはアナタだよ。周囲に流され、もてはやされ、ワタシの竜騎士であることではなく、二つの尾を持つ希少で強い力を有した竜の竜騎士である自分を誇り、ワタシが国に出向いたことは当然だと思い込んで感謝さえもしなくなった、アナタ自身のせいだよ』

「――っそれのどこが悪い？　事実貴方の竜騎士に選ばれたのはこの私だ。それを誇って何が悪かったというんだ。貴方に見捨てられた後、私がどんなに惨めだったかわかるか？　竜に契約を切られた役立たず、と蔑まれ、国にいられなくしたのは貴方だ」

水の帯に触れて頬が切れるのもかまわず、激高したようにイデオンが言い募る。

「貴方の竜騎士にさえならなければ名を変え、商人にまで身を落とし、各国を彷徨う羽目にならなかった！」

喚き散らすイデオンに、フレデリクは話が通じないとばかりに大きく嘆息した。

『それを逆恨み、っていうんだよ。他の国を混乱に陥れようとする理由にもならない。――どうしてワタシはこんな人間を一度でも竜騎士にしたんだろうね。本当に嫌気がさすよ』

憐みと蔑みの感情を混ぜた視線を向けるフレデリクに、話の成り行きに驚愕していたエステルは傍らのミルカが小さく震えているのに気づいて、その手を握りしめてやった。

（……フレデリク様が一度人間嫌いになったのって、あの方のせい？）

ただでさえ普通の竜とは見た目の違う、二つの尾を持つ【奥庭】の竜だ。イデオンを選んだ時にはまだそこまでではなかったのかもしれないが、話の内容が事実だとすると、人間嫌いになったのも頷ける。フレデリクほど矜持の高い竜ならばなおさらだろう。

元竜騎士ならば、長命の実をどう扱えばいいのか、おそらく知っているはずだ。それを思うと、怒りがこみ上げてくる。

「貴方の……、貴方の身勝手な恨みのせいで、沢山の方が困って、悩んで、亡くなる方まで出たのよ。そんな人間が、竜騎士でいられるわけがないわ！」

エステルがイデオンを睨みつけた次の瞬間、広場の方から空気を震わす竜の咆哮が轟いた。

思わず耳を押さえると、一際強く暴風が吹きつけてきた後、まるで何事もなかったようにぴたりと風がやんだ。エステルの肩を掴んだままだったユリウスがほっと息をつく。

「おさまった……。フレデリク様はしばらくは止まらない、って言ったんだから、やっぱり少し待てば止まる――」

「――ジークヴァルド様！」

静まり返った広場から聞こえてきた荒い息遣いに突き動かされて、エステルは階段を駆け下りて建物を飛び出した。そのまま広場に駆け込もうとして、目の前に広がっていた光景に思わず足を止める。

「……っ⁉」

王宮前広場は一面が氷に覆われていた。せっかく修復を終えていたフラワーカーペットも跡形もなく吹き飛ばされているかと思ったが、そうではなく、そっくりそのまま氷の中に閉じ込められている。それはまるでガラスでできた石畳のようだった。だが、感嘆し見惚れるといった美しさではなく、どこか退廃的な美しさで、ぞっとする。

そのフラワーカーペットの端の方に、銀の竜が倒れているのを見つけると、エステルは時々氷に足を取られて転びつつも、ようやくその傍に辿りつき、銀の鱗で覆われた太い竜の首にすがりつくようにして抱きついた。きつく閉じられていた藍色の竜眼が薄く開けられる。

『エステル……怪我はないか』

「わたしのことより、ジークヴァルド様です！　どうして……体調が悪いことも力に不調が出ていることも教えてくれなかったんですか」

教えられたところで何ができるのか、と言われればすぐに番になることしかできないが、それ以外だとすれば連日の捜索などさせずに、少しでも休ませることなどできたはずだ。

「わたし……ずっと傍にいて見ていたのに。――気づかなくてすみません……」

自分の不甲斐なさのあまり泣きたくはないが、身の内から押し出されるように溢れてきてしまう涙を必死に止めようとしていると、ジークヴァルドが身じろいだ。嗚咽をこらえて抱きついていた首から手を離すと、ジークヴァルドはふらつきながらもどうにか身を起こし伏せをするようにして座った。

『……泣くな。お前が泣いていると俺まで胸が苦しくなる』

首を伸ばして、エステルの頬に流れる涙を拭うようにひとなめすると、ジークヴァルドはその頬から首筋にそっと自分の頭を寄せてきた。頬に触れる驚くほど冷たい鱗に、徐々に涙がおさまっていく。

『少し……驚かせたな。とっさのことで力の制御が効かなかった。一時的なものだから安心しろ……。少し休めば元に戻る。長命の実の暴発も止めた。あとは回収するだけだ』

そのジークヴァルドの声にはいつもより張りがない。そして伏せをしたまま立ち上がることもなく、億劫そうに息を吐いた。

「ジークヴァルド様、すぐに番になりましょう。休んで落ち着いても、またこんなことになるかもしれないのは、見ていられません」

種族の違いがあるのだから、少しでも気持ちを汲んでやろう、というのは嬉しいが、この姿を見てしまうと焦らずにはいられない。

『……せめて【庭】に戻ってからだ。【庭】の外で儀式を行ったことはない。何が起こるかわからないというのに、行えるものか』

視線を逸らしてしまうジークヴァルドに、エステルはその前に移動して真っ直ぐに見上げた。

「どうしてそんなに頑なんですか。ご自分の命がかかっているんですよ！」

『…………』

ジークヴァルドはだんまりを決め込んだのか、口を閉ざすとまた反対側へと視線を逸らした。どうしても説得できない歯がゆさに、エステルがジークヴァルドを睨み据えていると、ふと後ろからフレデリクの笑い声が届いた。

『【庭】じゃないところで儀式をして、自分の命は助かっても、もし番に死なれたらせっかくの蜜月が過ごせなくなるのが嫌なんだよ』

「え……」

エステルが蜜月、という言葉にぎょっとしていると、今度はその傍らから首を出したマティアスが、明らかにからかうように口出ししてくる。

『そうだよなぁ。人間相手だと加減してやらないと駄目だろうし』

『マティアス、それは少しあからさまだ。……だが、子に会えなくなるかもしれないのは寂しいだろうが』

『えぇ……僕、これ以上エステルをでろでろに甘やかしていちゃついたり、自分の子をあやすジークは想像できないし、怖いんだけど』

頭に仔竜を乗せたウルリーカの寂しげな声に、セバスティアンがわざとらしくぶるりと身を震わせる。

なぜか凍りついた広場に足を踏み入れて近づいてくることなく、四匹の竜がそれぞれの見解を口にしてきたが、その声音からは、深刻な雰囲気など微塵も感じられない。

（蜜月、手加減、子に会えない、いちゃつく、って……。それって、ジークヴァルド様との、子作りのことを言っているんじゃ……。わたし、そういうつもりで言っていたんじゃないですよ!?　――そ、そういえば竜との子って、卵なの……？）

本当の夫婦になる心づもりはできているつもりだが、それでも今はそういう意味では言っていない。ジークヴァルドならば嫌悪も恐れも感じることはないが、やはりあからさまにそう言われるとどうしても羞恥が募ってしまう。

『好き勝手なことを……。エステル』

「はひっ。わたし卵産むんですか!?」

苛立ったように呟いたジークヴァルドの呼びかけに、絶賛混乱中のエステルは、動揺のあまり言葉を噛んだ上、おかしなことを口走ってしまった。

『……落ち着け。あと卵ではなくて、胎児だ。――どこか怪我はしていないか？』

ずいと顔を近づけられて、真っ赤になりながらもエステルがぶんぶんと首を横に振ると、ジークヴァルドは困ったように嘆息した。

『そうか。ほんのわずかでもお前の血を飲むことができれば、一時的に力の安定が得られるのだが……』

先ほどフレデリクが同じことを言っていたのを思い出し、エステルがあちこち体を確認していると、再びフレデリクたちの方が騒がしくなった。

「――血を飲むなど、やはり竜は人間のことは贄だとしか思っていない！」

叩きつけるように非難の言葉を口にしたのは、フレデリクがそうしたのか水の帯に巻き付かれたままその足元に転がっていたイデオンだった。

ほらみろ、とでも言ったように、壊れた笑みを浮かべるイデオンは、フレデリクがうるさげに尾で軽く転がしても口を止めることはなかった。

「竜は国益を生み出しなどしない。むしろいらない諍いや多大な被害を及ぼす災厄だ。力を操りやすくするために竜が竜騎士の選定をするなど、私と同じ悲惨な末路を辿る人間を生み出すだけだ。人と竜は共存などできるわけがない！」

イデオンの言うことはある意味間違ってはいない。ただ、竜が共存や共生を望まないのであれば、おそらく人間の世界は竜によって滅びてしまうだろう。もとより生物として持っている能力が違うのだ。竜騎士であったのならそれがわからないはずがないというのに、そういう考えに辿りついてしまったのは、憐れとしか言いようがない。

「城や商店、道端、工房、あらゆる場所にばらまいた長命の実の影響を受けた鉱石が人々に害を及ぼしたのは、いい教訓になっただろう。私に感謝をしてほしいくらいだ」

王城にも出入りできるような商人が路地で絵を売っていたことに疑問を覚えていたが、それは長命の実の呪いを広めるためだったのだと知り、エステルはぐっと唇を噛んだ。

(自分の考えに他人を巻き込むなんて……)

自分の信じる主張をあらん限りの声で叫び、ようやく息を切らして言葉を止めたイデオンに、フレデリクが苛立ったように尾をばたん、と地面に叩きつけた。

『言いたいことはそれでおしまいなら、最後に一つ質問させてくれる？　――アナタ、シェルバの王女の髪飾りに使った長命の実を割った？　それとも初めから割れていた？』

「――あんな竜の呪いの塊を私が割るわけがないだろう。死ぬとわかっていて、割る馬鹿はいない。髪飾りに加工するのに大きすぎるようなら、割ってもかまわないとは職人に指示したが」

死ぬとわかっている物を職人に加工させた、と平然と言ってのけるイデオンの異常さに、エステルは恐怖と怒りに身が震える思いがした。

『へえ……職人に指示したんだ』

フレデリクが低く呟いたかと思うと、すっとイデオンを水の帯から解放した。急に戒めから解かれたイデオンは驚いたようだったが、それでもすぐに立ち上がった。

「……どういうつもりだ」

『いいよ、どこへでもどうぞ。アナタが竜の知識をまだ覚えているのなら、きっと生き延びられるよ』

ころころと笑うフレデリクに底知れぬ恐ろしさを感じ、思わず唾を飲み込むと、ジークヴァルドが守るようにその尾でエステルの体を引き寄せた。

（フレデリク様は本当にどういうつもりなの？　色々な罪を重ねた方を逃がすようなことをして……）

ジークヴァルドが咎めるように低く喉を鳴らす。

『フレデリク、後の裁きは人間に任せろ』

『嫌だね。これは竜騎士としての素質を見抜けなかったワタシの蒔いた種なんだから、ワタシが潰す。いくら長のアナタの命令でもこればかりは聞けない』

二匹の不穏な会話に、顔を強張らせたイデオンがそろそろと後ずさり、身を翻して逃げ出した。建物から出てきたミルカが追いかけようと走り出しかけたが、フレデリクがその襟首をくわえて止めた。

『止まれ！』

ジークヴァルドの静止の声が響いても、イデオンは足を止めることはなかった。セバスティアンたちがいるせいなのか、イデオンは今いる路地を市街地の方へ抜けずに、広場を通り抜けて別の路地に逃げ込もうと思ったのだろう。氷に覆われた広場に足を踏み入れた次の瞬間。イデオンの足元があっという間に氷に覆われ、みるみると体を凍らせていった。

「……っ、なっ、これは……そうか！」

何かに気づいたイデオンが焦ったように動いても、引き抜くことはできず、もがけばもがくほど氷に覆われる速さが加速していく。

「な、何が起こっているんですか!?」

エステルが広場に駆け込んだ時も、そして今も、あんな風に氷に襲われることはなかった。今まさに氷漬けにされようとしているその姿に身震いがしてくる。

『竜たちが広場に入ってこなかったことに気づかなかったか？　表面上は力の暴走が収まっても、この氷が溶けない限りあのように俺の力に襲われるからだ。お前は俺の竜騎士のおかげで無事なだけだ』

「……っフレデリク、さま」

ジークヴァルド自身にも止められないのだろう。見る間にイデオンの体が青白く凍りつく。

助けを求めるように腕を伸ばしたイデオンのその言葉が最後だった。上から下まで氷の彫像のように凍りついたイデオンは、均衡を崩したのかぐらりと揺れるとそのまま石畳に倒れて粉々に砕け散ってしまった。

『――このワタシが呆れて感心するくらい竜の知識を詰め込んでいたのに、どうしてすぐに気づかなかったんだろうね。アナタは』

微動だにせずイデオンの最期を見据えていたフレデリクが、硬質な声でぽつりと呟く。

目の前で起こったことに片手で口元を押さえ、すがるようにジークヴァルドの身に手をついたエステルは、同じように蒼白になったミルカに気遣うような視線を向けた。

（これ……、ミルカさん大丈夫？）

主竜が目の前で間接的とはいえ人間を殺害したようなものだ。それも元竜騎士の人間を。

『ミルカ』

フレデリクのおそるおそるといったような呼びかけに、びくりと大きく肩を揺らしたミルカが、思わず、というように数歩後ずさる。倒れるのを危惧したのか、とっさにその背中に手を出したユリウスに軽くぶつかると、我に返ったように居住まいを正した。

『嫌なものを見せたね。でも、覚えていてほしい。竜は国のために出向かない。自分自身が選んだ竜騎士のために国に出向く。それは絶対に変わらない。今のワタシが選んだのは父親ではなく、周囲の雑音になんか負けないで、努力し続けているミルカ自身なんだから』

はっとしたようにミルカが目を見開く。やはりフレデリクはミルカが竜騎士だった父の娘だから竜騎士に選んだのだ、と思っていたことに気づいていたのだ。

『ミルカがワタシにいてほしいというのなら、ワタシはずっとカルムにいてあげるよ。不器用なワタシの可愛い子のためにね』

ミルカがぐっと唇を噛みしめて俯いた。そうしてそのまま何度も頷く。

その様子を眺めていたエステルは、大丈夫そうな雰囲気に、ほっと胸を撫で下ろした。そんなエステルの背後から、竜の姿のままのジークヴァルドがとん、と頭に顎を乗せくる。顎の下は他の場所よりも柔らかいのだと新発見をしたことに、ひそかに喜んでいると、ジークヴァルドが急かすように名前を呼んできた。

『エステル』

「はい？　あ、血ですね。ええと、ちょっと待ってください。傷が見当たらなかったので誰かにナイフを借りて……」

『いや、それには及ばない。見つけた』

ジークヴァルドはそう言ったかと思うと、ふっと人間の青年姿になった。

「怪我なんかして……っ!?」

驚く間もなくジークヴァルドに右手を掴まれたかと思うと、中指の先を軽く食まれた。

（ななにをしているんですか!?　そこ、怪我なんてして……。あっ、痛い）

ぴりっとした痛みが走り、いつの間にか怪我をしていたのだとそこでようやく気づいた。思

い当たる節といえば、つい先ほどジークヴァルドの体に手をついた時に鱗で切ったのだろう。

　思わず逃げ腰になってしまうと、そうはさせまいとするようにジークヴァルドに片手で腰を引き寄せられた。ぐっと距離が近くなり、自分の指がジークヴァルドの形のいい唇の中にあるという衝撃的な光景を間近で見て、羞恥を通り越してくらりと眩暈がしてくる。

（これは儀式の一環、一環なのよ！　……で、でも少しだけ血を飲むって言っていたわりには、長くありませんか!?）

　飲んでいるというよりも、飴を転がすように指先をくすぐる舌の感触に、いたたまれなくなって目を逸らす。それがいけなかった。

　見えていないということは、それだけ感覚が研ぎ澄まされる。指先が余計に敏感になり、聴覚がやけに冴えた。羞恥なのか恐れなのか、背筋を震わせると、腰を引き寄せていたジークヴァルドが宥めるように背中をさする。

「ジーク、ヴァルド様……。ちょ、ちょっと、もう無理です……」

　まるで酩酊するかのような感覚に陥りそうになり、エステルは助けを求めるようにジークヴァルドの胸元に顔を伏せて自由な方の手でしがみついた。

　するとこくりと嚥下する音が耳に届き、ようやく唇が離れていく。ほっとしたのも束の間、いつの間にか涙で潤んでいた目で見上げると、ジークヴァルドのやけに熱っぽい藍色の竜眼と目が合った。そのまま吸い寄せられるように逸らせなくなる。

「番の香りに酔いそうだ」

　自分の唇を舌先で舐めたジークヴァルドの匂い立つような色香に、番の香りとはこういうものなのだろうかとぼんやりと考えていると、ジークヴァルドがこめかみに口づけをしてきた。

　次いで甘えるように頬を擦り寄せられ、熱い吐息が耳元にかかると、先ほど指先を噛まれたように耳の縁を甘噛みされる。そこは怪我をしていないというのに、そのまま食まれてすぐ耳元で聞こえてくる濡れた音に、甘い痺れと熱が体中を満たした。

　羞恥という感覚が頭の片隅に追いやられてしまうようなそれに、思わずすがりつきそうになったエステルは、ジークヴァルドの背中に腕を伸ばしかけてそこではっと我に返った。

（わたし今何をしようとしていたの――――っ！）

　戻ってきた羞恥の波に、真っ赤になりつつやんわりとジークヴァルドの顔を押しやる。

　ジークヴァルドに流されるまま、ぼうっと応えようとしている場合ではない。

「も、もう大丈夫なんですか？」

　今更真っ赤になりつつ、ばくばくと激しく踊る鼓動を感じながら問いかける。するとジークヴァルドはつい先ほどの触れ合いのことなどまるでなかったように軽く目を伏せると、しばらくしてからなぜか不可解そうな表情で首を傾げた。

「力が安定したような感じがしないんですか？」

　あまり効果はなかったのだろうかと心配が首をもたげ始める。

エステルの案じる視線にジークヴァルドは唇を親指の指先で拭うと、小さく首を横に振った。

「いやそんなことはないが……。前にお前の傷を舐めた時には何とも思わなかったが、今日は不味(まず)いな、と思っただけだ。これならお前の作る物の方がよほど美味(うま)い」

「そ、そうですか……」

恥ずかしい思いをしてまでせっかく血を分けたのに不味いと言われて怒っていいのか、料理を美味(おい)しいと言ってもらえたことに喜んでいいのか判断に困り、とりあえずエステルは苦笑いを浮かべた。

『微妙な反応をしているけど、美味しかったら今頃アナタ頭から骨も残さず食べられているよ。まあ、別の意味でここで食べられなくてよかったね。かなり危なそうだったけれども』

ふいにかけられたフレデリクの笑いを含んだ声に、一部始終を竜や竜騎士たちに見られていた、ということにようやく気づいたエステルは、恥ずかしさのあまり絶叫したのは言うまでもなかった。

＊＊＊

王宮前広場の騒動から一日経ち、年も明けたその日の午前中のことだった。

エステルとジークヴァルド、そしてフレデリクが寛いでいたブラント邸の応接室にやってきたミルカが、おずおずと差し出してきた手の平ほどの大きさの紙に書かれていた文字を読むなり、エステルは瞠目した。

「え？　失格？　ちょっと待ってください。『ブラント伯爵家のフラワーカーペットは規定違反により失格』って、どういうことですか⁉」

一日前、凍り付いていた王宮前広場も、力が安定したジークヴァルドによって元の姿を取り戻し、幸いなことにフラワーカーペットも端が少し崩れたくらいで済んだ。

そのフラワーカーペットに描かれていた竜の絵柄の首の辺りから見つかった長命の実は、髪飾りに使われたかけらと共にジークヴァルドが氷で覆い、定期的に力を注ぐことで周囲に悪影響が出るのを防いでいる。

無事とは手放しでは喜べないものの、それでも年が明け今日は午後に婚姻の儀及び、新年の式典が行われる。そしてミルカたちと必死に修復したフラワーカーペットのコンテストもあるのだが、午後の結果を前にしてミルカが持ってきた知らせに、エステルは動揺のあまりミルカに詰め寄ってしまった。

「それが……私の確認不足だったのですが、生花以外は使ってはいけなかったようなのです」

すみません、と肩を落としてしまったミルカに、エステルは唖然と口を開けたまま向かいに座って頬杖をつきにやにやと笑っているフレデリクを見据えた。

「……フレデリク様、思わぬ落とし穴、ってこのことだったんですね。どうして教えてくれなかったんですか！」

恨みがましげな視線を向けると、フレデリクはふふんと鼻で笑った。

「ワタシはアナタに修復を任せたんだから、ちゃんと規約を確認しないと駄目だよ。だからアナタの失敗」

「〰〰っ、やっぱりフレデリク様は意地が悪いです！」

「何とでも言っていいよ。——まあ、ワタシは好きだけれどもね、あのフラワーカーペット」

柔らかく微笑んだフレデリクは、その目を窓の外へと向けた。ここからはフラワーカーペットを見ることができないが、午前中だけ公開されているそれを見に来た見物客が楽しそうに帰っていく姿が見て取れた。

「フレデリク様が素直に褒めてくれるなんて……。ジークヴァルド様、ちょっとおかしいと思いませんか？」

エステルの隣に腰かけていたジークヴァルドに声を潜めて訴えると、彼は軽く眉を顰めた。

「おかしいも何も、ミルカのレース編みを使っているから褒めているだけだろう」

「当然だよ。レース編みが趣味だなんて怪力女には似合わない、とか陰で馬鹿にしていた奴らが手の平を返したように問い合わせてくるのを断るのが、面白くて仕方がないね」

ふふふふとフレデリクが悪い笑みを浮かべる。

見物に来た客が時々、このレースはどこの店で買えるのかと問い合わせてくるのだ。ミルカを目に入れても痛くないほど可愛がっているフレデリクが、それは鼻高々になるのも仕方がないのかもしれない。

（ミルカさんがレース編みを隠したがっていたのは、やっぱりからかわれていたからなのね……。それならなおさら参加させてあげたかった！）

嘆いていると、その袖をミルカがついと引っ張った。エステルに対しては珍しい仕草に首を傾げつつも振り返ったエステルは、なぜか顔を赤くしているミルカにさらに疑問符を飛ばした。

「ええと、どうかしました？」

「あ、あの……エステル。コンテストは失格になってしまいましたけれども、私は――貴女方と一緒にフラワーカーペットを作れて楽しかったです」

エステル、と何も敬称をつけずに呼んでくれたミルカに、エステルは満面の笑みを浮かべた。カルムに来た当初は堅苦しく、なかなか近寄らせてくれなかったミルカのその言葉は、胸にじんわりと染みる。

「わたしも、ミルカと作業するのはすごく楽しかったです。もし【庭】に来ることがあったら、また何か一緒にやりませんか？」

「……――はい」

エステルの提案に、ミルカは唇の端を持ち上げ、目を細めて、少しぎこちないながらもはっきりと笑顔と言い切れる笑みを浮かべてくれた。その表情は妖精のような美貌と相まって、眩しいくらいだ。惜しいのは、婚儀と新年の式典に参加するため、幾分か装飾的になってはいるものの、相変わらず鎖帷子と金属のブーツを身につけていることだが、それもしばらく経てば変わる気がした。

(笑った！　笑ってくれましたよ、フレデリク様……って。――泣いてる)

ぼろぼろとこちらが引いてしまうくらい恥ずかしげもなく竜騎士のために泣くフレデリクに、感動が吹っ飛んでしまったエステルは苦笑した。そしてふっと浮かんだのはイデオンのことだ。

イデオンの遺体は氷になって粉々に砕けてしまったため、ジークヴァルドが氷を消す前にフレデリクがその氷を水で覆い、その水の塊をどこかへ持ち去ってしまった。数時間後、戻ってきたフレデリクは何も言わずにいつも通りのふるまいをしていたので、どうしたのかその先は聞くに聞けなかった。ただ、ほんの少し目元が赤かったのは今でも頭に残っている。

傍らに置いた紙の束に目をやる。エステルが誘拐時に描いた黒いアルベルティーナの絵だ。今朝方、全て回収したはずです、と届けられたのだ。全部で十枚。あの時の自分は恐ろしさのあまり現実逃避をしていたため、これで本当に全てなのかどうか確信は持てないが。

「……メルネスさんは、わたしの絵が本物だって、どうしてわかっていたんでしょうか？」

そうでなければ、ジークヴァルドを怒らせようと絵を売るはずがない。

エステルの疑問に、ミルカから差し出されたハンカチで涙を拭っていたフレデリクがこちらを向いた。

「多分だけれども、アイツ、アナタの誘拐事件に関わっているよ。アレの出身国、アナタの国と仲が悪い隣国のルンドマルクだし。だからわかっていたんだと思う。竜騎士だった頃も、アルベルティーナの竜騎士に対抗心を燃やしていたから、何か色々と拗らせたんじゃないのかな」

アルベルティーナの竜騎士、とはエステルの叔父のことだ。快活でさっぱりとした性格の叔父がイデオンに何かしたとは思えないが、もしかしたらエステルに嫉妬したように、自分は竜騎士契約を切られたのに、と嫉妬心が抑えられなかったのかもしれない。

(竜騎士ってやっぱり怖いわよね……)

なれてもなれなくても、人生そのものを狂わせてしまうことがあるのだから。だが、それでも人が竜騎士になりたがるのは、国のためや、畏怖の他に、大空を悠然と飛ぶその圧倒的な姿に、どうしようもない憧れを抱くからなのかもしれない。

「まだ他に絵があったとすれば、また恐ろしさを思い出すようで、不安か?」

考え込んでしまっていたエステルに、ジークヴァルドが眉を顰めた。

「その時は怖かったことを思い出すかもしれません。でも、ジークヴァルド様が処分するのを見守ってくれると思えば、不安にはなりません」

窓からイデオンに突き出された時も、ジークヴァルドの鱗を見て、その声を聞き力が湧いたのだ。やはり、どんなに怖くてもジークヴァルドがいれば、強くなれる。

険しい表情をしていたジークヴァルドが、ふっと愁眉を解いて目元を和らげた。そうして警戒することなく、再びつけることができるようになったエステルの耳飾りに触れてくる。

「そうだな。その絵に限らず、お前はよく無謀なことも突拍子もないこともするからな。見守っていなければ気が気ではない」

ジークヴァルドにしては茶化した物言いに、エステルが笑ってしまうと、ジークヴァルドの指先が愛でるように首筋を撫でてきた。優しげなその手つきに、思わず擦り寄りそうになると、そこへうんざりしたようなフレデリクの溜息が割り込んでくる。

「――はいはい、ご馳走様。みんなが出かけていて誰もいないからって、いちゃつくのはいいけれども、婚儀の後のお披露目パレードと新年の式典は見るんだよね。ほどほどにしておきなよ。ワタシたちももう出かけるから」

肩をすくめて立ち上がったフレデリクに、エステルは頬を赤らめてジークヴァルドの手を首から外させた。

今朝からお祝いの雰囲気に騒がしい街中にそわそわとしっぱなしだったセバスティアンをはじめ、マティアスも仔竜やウルリーカたちを連れて見物をしに出かけてしまったのだ。明日には【庭】に戻る予定のため、時間が惜しかったのだろう。

エステルも一年で一番華やかだという街を見て回りたかったが、一日前に力の暴走を起こしたばかりのジークヴァルドに無理をさせるのも屋敷に残すのも心配で、出かけなかったのだ。

「ミルカとフレデリク様が飛ぶのを楽しみにしていますね」

「はい、頑張ってきます。エステル」

ミルカの緊張に冷たくなった手を両手で握りしめてやると、エステルが贈ったレースリボンをその髪につけた彼女は、ほのかな笑みを浮かべてしっかりと頷いてくれた。

＊＊＊

王宮前広場の片隅に設けられていた観覧席にジークヴァルドと並んで座っていたエステルは、眼前を埋め尽くすような鮮やかな花の雨に、歓声をこらえる代わりにジークヴァルドの腕に触れていた手に力を込めた。

「うわぁ……、綺麗ですね、ジークヴァルド様」

王宮前広場のフラワーカーペットが新年の式典の最後の仕上げとしてフレデリクによって吹き飛ばされると、頭上を舞う花で視界の全てが覆われてしまった。当然中には長命の実の影響を受けた花が交じっているが、長命の実を回収し、そしてこれから【庭】へと戻せば自然と悪影響はなくなると聞いたため、それほど心配はしていない。

「こんなにすごいと、数々の画家の方の創作意欲をかきたてさせるのも、わからなくはないです。あぁ……描きたい」

「ブラントの屋敷のフラワーカーペットは描かせてもらえることになったのだろう？」

「はい！　吹き飛ばされる直前までしっかりと見て目に焼き付けましたので、絶対にフレデリク様を満足させるものを描こうと思います」

コンテストは失格になってしまったが、毎年恒例のブラント邸からフラワーカーペットをフレデリクが吹き飛ばす行事はできたのだ。ぎりぎりまで観察し、しっかりと下描きもした。

本当は今まさに上空を飛んでいるフレデリクとミルカの姿も描きたいのだが、おそらくミルカにはまだ難易度が高いだろう。もう何年か経ち、恥ずかしがらずに描いてもいいと言ってもらえたら絶対に描きたいと切望しているので、この光景もしっかりと覚えておきたい。

「そうですね、あと許可がもらえたら、花灯の守り人をやった時の鐘楼の中とか、あちこち花を貰いにお邪魔させてもらったお屋敷のフラワーカーペットとか……。あ、さっき見たカルムの王太子殿下とシェルバの王女殿下のお披露目のパレードは絶対に外せません」

婚儀そのものを見ることは叶わなかったが、それでも花と宝石に飾られたきらびやかな馬車に乗り王都を巡った王太子夫妻の表情はとても晴れやかで、こちらまで幸せな気分になった。

イデオンと結託し、長命の実を使って婚姻を壊そうとしていた者たちは容疑が固まり次第、順次捕えられるという。シェルバもこれから回復していくのならば、加担しなかったとはいえあまりこの婚姻を歓迎していなかった者たちの声も、そのうち聞かなくなるに違いない。憂慮することが少なくなったからこその表情だろう。

（色々とまだ問題はあるだろうけれども、今日だけでも幸せそうでよかった……。わたしたちもあんな風に祝福してもらえるといいんだけれども）

陶然と思い出しながらも、自分たちの番の誓いの儀式の時にはどんな感じになるのだろう、と想像を膨らませていると、ふいにジークヴァルドが横合いから頬を突いてきた。

「絵の算段をするのはいいが、あまりしまりがない顔をするな」

「え、にやけていました？　でも、絵のことじゃないんです。さっきのパレードを見て、あんまりにもお二方が幸せそうだったので、わたしたちが番の誓いの儀式をする時にもそう思うのかなと思うと、楽しみでちょっと浮かれてしまって……」

慌てて頬を押さえると、ジークヴァルドがくすりと笑った。

「そんなに楽しみなのか」

「楽しみですよ。だって、儀式が終わればようやく胸をはってジークヴァルド様の番です、って言えるんですから」

それを思うと、胸がくすぐったくなるような気恥ずかしさと誇らしさについ顔が緩んでしまうのは許してほしい。

「でも、いくら番になっても竜の方々にはまだ認めてもらえませんよね。特に【奥庭】の方ならなおさら」

「……お前は、今さら何を言っている？　【奥庭】のまとめ役を担っていたあのフレデリクと恐れもせずに対等に口を利き、その竜騎士を懐かせて、あまつさえフレデリクに喧嘩を売るような娘を【奥庭】の竜たちが恐れないはずがない」

「え……？」

　エステルは大きく目を見開いて、上空を飛ぶフレデリクを振り仰いだ。

「恐れさせるんじゃなくて、受け入れてもらいたいんですけれども……。それに、フレデリク様からはっきりとジークヴァルド様の番だと認めた、とは言われていませんよ？」

「あのひねくれ竜がはっきりと言うわけがないだろう。お前も素直に褒めるのはおかしいと言っていたではないか。認めていなければ、お前は喧嘩を売った時点で殺されかけている」

　そういえばそうだ。初めの頃に長が道を外すようなことをすれば、食い殺す、と言われたではないか。それでもにわかには信じがたく、窺うように首を傾げる。

「それじゃ、わたしはフレデリク様に一応は認めてもらった、ということでいいんですよね？」

「ああ。だが、マティアスの時にも言ったと思うが、本来なら俺が誰を番にしようと、フレデリクに認めてもらう必要などないのだがな。まあ……お前の身の安全のためにもその方がいいのだろう。あれは一度懐に入れると、情け深い」

　ジークヴァルドは小さく嘆息し、花を巻き込んだ水の渦を操るフレデリクを不機嫌そうに見やった。

　わあっと周囲の観客が歓声を上げる。上空を舞っていたフレデリクからミルカが遠慮がちに手を振っているのを見たエステルは、周囲の観客と同じように立ち上がると大きく手を振った。それに気づいたフレデリクが、気を利かせたのか優雅に一回りすると観客席のエステルのすぐ頭上から水に閉じ込めていた花びらを解放した。

　水があっという間に霧散し、その花びらだけがひらひらと舞い落ちてくる。まるで夢のような光景に驚いて目を見開いたエステルだったが、その花びらを受け止めると、フレデリクの背に乗っていたミルカに向けて、戦利品を自慢するように花びらを掲げた。それを見たミルカが小さく笑う。すると周囲がざわりとどよめいた。

　すぐにフレデリクとミルカは離れていってしまったが、周囲ではあの【ブラント伯爵家の鉄面皮令嬢】が笑った、という話でもちきりとなる。

　おそらくその言葉はフレデリクにも聞こえているはずだ。だが、褒めそやす言葉ならいいが、もし貶(けな)すような言葉を言われていたとすれば、ずっとしつこく覚えていそうだ。

　今ので式典が終了したのか、ミルカとフレデリクが王宮前広場から去っていく。

エステルは苦笑いをしつつ再び椅子に腰を落ち着けると、花びらを丁寧にハンカチに挟んでポケットにしまってから、ジークヴァルドを悪戯っぽく見上げた。

「認めてもらえたのは嬉しいですけれども、最強の竜の加護と最恐の竜の認定を貰えるなんて、それはそれで怖いですね」

それに気づくと、誇らしいというよりも、空恐ろしくなってくる。ジークヴァルドの言っていることが正しければ、フレデリクは一旦身内認定すれば簡単に捨てることはしないのだろう。その許せる限度を超えてしまったあとは、イデオンの時のように容赦ないが。

エステルの言葉に何を思いついたのか、ジークヴァルドが珍しくにやりと笑う。

「怖いのなら、番になるのはやめるか」

「――っ怖くありません！　大丈夫です」

冗談だとわかってはいるものの、つい必死に言い募りジークヴァルドの腕を握りしめてしまうと、ジークヴァルドはまた小さく笑ってくれた。

エピローグ

カルムから【庭】へと戻ったおよそ一月後のこと。

その日は、冬もそろそろ過ぎ去り、春の兆しが感じられ始めたほんのりと暖かな日だった。

「エステル、エステル、これエステルのだよね？」

「マティアス様とウルリーカ様のおちびが被って遊んでたよ」

【庭】にある竜騎士を選定する場所である【塔】の一室で身支度をしていたエステルは、室内に飛び込んできた砂色の髪と水色の髪をした人間の子供姿の子竜たちに、はっとして振り返った。

「あっ、そのヴェールを探していたんです！　ありがとうございます」

子竜が持っていたのは、エステルが母から贈られた花嫁のヴェールだった。今朝棚の上に畳んで置いたはずなのに、気づくと見当たらなくなっていたので探していたのだ。

また後でね、と渡せて安心したように笑みを浮かべた子竜たちが出ていくなり、つい破れていないか確認してしまったエステルは、どこもほつれていないことにほっとして息をついた。

部屋の片隅にあった椅子に座り、エステルの支度を眺めていた人の姿のアルベルティーナが同じように嘆息する。

「人真似が好きなのはいいけれども、あの子マティアス様のやらかし以上のことをそのうちしでかしそうよねえ。ウルリーカも大変だわ」

頬に手を当てて憂慮するアルベルティーナに、エステルは片頬を引きつらせた。

(マティアス様のやらかし、ってなんなのかしら……)

聞くのが怖いので、聞かなかったことにしておこうと考えつつ、エステルは子竜たちが持ってきてくれたヴェールを被った。

姿見に映るその姿は、白を基調としたシンプルなプリンセスラインの花嫁衣裳だ。胸の上から肩、そして小さめの袖はレース地となっており、その首元は詰襟の形になっている。スカートの裾も踝辺りで引きずらないため、歩くのにもそして竜に乗るにもそれほど煩わしくない丈だ。さらにありがたいことに誰の手も借りなくとも、一人で着られる仕様になっている。

「やっぱりそれにして正解だったわぁ……。でも……。ああ……本当にジークヴァルド様の番になっちゃうのね……」

うっとりとした声の後、寂しそうに呟いたアルベルティーナは、エステルがジークヴァルドと夏まで待たずに番になるという知らせをユリウスたちから受けるなり、花嫁衣裳を持ってすっ飛んできた。

普通は竜の姿で儀式をするため、特別な装いなどはしないらしいが、アルベルティーナが「せめてこれを着て、ヴェールもつけて儀式をして!」と涙目で訴えてきたのだ。憧れはあるにしろ、そこまで花嫁衣裳にこだわりがなかったエステルよりも必死だった。

カルムから長命の実を回収し【庭】に戻ると、枯れ始めていた長命の木はその葉を落とすのをぴたりと止めた。長命の木の代替わりに詳しい古老の話では、これならおそらく一月、二月ほどで芽が出てくるとのことで、ひとまずは胸を撫で下ろした。

安堵したのも束の間、今度はジークヴァルドが体調不良と力の不調を起こしたと知った側近のクリストフェルが、大慌てで番の誓いの儀式の準備を始め、人間が番になることに難色を示していた一部の側近もそんなことは言っていられないとばかりに、破壊されて修復途中だった番の誓いの儀式を行う【庭】の中心でもある【礎】の修復を急いだらしい。

(修復した後ばたばたと倒れていたけれども……。後でお礼を言いに行かないと)

普通は自然に修復されるのを待つそうなのだが、あと数ヶ月はかかるところを、力を送って修復を早めさせ一月ほどで修復を終えさせたというのだから、それは力尽きもするだろう。

ジークヴァルドのためなのだろうが、それでも尽力してくれたのは素直に嬉しい。

そして今日、エステルはジークヴァルドと番の誓いの儀式を迎える。

嬉しさと緊張と、少しの不安を抱え、昨夜はなかなか寝付けなかった。

「……アルベルティーナ様、今まで可愛がってくれてありがとうございました。これからもよろしくお願いしますね」

振り返ってそう微笑むと、アルベルティーナはあっという間に目に涙を溜めて、無言で部屋を出ていってしまった。

「レオン、あたしの可愛いエステルがお嫁に行っちゃう……っ！」

「また泣いているのか。そろそろ祝福の言葉をかけてやらないと、エステルに嫌われるぞ」

部屋の外で控えていた叔父の声がアルベルティーナを宥めるのを聞き、しんみりとしていたエステルは思わず笑みを浮かべてしまったが、アルベルティーナと入れ替わるようにして今度はユリウスが入ってきた。

「準備できた？　ジークヴァルド様が着地場で待っているよ」

「うん、大丈夫よ。すぐ行くわ。――あ、ちょっと待って」

エステルは踵を返して鏡台の上に置いておいたジークヴァルドの鱗があしらわれた耳飾りを手に取った。指輪や首飾りといった宝飾類はつけるな、と言われていたが、ジークヴァルドの鱗はつけてもいいのか、聞きそびれてしまったのだ。

戸口で待っていたユリウスが「転びそうだから」と手を差し出してくれたので、ありがたくその手を借りると、弟はむっつりとした表情のまま無言で歩を進めた。

（やっぱりまだ番になるのを反対しているのかしら……）

準備をしている間、弟は一切口出ししなくなった。ただ、普通に会話はしてくれるし、呆れつつもエステルとジークヴァルドのやりとりを見ている。賛成とは言っていないが、国に帰ろうという反対の言葉を言わなくなったのだ。

「ユリウス、貴方――」

「ブラント嬢からお祝いの手紙がきていたから、後で渡すよ」

　意を決してユリウスに呼びかけると、それを遮るように言葉が被さってきた。

「ミルカから？　嬉しい。お礼の手紙を出さないと。それでユリウス、あの――」

「あのさ、あんまりジークヴァルド様におかしなことを言ったら駄目だからね。クリストフェル様にも迷惑をかけないように。何か困ったらウルリーカ様やエドガーさんにも相談して。それで――まあ……その、――おめでとう」

　こちらを見もせずに、少しだけ照れくさそうに耳を赤くして祝福の言葉を言ってくれたユリウスに、エステルは胸がくすぐったくなった。こつんとその肩に頭を軽くぶつける。

「――うん。……ずっと一緒にいてくれてありがとう、ユリウス」

　誘拐事件の後から、つかず離れず時に過保護すぎると怒ったこともあったが、それでも絵にばかり傾倒し、能天気のくせに高所恐怖症といった面倒くさい自分の傍にずっといてくれた弟に、感謝の言葉を告げると、ユリウスは盛大な溜息をついた。

「これでようやく世話の焼ける姉から手を離せるよ。世話の焼ける主竜は残るけど」

「ああ……うん。そうね。また何かやらかしたの？」

「エステルのために作った食事の味見を頼んだら、ちょっと目を離した隙に全部食べたんだよ。あの大食らいの主竜様は」

　ぐちぐちとセバスティアンへの文句を言い出したユリウスに、これからはそう頻繁にはユリウスの愚痴を聞いてやることもできないのだと思うと、妙に楽しくなってきてしまう。

ユリウスは自分の照れとエステルの緊張を和らげるために喋っているのではないか、と気づき始めた時、【塔】の一番下の階にまで辿りついた。

このまま真っ直ぐ廊下を歩いていけば、ジークヴァルドが待つ着地場へと出る。外はどことなく騒がしい。竜たちが番の誓いの儀式に向かう長を祝い見送るために、集まってきているのだ。着地場から先はジークヴァルドとエステルだけで【礎】に向かうことになっている。

再び襲ってきた緊張にごくりと喉を鳴らすと、そっとユリウスが手を離した。

「ここから先は一人で行って。俺はセバスティアン様とやることがあるから」

何をするのかわからなかったが、着地場ではなく表の入り口の方へと廊下を歩いていってしまうユリウスの背を見送り、エステルは大きく深呼吸をしてそっと目を閉じた。

(うん、大丈夫。手順は頭に入っているわ。ジークヴァルド様に乗って【礎】まで行って中に入ったら、お互いの血を初代の長の前に溜まった水にちょっと混ぜて……)

頭の中で儀式の確認をしていると、ふっと眼前が暗くなった。

「何をしている?」

聞き慣れてしまった抑揚がない落ち着いた声に、慌てて目を開けたエステルはこちらを覗き込むようにして前に立つジークヴァルドの姿に、思わず声を上げそうになった。

「……っ、ちょ、ちょっと儀式の手順の確認を。どうしたんですか？」

「どうしたも何も、アルベルティーナが外に出てきたというのに、なかなかお前がやってこないからな。様子を見に来たのだが……」

眉を顰めていたジークヴァルドが、やがてそれを緩めると、じっとこちらを見たまま黙り込んでしまった。しばらく待っても何も言わないので、どうしたのだろうと首を傾げる。

「……あの」

「――美しいな」

ぽつりとこぼれたあまりかけられたことのない言葉に、一瞬何を言われたのかわからず、目を瞬き、ようやく意味を理解すると音を立てるのではないかというほどの勢いで赤面した。

「あ、ありがとうございます。本当にこのドレス素敵ですよね。さすがアルベルティーナ様。わたしなんかでも見栄えがよくなる物を選んでくれたので、よかったです」

照れ隠しについ卑下する言葉が出てきてしまうと、ジークヴァルドが不機嫌そうに眉間に皺を寄せ、エステルの腰をぐいと引き寄せた。そのまま顔を傾けたかと思うと、詰襟からわずかに覗いた首に噛みついてくる。突然のことに肩を大きく揺らして驚いていると、すぐに口を離したジークヴァルドが熱のこもった藍色の竜眼で間近から見据えてきた。

「――……っ」

「言葉が足りなかったか？　ドレスではなく噛みつきたくなるほどお前が美しい、と言ったつもりだが。――それにしても、この襟だけは邪魔だな」

アルベルティーナからの作為的なものを感じる、と忌々しそうにドレスの襟を睨んできたので、エステルは赤面したまま首を押さえ、少しだけ恨めしそうに見上げた。

「邪魔だなんて言わないでください。アルベルティーナ様がせっかく選んでくれたんですから……。あ、そうだ。この耳飾り、つけても大丈夫ですか？」

「ああ、それならば問題ない。——貸せ。つけてやる」

頷いたジークヴァルドがエステルから耳飾りを受け取ると、少し温度の低い指先が確かめるように耳朶を滑った。それにくすぐったくなって、じっとしていられなくなってくる。

「動くな。つけられないだろう」

「ジークヴァルド様がくすぐるせいです」

「くすぐってなどいない。じっとしていないとまた噛むぞ」

じろりと睨まれ、思わず肩をすくめる。つけてもらう間神妙な表情を取り繕ったが、どうしてもむずむずとしてきてしまい、ようやく手が離れるとこらえきれずに笑い出してしまった。

「本当に今日はよく笑うな」

「しまりがない顔になってしまって、すみません。——わたし今、すごく幸せな気分なんです」

叔父やユリウス、そして祝福の言葉はまだないがエステルのために花嫁衣裳を選んでくれたアルベルティーナに見守られて【礎】へと向かうのだ。そして外には長のジークヴァルドを祝おうと沢山の竜が集まっている。中にはまだ人間の番を認められない竜もいるだろうが、それでも来てくれたのは感謝でしかない。

「ジークヴァルド様はどうですか？」

期待を込めて、ジークヴァルドを見上げる。

幼竜の頃からあまりの力の強さゆえにほとんど誰も近寄れず、一匹で過ごすことが多かったというジークヴァルドだ。その反動で傍に誰かが近づくのは、鬱陶しくてしかたがないらしいと先代の長からは聞いていた。だが、ここ最近のジークヴァルドを見ていると、とてもそうとは思えなくなってきている。

ジークヴァルドはエステルの質問にかすかに首を傾げ、そしてどういうわけか難しい表情を浮かべた。そのままエステルを引き寄せたかと思うと、こつりと額を合わせてくる。間近に迫った藍色の竜眼は熱をはらみ、どんな宝石よりも綺麗だ。

「俺は……」

ジークヴァルドが答えを口にしようとすると、ふいに着地場の方から誰かがやってくる気配がした。

「ジーク様、皆が待ちかねて……。おや、これは失礼致しました。お取り込み中のようで……」

「クリス、お前は……。――いや、行こう」

どんな状況なのかわからないはずがないだろうに、わざとらしく声をかけてきた人の姿のクリストフェルを軽く睨んだジークヴァルドが、こちらに向けて手を差し出した。

途中で言葉を止められてしまい、エステルは少しだけもやもやとした気分になったが、気を取り直すようにジークヴァルドの手を取る。

クリストフェルの先導で共に外へ向けて歩き出すと、あと一歩で【塔】から出るというところでジークヴァルドが前を向いたまま口を開いた。

「先ほどの……お前の言う幸せな気分、というのがどういう状態を示すのかわからないが……。実は少し今、困っている」

「何に困っているんですか？」

ここまできて、何に困っているというのだろう。何でも相談に乗るつもりで、エステルは居住まいを正した。

「俺は……魅了の力にかかったのかもしれない。意識して顔を引きしめておかないと、自然と口角が上がって仕方がないのだが。皆に怒られそうだ」

困ったなというように笑う顔はこれまで一度も見たことがない。

その笑顔にきゅっと胸がしめつけられるように痛くなる。しかしその痛みは苦しいというよりも甘やかに身の内に染みわたった。

（こんなに笑ってくれるようになるなんて……）

初めの頃はあんなにも不機嫌で、近寄りがたい雰囲気を纏(まと)っていたというのに、今は冗談を言えるほど感情豊かになり、様々な表情を見せてくれるのが、たまらなく嬉しい。

それと同時にこみ上げてきた溢れそうなこの気持ちをどうしても伝えたくて、エステルはジークヴァルドの腕をそっと引いた。

「ジークヴァルド様、あのですね」

「何だ？」

外に出た途端に包まれた歓声や竜の咆哮にかき消されないように、身を傾けてくれたジークヴァルドの耳元で、エステルは大切な宝物を教えるように声を潜めた。

「わたし、ジークヴァルド様が穏やかに過ごせているだけで嬉しいんです。愛おしいって……、多分こういう気持ちのことを言うんですね」

ジークヴァルドが少し驚いたようにこちらを見た。そうしてすぐに目元を和らげる。

「そうなのだろうな。俺もお前が賑やかに俺の傍にいてくれるだけで満たされる。――ああ、そうだ。もう聞くまでもないと思うが……」

じっとこちらを見たジークヴァルドが、エスエルが惹かれてやまないその竜眼を細めた。

「――俺と番になってくれるか？」

真摯に見据えてくるジークヴァルドに、エステルは緩やかに唇を持ち上げた。

「はい、ジークヴァルド様の番になります」

こんなにも穏やかな気持ちでこの言葉を口にできるとは思わなかった。

「──愛している、エステル」

先ほどのエステルと同じ秘密を打ち明けるかのようにひそやかで、甘い声は、騒がしいというのにはっきりと耳に届いて、胸を満たす。エステルははにかんだように笑った。

「わたしも──っ!?」

答えかけたその声は、ふいに身を屈めてきたジークヴァルドの唇によって塞がれてしまった。

(なんでここでキスをしてくるんですか──っ!? みんなが見てますから！)

抗議してその胸を叩くと、ジークヴァルドが唇を離した。

「可愛らしい顔をするお前が悪い」

くらくらとするような色香を含んだ表情でそう言い切ったジークヴァルドは、今度は唇に軽く噛みついてきた。

「ジーク様……、それ以上は儀式が終わってからにしてくださいね。ほらほら、皆も興味津々でこちらを見ていないで、しばらくあちらを向いていてあげてください。これは首を甘噛みするのと一緒で人間の愛情表現なので、エステルが恥ずかしがって可哀そうですから」

クリストフェルがくすくすと笑う声が耳に届いたが、どうも腹黒い黒竜はやはり面白がっているようで、やめさせてはくれないらしい。

大切にしているのが目に見えてわかる愛情表現は竜たちの間では普通らしいが、それでも受け入れるにはエステルにはまだ無理だ。

（わたし、大丈夫かしら……）

一瞬頭をもたげた不安は、しかしながらようやく唇を離してくれたジークヴァルドの幸せそうに満たされた表情で、どこかへいってしまった。

銀に一滴の青を垂らしたかのような鱗の美しい銀竜の背に乗り空へと舞い上がる間際、どこからともなく可憐な花びらを持つ雪割草が風に吹かれて流されてきた。白、薄紅色、青、紫といった鮮やかな花吹雪が周囲を舞う様子に、背後を振り返ったエステルは、地上で歌うように咆哮する若葉色の竜の姿のセバスティアンと、その背に乗ったユリウスたちの方から飛んでくるのだと気づき、大きく目を見張った。

（これが、ユリウスがセバスティアン様と一緒にやること、だったのね）

弟とその主竜の気遣いに微笑んで、大きく手を振る。

『下を見下ろしても震えなくなったな』

ジークヴァルドが笑いをこらえるように喉を震わせた。

「はい。ジークヴァルド様の背中限定ですけれども、高所恐怖症の箱入り令嬢は返上しました」

エステルは満面の笑みを浮かべ、雄大な【庭】の景色を眺めるように胸を張って背筋を伸ばした。

あとがき

こんにちは、紫月です。高所恐怖症の箱入り令嬢、感謝の四巻目となりました！

今回の新キャラはすごくよく喋る主竜と、あまり喋らない竜騎士の主従ですが、書いていて楽しい反面、主人公がなるべく食われないようにするのが大変でした……。

あと表紙の民族衣装風のエステルとジークが豪華です。いつもの色調と違うので、何となく特別感があって、なおさら嬉しくなってしまいました。ちょこっと覗いた仔竜がかわいいいです。椎名咲月先生、いつも繊細なイラストをありがとうございます！

ここからは謝辞を。担当者様、今回も新キャラに手こずりご迷惑をおかけしました。お導きがなければ新キャラ主従が上手く嚙み合わなかったかもしれません。そしてこの作品を製作するにあたり、ご尽力いただきました方々にもお礼を申し上げます。

最後にこれはネタバレになるのかもしれませんが、ようやく番問題に決着がつきました。ここまで辿り着けましたのも、読者様方のおかげです！　今巻も皆様の貴重なお時間に楽しんでいただけますと、嬉しいです。それでは、またお目に掛かれることを願いつつ。

紫月恵里

クランツ竜騎士家の箱入り令嬢4
箱から出ると竜に花祭りで試されました

2022年7月1日　初版発行

著　者■紫月恵里

発行者■野内雅宏

発行所■株式会社一迅社
〒160-0022
東京都新宿区新宿3-1-13
京王新宿追分ビル5F
電話03-5312-7432（編集）
電話03-5312-6150（販売）

発売元：株式会社講談社
（講談社・一迅社）

印刷所・製本■大日本印刷株式会社

DTP■株式会社三協美術

装　幀■AFTERGLOW

ISBN978-4-7580-9471-9

この本を読んでのご意見
ご感想などをお寄せください。

おたよりの宛て先

〒160-0022
東京都新宿区新宿3-1-13
京王新宿追分ビル5F
株式会社一迅社　ノベル編集部
紫月恵里 先生・椎名咲月 先生